K.

Nicholas Drayson

Kleine Tierkunde Ostafrikas

Roman

Aus dem Englischen von
Sabine Längsfeld

Kindler

Die Originalausgabe erschien 2012 unter dem Titel
«A Guide to the Beasts of East Africa»
bei Penguin, London.

1. Auflage Juli 2013

Satz Fournier PostScript (InDesign)
bei Pinkuin Satz und Datentechnik, Berlin
Druck und Bindung CPI – Clausen & Bosse, Leck
Printed in Germany
ISBN 978 3 463 40599 5

Kleine Tierkunde
Ostafrikas

I

Die Flügel des Schmetterlings besitzen nicht die Kraft des Adlers

«Wenn ich es dir sage! Sie hat es nicht getan!»

«Und ich sage dir, sie war es sehr wohl.»

«A. B.!» Mr. Patel beugte sich über den Tisch. «Wenn sogar *er* zugegeben hat, dass er es war – wieso fällt dir das so schwer?»

«Patel, mein lieber, guter Freund!» Mr. A. B. Gopez setzte sein Glas Tusker ab und lächelte gezwungen. «Ich habe die Berichte doch auch gelesen. Schön, ich gebe zu, es gibt durchaus Leute, die behaupten, er habe gestanden, aber das ist reinstes Hörensagen.»

«Hörensagen, papperlapapp schnick schnack, es steht doch in den Akten. Er hat dreimal gestanden, drei verschiedenen Menschen gegenüber. Dann hat er sich aufgehängt – wenn das kein Schuldeingeständnis ist, was dann?»

«Hörensagen und Indizienbeweise», sagte Mr. Gopez. «Das hätte vor Gericht niemals Bestand. Ach, da kommt der Tiger! Unser wandelndes Gesetzbuch. Frag ihn, wenn du mir nicht glaubst.»

Zu sagen, H. H. «Tiger» Singh, LL.B, MA (Oxon.), sei ein guter Anwalt, wäre so, als würde man behaupten, Walter Lindrum – Weltmeister in English Billiards (man beachte die Schreibweise) von 1933 bis zu jenem Tag, als er sich 1950 vom Profisport zurückzog, der Mann, der einst während einer Tournee durch Südafrika 1000 Punkte in achtundzwanzig Minuten machte und dessen Break mit 4137 Punkten gegen den großartigen Joe Davis am 19. Januar 1932 im Victoria Club in London bis heute ungebrochener Rekord ist – sei ein Bursche, der recht geschickt mit dem Queue umzugehen verstehe. Dabei suchte nicht nur des Tigers Gesetzeskenntnis in Nairobis Gerichtssälen und Kanzleien ihresgleichen, auch seine Fähigkeit, sich in die Hoffnungen und Gemüter von Klägern, Verteidigern, Richtern und Geschworenen einzufühlen, war außerordentlich – manch einer nannte sie gar unheimlich.

Tiger Singh stellte das Bierglas auf dem Tisch in der Bar des Asadi Clubs ab und nahm seinen Stammplatz neben seinen beiden Freunden ein.

«Guten Abend, die Herren – bitte, lasst euch von mir nicht stören.»

«Ah, Tiger! Du kommst gerade richtig, um Patel hier zu erklären, dass er dummes Zeug redet. Mach du ihm bitte klar, und zwar mit möglichst einfachen Worten, dass Hörensagen zum Beweis nicht taugt.»

«Du hast recht, A. B., die Art Beweis, auf die du hier vermutlich anspielst, kann in einem Kriminalfall vor Gericht nicht gegen den Angeklagten verwendet werden.»

«Na also!», sagte Mr. Gopez. «Was habe ich dir gesagt?»

«Ich sollte betonen, dass ich hier natürlich ausschließlich von Kriminalfällen spreche», sagte der Tiger und lehnte sich zurück. «Bei Zivilprozessen ist die Lage ein wenig anders – *Onus probandi* und so weiter.»

«Zivil, Kriminal, was spielt das denn für eine Rolle? Wir reden hier nicht von einem Prozess, wir sprechen darüber, was er *danach* gesagt hat. Er hat es drei verschiedenen Menschen gegenüber zugegeben.»

«Ah!», sagte Tiger Singh. «Darf ich wohl annehmen, meine Herren, dass es hier um den Mord an Lord Erroll geht?»

Lieben Sie das Prickeln von Champagner?

Lieben Sie den Kick von Kokain und Heroin?

Und sagen Sie mir, sind Sie vielleicht auch zügellosem Sex nicht abgeneigt?

Sollten Sie eine oder mehrere der oben genannten Fragen mit ja beantwortet haben, hätten Sie sich sicherlich recht wohl gefühlt in der Gesellschaft des kleinen Trupps weißer Siedler, die sich zwischen den beiden Weltkriegen in Nairobi und dem fruchtbaren Land nördlich davon niederließen. Im «Happy Valley» waren diese Sorte Vergnügungen an der Tagesordnung – vorausgesetzt natürlich, man war jung, weiß und vermögend. Doch an einem regnerischen Morgen im Januar 1941 wurde plötzlich alles anders. Der 22. Earl of Erroll, von seinen Freunden Joss genannt und eines der aktivsten Mitglieder der Happy-Valley-Clique, wurde tot in seinem Wagen aufgefunden, mit einer Pistolenkugel im Kopf.

Josslyn Hay hatte im Jahr 1924 England verlassen und sich mit einer reichen Witwe nach Kenia davongemacht. Vier Jahre darauf erbte er nach dem Tod seines Vaters den Grafentitel, und zwölf Jahre später war er von seiner ersten Frau geschieden und lebte auch von seiner zweiten getrennt. Er war ein sehr attraktiver, alleinstehender Mann, und seine Eroberungen waren zahlreich – manchmal unterhielt er zwei oder gar drei Affären gleichzeitig. Und so nahm es nicht wunder, dass im Dezember 1940 auch die schöne Diana Broughton, damals siebenundzwanzig Jahre alt und erst vor kurzem mit ihrem neuen Ehemann, dem siebenundfünfzig Jahre alten Sir Jack Delves Broughton, nach Kenia gekommen, Errolls Charme erlag. Broughton kam schon bald dahinter. Am 10. März, kurz nach seiner Rückkehr von einer vierzehntägigen Jagdsafari in Begleitung seiner Frau, wurde Sir Jack Delves Broughton wegen des Verdachtes auf Mord an Lord Erroll verhaftet.

Der Prozess machte nicht nur in Kenia Schlagzeilen, sondern in der ganzen Welt. Die polizeiliche Ermittlung ergab, dass Broughton, Diana, Erroll und ihre gemeinsame Freundin June Carberry am Abend des Mordes im Muthaiga Club zu Abend gegessen hatten. Zahlreiche Zeugen hatten sie dort gesehen und auch gehört, wie Erroll Diana darum bat, ihn nach dem Essen in den Claremont Club zum Tanzen zu begleiten. Broughton hatte keine Lust, tanzen zu gehen, und bat Erroll, Diana bis drei Uhr morgens nach Hause zu bringen. Broughton begab sich mit June Carberry zurück in sein gemietetes Haus in Karen, außerhalb von Nairobi. Die Staatsanwaltschaft stellte die Behauptung auf, dass sich Broughton, als er gegen zwei Uhr zwanzig hörte, wie Erroll mit Diana zurückkehrte, ein paar weiße Sportschuhe anzog und, ohne gesehen zu werden, aus seinem Schlafzimmerfenster stieg und an der Regenrinne hinunterkletterte. Mit einer Pistole bewaffnet, die er zuvor als gestohlen gemeldet hatte, stahl er sich in Errolls Wagen und versteckte sich auf der Rückbank. Als Erroll an der ersten Straßenkreuzung abbremste, erschoss er ihn. Danach rannte er zu Fuß zurück nach Hause und kletterte hinauf in sein Schlafzimmer, wiederum, ohne gesehen zu werden.

Broughton beteuerte seine Unschuld und bezahlte dem besten Strafverteidiger Afrikas fünftausend Pfund und eine

Flasche Whisky pro Tag für seine Verteidigung. Der Prozess begann am 26. Mai. Am späten Abend des 1. Juli erhob sich der Sprecher der Geschworenen und verkündete den Urteilsspruch.

Nicht schuldig.

Aber wenn nicht Broughton, wer dann?

Diese Frage ist seit mehr als sechzig Jahren das Thema hitziger Debatten in jedem Hotel, in jeder Bar und in jedem Club in Kenia – und auch der Asadi Club stellt, was das anbelangt, keine Ausnahme dar.

«Natürlich reden wir über den Fall Erroll», sagte Mr. Patel. «Aber wie ich schon sagte, ich spreche nicht von dem Prozess, sondern davon, was danach geschah.»

«Und wie ich dir seit geraumer Zeit zu erklären versuche, mein lieber Patel, sind Berichte aus zweiter Hand über das, was Sir Jack Delves Broughton womöglich gesagt oder auch nicht gesagt hat, außerhalb eines Gerichtssaals genauso wenig von Belang wie innerhalb. Als Nächstes wirst du noch von uns verlangen, die wilden Geschichten über diese Spezialeinheit des britischen Geheimdienstes zu glauben – SPD, oder wie immer die geheißen haben sollen.»

«Ich glaube, die korrekte Abkürzung lautet SOE, mein lieber A. B. – für *Special Operations Executive*. Du hast das Buch doch gelesen, oder? Aber lassen wir deine Verschwörungstheorien beiseite. Broughton war es.»

«Es war bestimmt Diana. Wenn ich es dir sage! Sie und Erroll hatten einen Streit – das Hausmädchen hat es gehört. Wahrscheinlich wollte er sie abservieren. Das ist doch einleuchtend – die Frau war gekränkt, fühlte sich betrogen. Vermutlich hat *sie* die Waffe entwendet – die Pistole, die

Broughton als gestohlen gemeldet hatte. Tja, das hast du wohl ganz vergessen, oder?»

«Du, mein lieber A. B., scheinst jedenfalls vergessen zu haben, dass Diana ein Alibi hatte.»

«Ach, Alibis hatten die doch alle. Damals gab es ein Gratis-Alibi als Zugabe in jeder Cornflakes-Packung!»

«Na, und weshalb hat das Kerlchen von der Polizei sie dann nicht verhaftet?»

«Weil, mein lieber Patel», sagte Mr. Gopez und wandte sich wieder der dritten Person am Tisch zu, «und ich bin sicher, der Tiger wird mir in diesem Punkt zustimmen, das ‹Kerlchen von der Polizei›, wie du ihn nennst, ein inkompetenter Dussel war, der noch nicht mal erkannt hätte, wohin die Beweise deuteten, wenn sie auf seinen *Tululu* tätowiert gewesen wären.»

«Wohl wahr», sagte der Tiger. Er leerte das Glas und erhob sich. «Wenn ihr mich bitte entschuldigen wollt, meine Herren, ich habe Bobby Bashu eine kleine Partie Billiards versprochen, ehe Malik kommt. Gebt mir doch bitte Bescheid, wenn er hier ist, ja? Ich muss mit ihm über die Clubsafari sprechen.»

2

Der Adler auf dem Ameisenhügel sieht ebenso weit wie die Ameise

Die jährliche Safari des Asadi Clubs darf mit Fug und Recht als Institution bezeichnet werden. Die erste Safari war eine ziemlich entspannte Angelegenheit, wenn auch nicht ohne Abenteuer. Eines Freitagnachmittags im November 1958 hatten fünf Mitglieder des Clubs ihre Familien in ihre Autos gepackt und waren zur Athi-Ebene einige Kilometer südlich von Nairobi aufgebrochen. Sie suchten sich einen Zeltplatz am Fluss, wo die Männer die drei schweren ausgemusterten Armeezelte samt Campingliegen aufstellten, eine freundliche Empfehlung des Gemischtwarenladens Amin and Sons General Emporium – damals wie heute eine wahre Wunderkiste, in der sich vom banalsten Haushaltsgegenstand bis zu den geheimnisvollsten Schätzen alles finden lässt, was das Herz begehrt. Die Frauen richteten die Betten, die Kinder sammelten Feuerholz. Unterm Sternenzelt verspeisten sie Reis und diverse Currys, die sie zu Hause vorbereitet hatten. Man begab sich früh zur Ruhe – die Männer in einem Zelt, die Frauen in einem zweiten und die Kinder im dritten.

An die Geräusche der Großstadt gewöhnt, tat keiner von ihnen ein Auge zu. Dieses Rascheln im Gebüsch, war das eine Maus oder der schleichende Gang eines hungrigen Leoparden? Dieses ferne Husten, war das ein harmloser Nachtvogel oder der Ruf einer wildgewordenen Hyäne? Das Grollen ganz in der Nähe, war das ein Löwe oder das Schnarchen von Sonny Bashu? Doch als am nächsten Morgen strahlend hell die Sonne aufging, waren alle Schrecken der Nacht vergessen. Die Familien labten sich an *Chapattis* und den Resten vom Vorabend und an wunderbarem süßen *Chai*. Während die Frauen sich an den Abwasch machten, widmeten sich die Männer der weitaus mühsameren Aufgabe, den Tag zu planen. Die Kinder spielten.

Als es jedoch Zeit wurde, zum ersten Ausflug aufzubrechen, war der kleine Bindu Ghosh verschwunden. Er hatte unten am Fluss mit vier oder fünf anderen Jungen Cowboy und Indianer gespielt (ach, diese unschuldigen Zeiten!), doch keines der Kinder wusste, wo er abgeblieben war, und er antwortete auch nicht auf die Rufe seiner Mutter. Als er auch auf die sehr viel strengeren, zunehmend herrischer werdenden Aufforderungen seines Vaters nicht reagierte, wurde ein kleiner Suchtrupp organisiert, welcher zwar keinen kleinen Jungen aufspürte, dafür aber auf einen riesengroßen Python stieß, der sich unter einem Busch neben einem Wasserloch zusammengerollt hatte. Etwa auf halbem Wege vom Kopf abwärts in Richtung Schwanz entdeckte Mr. Ghosh im Schlangenleib eine verdächtige Beule.

Mein Freund Kennedy erzählte mir einmal, wie er auf der Straße von Nairobi in Richtung Limuru auf einen Holzstamm stieß, der quer über der Fahrbahn lag. Sein erster Gedanke war, dass er von einem Lastwagen gefallen sein musste, womöglich infolge illegaler Feuerholzbeschaffung aus dem nahe gelegenen Staatsforst. Doch dann sah er, dass der Stamm sich bewegte. Es war kein Holz, es war ein Felsenpython, so dick wie der Oberschenkel von meinem

Freund Kennedy. Was die Länge betraf, so wartete er, bis das Tier sich weit genug von der Straße entfernt hatte, ehe er es abschritt. Acht Meter. Sechsundzwanzig Fuß. Auf einen Python ähnlicher Größe war Mr. Ghosh nun unten am Fluss gestoßen und fand sich einem Dilemma ausgesetzt. Als Anhänger des Jainismus – die eifrigsten Jünger dieser Religion fegen selbst den Weg vor sich, um ihn noch vom kleinsten Getier zu befreien, das ansonsten womöglich unter einer achtlosen Sandale zerquetscht werden könnte – sträubte sich alles in ihm gegen den Gedanken, die Schlange zu töten, die dort schlafend, aber als fühlendes Wesen vor ihm lag. Wenn jedoch auch nur die geringste Möglichkeit bestand, seinen kleinen Bindusar vor dem Schicksal zu retten, von besagtem fühlenden Wesen verdaut zu werden, gab es keine Alternative. Er erinnerte sich, im Zeltlager ein paar Buschmesser gesehen zu haben, und zu diesem Lager rannte er schnellstens zurück, gänzlich blind gegen jegliche Ameisen, Käfer oder andere Krabbeltiere unter seinen fliegenden Schuhsohlen.

Bei Ankunft wurde er von seiner lächelnden Frau begrüßt, die ihn darüber in Kenntnis setzte, dass sein Sohn und Erbe wohlauf und unversehrt sei. Wie sich herausstellte, war der kleine Bindu vom Cowboy-und-Indianer-Spielen müde geworden, unbemerkt ins Lager zurückgekehrt und unter seiner Bettdecke eingeschlafen. Sein Vater reagierte auf die frohe Botschaft auf eine den Zeiten angemessene Weise. Er zog Bindu an seine Brust, versetzte ihm eine schallende Ohrfeige, gefolgt von einer gehörigen Standpauke, und schickte ihn zurück ins Bett. Der Python wurde wieder sich selbst überlassen und durfte in Frieden das Dikdik weiter verdauen, welches er am selben Morgen im Ganzen verschlungen hatte (die Antilope war im Übrigen beträchtlich kleiner als der durchaus wohlgenährte Bindu Ghosh).

Die Wahl des Ausflugsziels für die diesjährige Asadi-Club-Safari war keineswegs leicht gewesen. Es gab Mitglieder, die eine Fahrt hinunter an die Küste bevorzugten, und andere, die dagegenhielten, dann sei es keine Safari, sondern ein Strandurlaub, weshalb nur der *Masai-Mara*-Nationalpark als Ziel der Wahl in Frage käme. Krish Advani sagte, er hätte gehört, am Magadisee gäbe es dieses Jahr viele Flamingos, woraufhin Abby Antul antwortete, ein Wochenende mit rosarotem Federvieh, das den Kopf verkehrt herum auf einem Bein in nach verfaulten Eiern stinkendem, knietiefem Wasser steht, entspreche nicht seinen Vorstellungen von einem gelungenen Wochenende. Die Pattsituation wurde schließlich von Mr. Malik gelöst, der bei einer der regelmäßig stattfindenden Dienstagvormittagswanderungen der Ostafrikanischen Ornithologischen Gesellschaft mit Hilary Fotherington-Thomas ins Gespräch gekommen war und dabei erfahren hatte, dass ein Freund von ihr ausgedehnte Ländereien in der Nähe von Meru besaß.

«Die alte Johnson-Farm am Thanandu – dem Fluss, wissen Sie? Flusspferde, Elefanten, Wasserböcke – all so was. Unten am Wasser gibt es eine Stelle, die sich wunderbar zum Camping eignet, und eine alte Farm, die von einer Horde Paviane übernommen wurde – klingt sehr lustig. Ich bin mir sicher, dass Dickie Sie und Ihre Freunde von Herzen gern für ein paar Tage bei sich aufnehmen wird. Möchten Sie, dass ich mich erkundige?»

«Gibt es dort Löwen?» (Keine Asadi-Club-Safari ohne zumindest die Aussicht darauf, einen Löwen zu sehen!)

«Löwen? Massenweise, soweit ich weiß. Ich werde ihn jedenfalls fragen. In Sachen Großwild weiß Dickie Johnson einfach alles!»

«Dann wäre ich Ihnen wirklich sehr dankbar, Mrs. Fotherington-Thomas», sagte Mr. Malik. «Herzlich gerne.»

Dickie Johnson ließ ausrichten, er würde sich sehr freuen. Sie gab die Nachricht an Mr. Malik weiter, Mr. Malik gab die Nachricht an das Komitee weiter, und das Komitee befand, der Beschreibung nach sei der perfekte Ort für die Safari gefunden. Alles, was Mr. Malik nun noch zu tun blieb, war, festzustellen, welche Mitglieder, Ehefrauen und Kinder mitzukommen gedachten, einen Reisebus sowie die entsprechende Anzahl offener Safaribusse samt Fahrern zu buchen, sich mit Ally Dass wegen der Verpflegung zu besprechen, sicherzustellen, dass das Lager aufgeschlagen wurde, und alles und jeden sicher dorthin und nach Hause zurück zu schaffen.

Die Zeiten haben sich also geändert, die Teilnehmerzahl ist gestiegen, und die Ausflugsziele sind ein wenig abenteuerlicher geworden, doch der Geist der allerersten Asadi-Club-Safari lebt noch heute fort. Wie üblich wird es auch in diesem Jahr ein Zelt für die Herren geben, eines für die Damen und ein drittes für alle Kinder unter zwölf. Es wird außerdem ein Zelt für die Küche, ein Speisezelt und eines für das Personal geben. Dieses Jahr jedoch ist noch ein weiteres Zelt geplant – ein siebtes. Denn für dieses Jahr hat Mr. Malik eine kleine Überraschung vorbereitet.

«Ach, da kommt er ja!» Mr. Patel unterbrach die noch immer hitzig geführte Debatte mit A. B. und sah dem kleinen, runden Mann mit den sorgsam arrangierten Haaren entgegen, der sich einen Weg durch die Bar zu ihrem Tisch bahnte. «Der Tiger hat schon nach dir gefragt, Malik, alter Knabe.»

«Ach, tatsächlich? Weißt du, was er wollte?»

«Es geht offensichtlich um irgendwelche Vorbereitungen für die Safari. Ach, wo wir gerade von Vorbereitungen sprechen, ich habe Freitag völlig vergessen, nachzufragen – gibt es irgendwelche Neuigkeiten hinsichtlich der Hochzeit?»

Mr. Malik nickte. «Ich habe heute Vormittag mit ihr gesprochen, und es ist alles arrangiert. Wir haben uns für ein Festzelt im Garten entschieden – genau, wie du vorgeschlagen hast, A. B. Und wie du vorgeschlagen hast, Patel, werde ich Ally Dass bitten, das Catering zu übernehmen.»

«Shobahs Party hat er auch gemacht – die älteste Tochter meines Bruders, wisst ihr?», sagte Patel und griff nach dem Chilipopcorn. «Hat ein ziemlich anständiges *Biriani* zustande gebracht, daran kann ich mich noch erinnern – mit essbaren Silberblättern und allem Pipapo –, wobei ich sagen muss, dem Garnelencurry hat es ein wenig an Pep gefehlt.»

«Ein Curry ist eine heikle Angelegenheit», sagte Mr. Gopez, «vor allem, wenn sich auf der Gästeliste auch *Wazungu* befinden. Ich habe festgestellt, dass der durchschnittliche Weiße mit der Schärfe nur sehr selten umgehen kann.»

«Ach, ich weiß nicht recht», sagte Mr. Malik. «Neulich erst habe ich irgendwo gelesen, dass Chicken Tikka Masala in England inzwischen das beliebteste Gericht ist.»

«Ja schon, aber hast du es je probiert?» Mr. Patel verdrehte die Augen.

«Ich habe in einer Frauenzeitschrift mal ein Rezept für Chicken Tikka Masala gelesen – fertig gegrilltes Hähnchen, Currypulver, Kondensmilch und Tomatensuppe aus der Dose!»

«Das ist kein Curry, das ist eine Straftat!», sagte Mr. Gopez. «Aber du darfst versichert sein, mein lieber Malik, dass Ally Dass im Umkreis von einhundert Metern um seine Küche keine Büchse erlauben würde, auf der *Curry-Pulver* steht. Und keine Erbsen in seinen Samosas.» Er bediente sich aus der Popcornschale. «Ist das ein neues Hobby von dir, Patel?»

«Was?»

«Frauenzeitschriften lesen?»

Mr. Patel wandte sich an Mr. Malik.

«Ach übrigens», sagte er. «Rate mal, wen ich heute Morgen in der Stadt gesehen habe.»

«Deinen Therapeuten?», murmelte Mr. Gopez. «Aber man soll ja die Hoffnung nie aufgeben, stimmt's?»

«Ha, ha, A. B.! Nein. Maliks alten Schulfreund.»

Oh, nein!, dachte Mr. Malik. *Bitte nicht …*

«Ja, Harry. Harry Khan.»

Obgleich es stimmt, dass Mr. Malik und Harry Khan gemeinsam die Eastlands High School besucht hatten – sie waren sogar am selben Tag im September 1955 im Internat eingeschult worden –, wäre, sie als Freunde zu bezeichnen, eine allzu große Strapazierung dieses Begriffes. Damals wie heute war Mr. Malik eher ruhiger Natur. Er hatte lieber die Seiten eines Buches umgeblättert, als nachts heimlich am Radio herumzudrehen, war zufrieden gewesen, mit Bleistift und Zählblock bewaffnet als Schreiber am Spielfeldrand zu sitzen, anstatt selbst auf dem Kricketfeld den Schläger zu schwingen. Harry Khan dagegen war aus völlig anderem Holz geschnitzt. Im Klassenzimmer und auf dem Rasen war er die herausragende Persönlichkeit schlechthin gewesen. Er war derjenige, der alles und jeden kannte und von jedem gekannt wurde, er war in der angesagten Clique der Anführer, und er war es, der sich für Schüler wie Lehrer raffinierte Spitznamen ausdachte. Ob er auf dem Spielfeld den Schläger schwang oder beim Abschlussspiel auf der Bühne sein Lächeln aufblitzen ließ, Harry liebte die Selbstdarstellung – sein Punjabi-Shylock in der 1959er Schulproduktion des *Kaufmanns von Venedig* hatte das Publikum zu Beifallsstürmen hingerissen, und sein Punktestand von vierunddreißig in einem einzigen Over war noch heute gültiger Schulrekord. Und obwohl Mr. Malik – oder «Jack», wie er aus Gründen, die wir hier nicht weiter vertiefen wollen, von Harry getauft worden war – natürlich nicht der Einzige war, der als Zielscheibe für Harry Kahns Scherze herhalten musste, sowohl verbaler Natur als auch in sehr praktischem Sinne, so hat er doch zweifellos mehr als seinen gerechten Anteil daran abbekommen.

Warum? Warum geht die Sonne im Osten auf? Warum spielt die Katze mit der Maus? Harry Khan konnte es genauso wenig lassen, Mr. Malik zu triezen, wie Brahma das Schöpfen lassen oder Shiva die Finger von der Zerstörung lassen könnte. Und obgleich die Ereignisse jener weit zurückliegenden Jahre inzwischen mehr Schulmythos als echte Erinnerung geworden sind, zaubert die Geschichte vom Python und dem Pyjama noch heute verlässlich ein Lächeln auf die Lippen der meisten Ehemaligen, und das Vaseline-Sandwich kommt auch heute noch ab und zu an der Eastlands High zum Einsatz, über ein halbes Jahrhundert nach seiner Einführung durch Harry Kahn auf der Fete zu Mr. Maliks dreizehntem Geburtstag. Als die Familie Khan Nairobi 1962 in Richtung Kanada verließ und Harry mitnahm, war Mr. Malik alles andere als traurig, sie ziehen zu sehen.

«Harry Khan, ja?», sagte Mr. Gopez.

«Ja. Meinte, er wäre geschäftlich hier. Ich habe ihm gesagt, er könnte ja mal im Club vorbeischauen.»

«In diesem Club?», fragte Mr. Malik.

Das letzte Mal hatte er Harry Khan vor vier Jahren gesehen, als der mit seiner betagten Mutter nach Kenia gekommen war, um die alte Heimat zu besuchen, und sich ausgerechnet an Rose Mbikwa herangemacht hatte, die damals die Dienstagvormittagwanderungen führte und in die Mr. Malik, seit diversen Jahren Witwer, eine ganze Weile lang ernsthaft verliebt gewesen war.

«Ja. Schließlich ist er immer noch Mitglied – ist nie ausgetreten.»

«Ich frage mich», sagte Mr. Gopez, «ob er seine Nichte wieder mitbringt. Wie hieß sie gleich wieder – Emily, Ermintrude, ...?»

«Elvira», sagte Mr. Malik.

Die Nichte von Harry Kahn – genauer gesagt, die jüngste Tochter der Schwester der Frau seines Cousins – hatte bei den Mitgliedern des Asadi Clubs bleibenden Eindruck hinterlassen.

«Genau. So hieß sie. Hübsches Mädchen ... verflucht nette –»

«Tänzerin?»

«Jetzt, wo du es sagst, Malik, alter Freund.»

Kaum einer, der damals vor vier Jahren dem Nairobi-Hunt-Club-Ball beigewohnt hatte, würde je Elviras Anblick vergessen, wie sie in ihrem kurzen roten Kleid mit Onkel Harry zu den Klängen von Milton Kapriadis und seinen Safari Swingers Rock'n' Roll getanzt hatte. Doch zur Überraschung vieler war es an jenem Abend Mr. Malik gewesen, der mit Rose Mbikwa getanzt hatte, und Harry Khan war kurz darauf wieder zurück in die USA verschwunden.

Was genau, fragte sich Mr. Malik, hatte Harry Khan wohl diesmal in Nairobi zu schaffen?

«*Sie* war auch eine sehr gute Tänzerin», sagte Mr. Gopez. «Sie waren an dem Abend tanzen – im Claremont Club –, als sie ihn erschossen hat.»

Mr. Patel blieb eine Wiederaufnahme der Diskussion um den Erroll-Fall erspart, weil der siegreiche Tiger Singh vom Billardtisch zurückkehrte (es konnte sich niemand erinnern, wann der Tiger zuletzt einen Fall oder eine Partie verloren hatte).

«Ah, Malik, da bist du ja – ich hatte gehofft, dich hier zu sehen. Was tut sich Neues an der Safarifront?»

An Wochenenden trug der Tiger stets lässige Freizeitkleidung – gelbe Polohemden und rot karierte Hosen liebte er besonders –, und auf dem Golfplatz war er nur selten ohne seine grüne Glücks-Schottenmütze anzutreffen. Da dies jedoch ein Montag war, war der Tiger formell gekleidet. Er trug einen dunklen Anzug und einen dazu passenden grauen Dastar.

«Es ist alles arrangiert. Ally Dass wird bereits Donnerstag mit ein paar Burschen aufbrechen, um die Küche aufzubauen, und der Clubgärtner Mr. Hapula stellt mit seinen Männern die Zelte auf. Sie nehmen die Minibusse – oh, und Benjamin, mein eigener Gärtner, hat sich bereit erklärt, ebenfalls mit Hand anzulegen. Er fährt mit den anderen voraus. Ich habe für Freitagmorgen einen Reisebus bestellt, sodass wir alle vor Sonnenuntergang dort eintreffen sollten.»

«Prächtig», sagte der Tiger. «Hast du dich auch eingetragen, Patel?»

«Ja», antwortete Mr. Patel, «doch ich fürchte, es wird mir

dieses Jahr nicht gelingen, meine geliebte Gattin und Gefährtin zur Mitreise zu bewegen. ‹Wer einen Paarhufer gesehen hat, hat sie alle gesehen›, pflegt sie immer zu sagen.»

«Und was ist mit dir, A. B.?»

«Ich? Mir geht es genauso – ich kann keine Thomson-Gazelle von einer Grant-Gazelle unterscheiden. Und, wie mein Vater immer zu sagen pflegte, als Vindalho serviert, schmecken sie alle gleich.»

«Aber kommst du mit auf die Safari?»

«Aber ja. Ich bin dabei.» A. B. Gopez nahm nachdenklich einen Schluck aus seinem Glas. «Vater liebte es, auf Safari zu gehen – ich spreche natürlich von den alten Zeiten. Hatte es sehr mit Gewehren, mein Vater. Hat ein hübsches Sümmchen für diesen Schnickschnack ausgegeben, nette Gewehre, Safarijacken, Hüte, Spaten. Als ich ein Kind war, schien es für ihn und seine Freunde nur ein Thema zu geben – die *Big Five* abzuhaken.»

«Ach ja», sagte Mr. Patel. «Elefant, Nashorn, Flusspferd, Löwe, Leopard.»

«Flusspferd? Wer hätte denn je gehört, dass einer ein Flusspferd geschossen hat? Büffel, mein Freund. In ganz Afrika gibt es kein gefährlicheres Tier.»

«Ich bin mir sicher, dass es das Flusspferd ist», sagte Mr. Patel.

«Und ich sage dir, kein Jäger, der es wert ist, einen Tropenhelm auf dem Kopf zu tragen, hat jemals Jagd auf Flusspferde gemacht. Viel zu leichte Beute.»

«Das meinte ich auch nicht.»

«Warum», sagte Mr. Gopez und schlug sich mit übertriebener Geste an die Stirn, «hast du es dann gesagt?»

«Mein lieber A. B., ich meinte sehr wohl, was ich sagte.

Während ich mit Freuden eine Korrektur der *Big Five* akzeptiere, was den Schwierigkeitsgrad des Erschießens dieser verfluchten Kreaturen anbelangt, so bleibt doch die Tatsache, dass mehr Menschen in Afrika von Flusspferden getötet werden als von irgend einem anderen Tier. Ergo sind Flusspferde die gefährlichsten Tiere Afrikas.»

Eine Aussage, die – wenn Sie mir gestatten, kurz abzuschweifen – mein Freund Kennedy glatt unterschreiben würde. Eines Abends befand er sich auf dem Rückweg von Limuru nach Nairobi. Es war schon sehr spät, und es regnete. Das Ende der kleinen Regenzeit nahte, und es schüttete seit zwei Monaten ohne Unterlass. Knapp sieben Kilometer vor Nairobi, wo der Matunda eigentlich unter der Straße hindurchfließt, stand das Wasser seit Tagen etliche Zentimeter hoch, doch der Land Rover hatte die Stelle schon hundertmal gemeistert. Kennedy legte also einen niedrigen Gang ein und trat mit dem rechten Fuß voll aufs Gaspedal. Doch dann ging er sofort wieder runter vom Gas und stieg noch fester in die Eisen. Schlamm und Wasser spritzten auf, als der Wagen schlitternd zum Stehen kam, nur wenige Zentimeter vor einem riesigen Flusspferd. Ich weiß noch genau, wie mein Freund Kennedy sagte, nicht die Größe oder die Tatsache, dass es so nahe vor der Stadt auftauchte, habe ihn so beeindruckt, sondern vor allen Dingen seine Unbekümmertheit.

«Mein lieber Patel», sagte A. B. Gopez, «ich widerspreche ja nur ungern, aber wenn es um Flusspferde geht, kann ich gar nicht anders. Malik, alter Freund, du kennst dich doch aus mit Vögeln und wilden Tieren. Würdest du nicht auch sagen –»

«Tiger», sagte Mr. Malik. «Wie wär's mit einer kleinen Partie?»

3

Das Erdferkel frisst die Ameise, doch der Ameisenhügel wächst weiter

«Oh, hallo, Petula, mein Liebling – schon wach?»

Eine schlanke Frau in Jeans war auf die Veranda getreten. «Guten Morgen, liebster Daddy.»

Mr. Malik hatte, was seine Tochter Petula betraf, sehr lange gemischte Gefühle gehegt – eine Mischung aus Erstaunen, Liebe und Bewunderung. Das Staunen war als Erstes da gewesen. Er konnte sich noch genau an den Augenblick vor dreiunddreißig Jahren erinnern, als er seine kleine Tochter zum ersten Mal in den Armen gehalten hatte, braun und rosig und vollkommen. Was für ein Wunder, dass ein solch starkes, kleines Wesen *seine* Tochter sein sollte. Was für ein Wunder, dass seine geliebte Frau ein so entzückendes Wesen zur Welt gebracht hatte.

Die Liebe kam erst später dazu, doch das hatte ihn nicht überrascht. Als sein Sohn Raj sieben Jahre zuvor zur Welt gekommen war, war es genauso gewesen. Beinahe ein Jahr war vergangen, ehe ihm bewusst wurde, dass er seinen Erstgeborenen liebte, eine Liebe, die so stark war, dass sie fast weh tat. Bei Petula war es das Gleiche. Und dann, als sie anfing zu laufen und zu sprechen, kam schließlich die Bewunderung dazu. Was für ein kluges Kind sie war, etwas ganz Besonderes. Er liebte es, seine beiden Kinder zusammen zu sehen. Raj hatte seine kleine Schwester vom ersten Augenblick an angebetet. Mr. Malik ertappte ihn manchmal dabei, wie er an ihrem Bettchen saß und sie mit reinster Hingabe betrachtete, während sie vor sich hin brabbelte oder schlief oder weinte. Rückblickend betrachtet, war Raj schon immer ein außerordentlich warmherziger Junge gewesen.

Ja, Petula. So intelligent, so stark. Und schön, genau wie ihre Mutter. Er konnte von Glück reden, eine so wunderbare Tochter zu haben – und doch. Wenn doch nur … Über den Tisch warf er ihr einen Blick zu. Wenn sie doch nur nicht immerzu diese Hosen tragen würde. Aber wenigstens hatte sie sich mit Salman endlich auf einen Hochzeitstermin geeinigt. Er wusste, dass die jungen Leute diese Dinge heutzutage anders angingen als früher, aber drei Jahre waren für jeden Maßstab eine sehr lange Verlobungszeit.

Petula nahm das Büschel Bananen vom Frühstückstisch.

«Kommst du heute Vormittag in die Fabrik?»

«Nein, heute nicht, Liebes – es ist Dienstag.»

«Ach, natürlich. Die Vogelwanderung.»

In den vergangenen sieben Jahren, seit seinem Herzinfarkt und der strikten Anweisung seines Kardiologen, die Dinge etwas langsamer anzugehen, hatte Mr. Malik die laufenden Geschäfte der Jolly Man Manufacturing Company zusehends an Petula übertragen. Mochte sein Vater die Warnzeichen auch ignoriert haben, er würde nicht denselben Fehler begehen. Außerdem hatte Petula ein Händchen für die Leitung der Fabrik, und sie war ein wahres Wunderkind im Umgang mit der ganzen modernen Technologie – sie hielt die Firma auf dem neuesten Stand, mit all den Webs und Nets und was es da sonst noch alles gab. Mr. Malik, der den Umgang mit allem, was komplizierter war als eine Schreibmaschine oder ein Rechenschieber, nie gelernt hatte, verbrachte dieser Tage mehr Zeit im Tempel als in der Firma, und wahrscheinlicher als Besuche bei Zulieferern oder Kunden waren inzwischen seine Besuche bei den Patienten im Aga Khan Hospital. Seit Raj dort gestorben war, besuchte er das Krankenhaus mindestens zweimal pro Woche.

Doch der Dienstag gehörte den Vögeln. Er würde wie jeden Dienstag zum Museum fahren, wo sich die Mitglieder der Ornithologischen Gesellschaft Ostafrikas zu ihrer wöchentlichen Wanderung trafen. Sobald man sich auf ein Ziel geeinigt hatte – entweder der Baumgarten oder das staatliche Forschungsgut oder auch das Brachland hinter den Militärbaracken –, durfte man darauf zählen, dass Mr. Malik jedem, der wollte, eine Mitfahrgelegenheit in seinem alten grünen Mercedes anbot. Regelmäßiger Beifahrer war sein Freund Thomas Nyambe. In Kenia verdient ein Regierungschauffeur nicht genug Geld, um sich ein eigenes Fahrzeug leisten zu können. Die beiden Freunde waren auf den Vogelwanderungen meistens gemeinsam unterwegs, wo sie sich über das, was sie sahen, unterhielten und Mr. Malik sich Notizen in dem kleinen Büchlein machte, das er stets bei sich trug. Allerdings handelte es sich bei den Notizen nicht ausnahmslos um Anmerkungen zu Vögeln. Vieles von dem, was er niederschrieb, war reinster Klatsch – Regierungsklatsch. Und wenn die Vogelwanderung beendet war, setzte Mr. Malik sich an seine Schreibmaschine und verfasste seine neuste Zeitungskolumne, die er jeden Dienstag anonym an den Chefredakteur der *Evening News* schickte.

Oberflächlich betrachtet, handelte es sich bei der Kolumne «Von einem Schlag» um eine Abhandlung über die gefiederten und vierbeinigen Bewohner Kenias. Doch alle, die sich die Mühe machten, auch zwischen den Zeilen zu lesen, wussten, dass es sich in Wirklichkeit um eine satirische Bloßstellung von Kenias Politikern handelte. Denn der Löwe stand für den Präsidenten; das Flusspferd stand für den Minister für Landwirtschaft und Tourismus; der Marabu stand für den Verteidigungsminister; der Python stand für den Außenminister. Die Gazellen- und Zebra- und Gnuherden, die regelmäßig ihren Auftritt hatten, verkörperten die verschiedenen kenianischen Stämme. Die Popularität der Kolumne resultierte jeden Mittwoch in einem sprunghaften Anstieg der Verkaufszahlen der *Evening News* und war der regierenden Elite des Landes ein Dorn im Auge. Über die Jahre hatte sich mehr als nur ein Minister zum Rücktritt gezwungen gesehen – erst vergangenen Monat der Innenminister. Mr. Malik war zwar der Verfasser der Kolumne, für die er das Pseudonym *Dadukwa* benutzte – benannt nach jenem Kaffernadler der afrikanischen Mythologie, der alles sehend und doch stets unsichtbar die Neuigkeiten unter den Tieren verbreitet –, doch es war Thomas Nyambe, der die notwendigen Informationen beschaffte und auch die traditionellen, manchmal recht kryptischen Sprichworte beisteuerte, die Mr. Malik einer jeden Kolumne voranstellte.

Wie Taxifahrer haben auch Regierungschauffeure oft das Gefühl, unsichtbar zu sein. Ihre Passagiere unterhalten sich ganz ungeniert oder telefonieren lautstark, als wären sie allein im Wagen. Auf diese Weise schnappen die Fahrer Unmengen an Regierungsklatsch auf, den sie natürlich auch untereinander austauschen, während sie im Fuhrpark oder vor dem Gebäude warten, zu dem ihr Fahrgast sie dirigiert hat. Alles, was Thomas Nyambe auf diese Weise erfuhr, gab er während der

Dienstagsvogelwanderung an Mr. Malik weiter, woraufhin es umgehend am Mittwoch in der neuesten «Von einem Schlag»-Kolumne erschien. Hätten einige der Minister nur begriffen, dass ihre Fahrer weder taub, stumm noch dumm waren, sie hätten sich unzählige schlaflose Nächte erspart.

Petula zupfte eine kleine Banane von der Staude.

«Und nach der Vogelwanderung? Kommst du dann noch in der Fabrik vorbei?»

«Ich fürchte, heute werde ich es überhaupt nicht schaffen, Liebes. Gegen drei kommt der Bursche wegen des Festzeltes, und danach müsste ich in den Club und mich um den Partyservice kümmern. Es gibt mit Ally Dass immer noch einige Details zu besprechen. Und du? Fährst du heute rein?»

«Ja. Ich bin mit dem Wochenbericht noch nicht ganz durch. Ich werde den ganzen Tag im Büro sein. Ach, und heute Abend wird es später – wir haben ein CI-Meeting.»

Petula hatte sich vor kurzem der Antikorruptionsorganisation Clarity International angeschlossen. Es war typisch für sie, die Welt verändern zu wollen.

«Na schön, dann werde ich nicht auf dich warten. Irgendwas Besonderes?»

«Unser neuer Direktor stellt sich heute vor – er stammt wohl aus der Schweiz.»

Sie setzte sich neben ihn.

«Wie war es gestern Abend im Club? Weißt du inzwischen, wie viele Leute sich zu der Safari angemeldet haben?»

«Bis jetzt ungefähr zwanzig», sagte Mr. Malik. «Es sind noch ein paar Plätze frei. Ich lasse ihnen noch ein, zwei Tage Zeit.»

«Ach, Daddy, du machst dir immer so viel Arbeit! Wieso

lässt du das zur Abwechslung nicht mal jemand Jüngeres machen?»

Jemand Jüngeres? Hatte dieser neue Arzt ihm nicht erst letzte Woche gesagt, zweiundsechzig sei kein Alter? Mr. Malik hatte die Worte seines Arztes zwar gern gehört, doch ihm ging trotzdem nicht aus dem Kopf, in welchem Alter sein Vater gestorben war.

Mr. Malik war zum Studium in England gewesen, als ihn die Nachricht vom Herzinfarkt seines Vaters erreichte. Er war sofort nach Hause geeilt, und dort war er auch geblieben. Falls er es bedauerte, sein Studium nicht abgeschlossen zu haben, so ließ er es sich nicht anmerken. Statt seines Studiums an der London School of Economics hatte er nun die Firma. Statt der Pubs auf der Fleet Street hatte er den Asadi Club. Sein Vater war beinahe vierzig Jahre lang Schriftführer des Clubs gewesen. «Kümmere dich gut um den Club – und um deine Mutter» waren die letzten Worte gewesen, die er zu seinem Sohn gesagt hatte, ehe er an dem zweiten Herzinfarkt starb, der dicht auf den ersten gefolgt war.

Mr. Malik warf seiner Tochter, die neben ihm an ihrer kleinen Banane knabberte, einen Blick zu und lächelte. Es war jetzt vier Jahre her, seit sie Salman auf dem Hunt-Club-Ball kennengelernt hatte, jenem Ball, auf dem er mit Rose Mbikwa getanzt hatte. Und jetzt würde Petula endlich heiraten. Ja, der Garten sollte dem Empfang Genüge tun.

«Oh, die Safari zu organisieren ist kein Aufwand für mich, das kann ich mittlerweile aus dem Effeff. Es bleibt doch dabei, dass du mitkommst, nicht wahr? Und Salman auch?»

Petula blickte zögernd in den Garten.

«Er hat gestern Abend angerufen. Er kommt vor Freitag nicht weg.» Petulas Verlobter Salman arbeitete in Dubai für ein internationales Buchhaltungsunternehmen. «So wie es aussieht, können wir erst Samstagvormittag nachkommen.»

«Oh nein, wie schade – aber dann bleiben euch trotzdem noch fast zwei Tage.»

«Ja. Wie dem auch sei … auf Wiedersehen, Daddy.»

«Auf Wiedersehen, Liebes.»

Mr. Malik sah zu, wie seine Tochter ihre Schlüssel nahm, in den kleinen Suzuki stieg und davonfuhr. Dieses Zögern. Hatte er sich das nur eingebildet, oder war irgendwas im Busch?

Er trank noch einen Schluck Nescafé und ließ den Blick durch den Garten schweifen. Das Gras leuchtete in sattem Grün, Frangipani und Bougainvillea standen in bunter Pracht, und die Blumenrohre in den Beeten am hinteren Ende des Gartens standen kurz vor der Blüte. Schnitt man die Rosen jetzt mit etwas Umsicht zurück, würden sie sich zur Hochzeit von ihrer besten Seite zeigen. Mr. Malik war in letzter Zeit ein großer Rosenfreund geworden. Nur die Sache mit den Mangobäumen war wirklich zu schade.

Es war unter einem Mangobaum gewesen, vor über vierzig Jahren, unten an der Küste in Malindi, wo Mr. Malik um die Hand seiner Frau angehalten hatte. Seit sie gestorben war, versuchte er nun, bei sich im Garten einen Mangobaum zu ziehen. Jedermann sagte ihm, dass Nairobi trotz der Nähe zum Äquator für Mangos zu hoch läge, doch Mr. Malik war aus tiefstem Herzen Optimist. Er war sich sicher, dass es unter den Hunderten Sorten, die rund um den Globus gezüchtet wurden, eine geben musste, die auch hier gedieh. Im Laufe der vergangenen zwölf Jahre hatte Malik Kerne von jeder Mangosorte gesammelt, derer er habhaft werden konnte und der er eine Chance ausrechnete. Er säuberte jeden einzelnen Kern mit großer Sorgfalt, ritzte die harte Schale mit einem alten Meißel ein und gab ihn in ein halb mit Wasser gefülltes Marmeladenglas. Sobald ein Keimling zu sehen war, pflanzte er ihn in das eigens angelegte Mangobeet hinter der Küche. Manche Pflanzen hatten überlebt und sich zu Bäumchen ordentlicher Größe entwickelt – doch auch wenn ein oder zwei davon es sogar zur Blüte gebracht hatten, eine Frucht hatte bis heute keiner seiner Bäume getragen.

Mein Freund Kennedy hat mir einmal erzählt, er sei mit dreizehn auf die Idee gekommen, einen Mangokern zu öffnen. Nach dem ersten Versuch mit dem Brotmesser seiner Mutter und einem zweiten mit dem Hammer seines Vaters war er seinem Ziel kein bisschen näher gekommen, doch er gab sich nicht geschlagen. Es war Zeit, große Geschütze aufzufahren. Er platzierte den glitschigen Kern auf einen Holzklotz und griff zu einem fast vier Kilo schweren Vorschlaghammer. Meine Güte! Wieso nicht gleich den sieben Kilo schweren? Ohne den Blick vom Mangokern zu wenden, schwang er den Hammer über die Schulter und ließ ihn auf sein Ziel niedersausen. Volltreffer! Der Mangokern schoss wie eine Rakete unter dem Vorschlaghammer hervor und wäre, wie Kennedy mir versicherte, wohl mühelos bis zum Gewächshaus geflogen, wäre da nicht sein rechtes Schienbein im Weg gewesen. Solltest du je einen Schmerz erlebt haben, der dich so plötzlich und heftig trifft, dass du nicht einmal mehr aufschreien kannst, so sagte er mir, dann weißt du, wie sich das angefühlt hat. Der Schmerzensschrei, der sich in seinem Solarplexus bildete, schaffte es zwar bis hinauf zum Adamsapfel, fand aber von dort keinen Weg an den zusammengebissenen Zähnen vorbei. Mag sein, erzählte er, dass ihm ein leises Quieken entfuhr – ein winziges Fiepen, höchstens. Tränen schossen ihm in die Augen. Die Zeit schien stehengeblieben zu sein. Wie sich herausstellte, hatte sein Bein keinen bleibenden Schaden erlitten. Die eigroße Beule verschwand nach ein paar Wochen, und auch von dem Bluterguss war nach einem Monat nichts mehr zu sehen. Doch in seinem Gedächtnis hatte der Mangokern einen unauslöschlichen Eindruck hinterlassen.

Mr. Malik setzte die Tasse ab. Irgendwo bellte ein Hund. In der Nachbarschaft schien es in letzter Zeit zusehends mehr Hunde zu geben – aus Gründen der Sicherheit, sagten die Leute. Petula hatte versucht, ihn dazu zu überreden, sich ebenfalls einen anzuschaffen, doch Mr. Malik war schon immer der Meinung gewesen, dass es mit Wachhunden wie mit Gewehren war – für den Besitzer selbst viel gefährlicher als für irgendwelche potenziellen Tunichtgute. An seinem Haus gab es zwar Gitter vor den Fenstern – die zweifelsohne ihren Zweck gegen gewöhnliche Einbrecher erfüllten –, doch sie waren nicht angebracht worden, um sich vor Menschen zu schützen. Sie dienten dazu, die Affen fernzuhalten. Die wenigen Parks in Nairobi, vor allem aber die Straßen und Gärten der Vorstadt boten Hunderten von Affen Nahrung und Unterschlupf, und zwar hauptsächlich zwei Arten – den Grünmeerkatzen und den Weißkehlmeerkatzen. Beide haben tatsächlich in etwa die Größe einer Katze, wobei die Grünmeerkatze etwas schlanker und leichter ist. Falls die Unterscheidung trotzdem schwerfällt, lässt sich die männliche Grünmeerkatze an dem leuchtend blauen Skrotum erkennen. Vertreter beider Arten hatten der Garden Lane Nr. 12 schon des Öfteren einen Besuch abgestattet und, besessen von der für Affen typischen Habgier, mit Freuden durch jedes offen stehende Fenster nach allem gegriffen, was sich in Reichweite ihrer Affenpfoten befand. Deswegen die Gitter und die

Notwendigkeit, kleine Gegenstände mindestens eine Affenarmlänge vom Fenster entfernt aufzubewahren.

Aus einem Crotonbaum im Garten der Garden Lane Nr. 12 erklang ein vertrautes Geräusch. Noch immer befiel Mr. Malik ab und zu ein eigenartiges Ziehen im Gedärm, wenn er den lauten, aus drei Noten bestehenden Ruf des großen, braunen Vogels vernahm, der in vielen Teilen Afrikas als Hadada, zu Deutsch Hagedasch, bekannt ist. Wie lange war es nun her, seit er zu seiner ersten wöchentlichen Vogelwanderung mit der Ornithologischen Gesellschaft Ostafrikas aufgebrochen war, damals noch geleitet von der wunderbaren Rose Mbikwa? Wie lange lag jener Tanz mit ihr auf dem Nairobi-Hunt-Club-Ball zurück? Vier Jahre. Ach ja, dachte Mr. Malik und stand auf. Nicht, dass er je ein guter Tänzer gewesen wäre. In seinen Träumen glitt er wie Fred Astaire über das Parkett; im echten Leben sah er, so fürchtete er, eher aus wie ein Walzer tanzendes Warzenschwein. Es wurde Zeit, das Fernglas zu suchen und sich auf den Weg zu machen. Auch wenn Rose Mbikwa immer noch in Schottland war, wollte er seine Wanderfreunde nicht unnötig warten lassen.

4

Jedes Erdferkel hat zwei Ausgänge aus seinem Bau

Rose Mbikwas Mutter hatte ihre Wünsche schon vor langer Zeit geäußert. Sie wollte zu Hause in Edinburgh sterben, an ihrem Bridgetisch, nach einem gereizten und erfüllten Großschlemm; falls das nicht möglich sei, sagte sie, würde es auch ein Kleinschlemm nach Rekontra als Alleinspielerin tun. Auch wenn dieser ambitionierte Wunsch sich nicht erfüllt hatte, so waren sich ihr Ehemann und ihre Tochter doch darin einig, dass der Tod in ihrem Lieblingssessel, den zweiten Gin Tonic des Abends in der Hand und das Kreuzworträtsel der *Times* halb gelöst vor sich, ein beinahe ebenbürtiger Abgang gewesen war. Roses Vater, seit Jahren von Rheuma schwer gezeichnet, versicherte seiner Tochter, dass er zurechtkam. Am Tag vor der Beerdigung flog Rose von Nairobi nach Schottland und packte ihre Koffer im gleichen Zimmer aus, in dem sie aufgewachsen war. Von nun an würde sie in dem großen, alten Haus in Morningside leben und sich um ihren Vater kümmern, und mehr gab es zu diesem Thema nicht zu sagen.

Dies bedeutete für Rose tatsächlich keine große Bürde. Das Wort «Pflicht» existierte in ihrem Wortschatz nicht. Sie tat lediglich das, was für einen Mann, den sie liebte und respektierte, getan werden musste. Und zwar, solange es eben notwendig war. Als ihr Ehemann Joshua Mbikwa vor vielen Jahren auf Befehl des damals amtierenden kenianischen Präsidenten zum ersten Mal verhaftet worden war, hatte sie auch nicht aus Pflichtgefühl für seine Freilassung gekämpft. Sie hatte es getan, weil es schlicht das Richtige gewesen war. Als Joshua vier Jahre später bei einem Flugzeugabsturz ums Leben kam, war sie nicht aus Pflichtgefühl in Kenia geblieben und hatte das Ausbildungsprogramm für Touristenführer im Museum gegründet, sondern weil sie dies als kleinen persönlichen Beitrag für das Land betrachtete, an das sie ihr Herz verloren hatte. Inzwischen lief das Programm sehr gut, auch ohne ihre Hilfe. Ihr Sohn und einziges Kind war erwachsen und zufrieden und genoss seinen Job in Genf. In Edinburgh wurde sie schlicht nötiger gebraucht als in Nairobi. Die Wahl war ihr nicht schwergefallen.

Rose war überrascht, wie schnell sie sich wieder an das Leben in Edinburgh gewöhnt hatte. Ihr Vater konnte das Haus zwar nicht mehr oft verlassen, doch die Tür stand weit offen und ließ die Welt zu ihnen ein. Freunde kamen zu Besuch und blieben auf eine Runde Klatsch und Tratsch. Die Schwester ihres Vaters und die beiden Brüder ihrer Mutter waren für sie Familie genug. Die beiden Familien hatten sich schon immer sehr nahegestanden. Keiner von ihnen war je aus Edinburgh fortgezogen, und die sonntäglichen Zusammenkünfte in dem alten Haus in der Glenlockhart Road waren ein wöchentliches Ritual, auf das Rose sich immer freute. Jetzt kochte sie das Mittagessen, so wie es ihre Mutter früher getan hatte. Ihr Vater wählte Wein und Whisky aus. Und jeden Sonntag wurde dieses Ritual damit abgerundet, dass Tante Jean sich nach dem Essen ans Klavier setzte. Die ganze Familie sang gemeinsam – man hätte meinen können, sie wären Waliser.

Das bedeutete jedoch nicht, dass Rose Kenia nicht vermisste. Nach vier Jahren in Schottland wachte sie noch manchmal in dem Glauben auf, sie läge in ihrem Schlafzimmer im ersten Stock des Hauses in Serengeti Gardens. Die leeren Straßen in Edinburgh verwirrten sie noch immer; in Nairobi waren die Straßen immer verstopft, mit Autos und Lastern und Matatus und mit Menschen – Menschen auf Fahrrädern, Menschen zu Fuß. Sie vermisste die Gerüche Afrikas, und sie vermisste die Gesichter und den Klang afrikanischer Stimmen. Und die Vögel? Ach, an die Vögel mochte sie besser gar nicht denken.

Mr. Malik stellte den alten grünen Mercedes in einer Lücke auf dem Parkplatz vor dem Nairobi Museum ab. Es hatte sich bereits eine ansehnliche Gruppe versammelt – die übliche Mischung aus schwarzen, braunen und weißen Gesichtern. Sie wurden von Jennifer Halutu begrüßt, die seit Rose Mbikwas Rückkehr nach Schottland die Führung der Vogelwanderungen übernommen hatte. Obwohl Jennifer Halutu eine nette und kompetente Frau war, vermisste Mr. Malik Rose. Er wünschte, er könnte noch einmal ihre feste, klare Stimme hören, mit der sie die Aufmerksamkeit der Gruppe auf einen Schwarzbrustspint auf einem Telegraphendraht oder einen über der Stadt kreisenden Schwarzmilan – der in Wirklichkeit nicht schwarz, sondern braun ist – aufmerksam machte.

Ehe sie sich auf das Ziel der heutigen Wanderung einigten, hatte Hilary Fotherington-Thomas ihnen allen etwas mitzuteilen.

«Ich habe schlechte und gute Neuigkeiten für Sie. Es betrübt mich, Ihnen mitteilen zu müssen, dass Dr. Neil Macdonald, der Vater von Rose Mbikwa, vor sechs Tagen verstorben ist. Viele von Ihnen werden sich noch an Dr. Macdonald erinnern, der Kenia viele Jahre lang immer wieder besucht hat. Er wurde vierundachtzig Jahre alt und starb bei sich zu Hause in Schottland. Wir werden ihn vermissen. Die gute Nachricht lautet, dass Rose schon bald nach Nairobi zurückkehren wird. Ich habe heute Morgen eine E-Mail von ihr erhalten. Sie landet schon morgen.»

Das winzige Flattern, das Mr. Malik augenblicklich in seinem Herzen verspürte, wurde von einer strengen Ermahnung seines Verstandes in die Schranken verwiesen. Es war vier Jahre her. Rose Mbikwa erinnerte sich wahrscheinlich nicht einmal mehr an seinen Namen, von dem Tanz auf dem Hunt-Club-Ball ganz zu schweigen.

Eine Abstimmung per Handzeichen ergab, dass die Gruppe, weil genügend Fahrzeuge zur Verfügung standen, an diesem Vormittag zum staatlichen landwirtschaftlichen Forschungsgut hinausfahren würde. Ein kleiner Flecken Wald direkt an der Zufahrt zum Gut, ein Teich, der als Speicher für die Bewässerung diente, sowie ausgedehnte Kaffee- und Teepflanzungen boten Lebensraum für eine Vielzahl von Vogelarten und damit die Möglichkeit, vom Eisvogel bis zum Adler einiges zu sehen zu bekommen. Mr. Maliks alter Freund Thomas Nyambe nahm wie immer auf dem Beifahrersitz Platz, und eine Schar Jungornithologen – in diesem Fall drei männliche und ein weiblicher – quetschten sich auf die Rückbank. Vierzig Minuten später erreichten sie die Zufahrt zum landwirtschaftlichen Forschungsgut.

«Folgen Sie mir», sagte Jennifer Halutu.

Einer der Jungornithologen deutete auf ein Paar Augurbussarde, die über ihnen kreisten – ein heller und ein dunkler.

«Ach ja, Bussarde», sagte Mr. Nyambe, «dabei fällt mir ein …»

Mr. Malik schlug das Notizbuch auf, zückte den Stift und begann zu schreiben.

Als die Wanderung gegen Mittag beendet war, hatte Mr. Malik die Namen von zweiundvierzig kenianischen Vogelarten notiert – einer der Jungornithologen hatte mit seinen Adleraugen sogar eine äußerst seltene Graurückendommel erspäht, die regungslos auf der anderen Seite des Teichs zwischen totem Schilf stand. Er hatte sich außerdem notiert, dass der Entwicklungsminister inzwischen zum zweiten Mal mit wichtigen Repräsentanten eines der weltweit größten Produzenten von Gen-Mais im Hilton gespeist hatte; dass der Finanzminister das Land schon wieder «rein privat» verlassen hatte – auf einem Flug der Swiss International; und dass der Minister für Landwirtschaft und Tourismus dem Cousin seiner Frau für ein privates Bauvorhaben an der Küste beim Naturschutzgebiet Kiunga Marine grünes Licht gegeben hatte – trotz wiederholter Versicherungen, dass die Nationalparks den Menschen und nicht dem Profit dienten.

Die interessanteste Nachricht aber, die Thomas Nyambe hatte durchsickern lassen, betraf den neuen Innenminister. Nachdem sein Vorgänger hatte zurücktreten müssen, als die *Evening News* Enthüllungen über nicht genehmigte Säuberungsaktionen in den Slums von Kibera abgedruckt hatte, hatte der neue Innenminister feierlich gelobt, die Slumbewohner erst umzusiedeln, wenn neuer Wohnraum zur Verfügung stand. Er würde dies, so hatte er verkündet, zu seiner persönlichen Mission machen. Mehr noch, er wolle die ganze Aktion hindurch für absolute Transparenz sorgen, mit öffentlichen Ausschreibungen für staatlichen Wohnungsbau und einem freien und fairen Auslosungsverfahren zur Vergabe des neu entstehenden Wohnraums. Doch nach allem, was Mr. Nyambe von einem seiner Kollegen erfahren hatte, lag nicht nur das Bauprojekt an sich auf Eis (trotz der vielen geflossenen EU-Gelder), sondern bestand die Liste derjenigen, die für die Häuser in Frage kamen – sollten sie je gebaut werden –, offensichtlich ausschließlich aus Angehörigen des eigenen Wahlkreises des Ministers.

«Mein Freund, ich danke dir für deine Gesellschaft und für unser Gespräch», sagte Mr. Malik und schlug das Notizbuch zu.

«Und ich danke dir, mein Freund», antwortete Mr. Nyambe. «Es tut gut, gewisse Dinge zu teilen. Manchmal denke ich, man sollte in der Welt noch viel mehr miteinander teilen.»

Wie es der Zufall wollte, war dies genau das Thema, über das sich auch Petula am nächsten Morgen beim Frühstück mit ihrem Vater unterhalten wollte. Mr. Malik war sich nicht ganz sicher, ob er tatsächlich alles verstanden hatte, doch der neue Direktor aus Genf, den sie am Vorabend kennengelernt hatte, hatte die Absicht, für Clarity International eine örtliche Website aufzubauen, auf der die Menschen – «Zwitschervögel», wie Petula sie nannte – anonym interessante Insiderkenntnisse an die Welt weitergeben konnten. Die Herausforderung bestand darin, zu garantieren, dass sich die Quellen nicht zurückverfolgen ließen. Für Petula mit ihrer Leidenschaft für alles, das mit Computern zu tun hatte, schien das genau das Richtige zu sein. Sie wirkte völlig aus dem Häuschen.

5

Der Sand, den es beim Graben aufwühlt, lässt kein Stachelschwein erblinden

«Hast du schon gehört, A. B.? Die morgige Rede ist abgesagt worden.»

«Meinst du unseren Donnerstagsvortrag?»

«Ja. Sehr schade! Ich hatte mich schon so darauf gefreut. ‹Schutz der Wasserversorgung Nairobis im 21. Jahrhundert› – wäre sicher ein sehr interessantes Thema gewesen.»

Mr. Gopez setzte das Glas ab und griff nach der Schale mit Chilipopcorn.

«Finde ich auch – für gute Märchen bin ich immer zu haben. Der Bursche, der den Vortrag halten sollte, ist ertrunken, stimmt's?»

«Verdurstet, soweit ich weiß», antwortete Mr. Patel. (Wie viele städtische Versorgungsleistungen ist auch Nairobis Wasserversorgung oft ein wenig unzuverlässig.) «Ah, Malik, da bist du ja. Wo wir gerade vom Ertrinken sprechen, du wirkst ein bisschen feucht auf der Birne. Regnet es?»

Mr. Malik beschloss, Mr. Patel zu ignorieren.

Das Bild, das wir von uns selbst im Kopf tragen, deckt sich selten mit dem, was wir im Spiegel sehen. Egal wie alt wir sind, egal welches Geschlecht oder welche Hautfarbe wir besitzen, nur wenige von uns sind hundertprozentig mit ihrem Spiegelbild im Reinen. Zu klein oder zu groß; zu dünn oder zu dick; die Augen zu eng beieinander oder ein wenig zu weit auseinander; die Nase zu lang oder zu kurz. Aber es sind die Haare, die von all unseren physischen Merkmalen offenbar den meisten Grund zur Unzufriedenheit geben. Zu glatt oder zu kraus; zu hell oder zu dunkel; zu kräftig oder zu dünn – oder schlicht: nicht genug. Und genau das erklärt Mr. Maliks Frisur.

Zum klassischen Glatzenkämmer wird man nicht durch eine plötzliche Marotte. Kein Mann wacht eines Tages morgens auf, betrachtet sein Spiegelbild und sagt sich: «Na gut. Schluss mit der Billardkugel – her mit dem Kamm!» Kein Mann entschließt sich dazu, das wenige Haar, das ihm geblieben ist, von diesem Tag an auf einer Schädelseite wachsen zu lassen, es zu pflegen und zu nähren wie der Winzer seine Rebstöcke. Er fängt nicht unvermittelt damit an, seine Haare mit Bürste oder Kamm und vielleicht ein wenig Brillantine dazu zu bewegen, sich fortan nach oben und über seinen Schädel zu legen. Kein Mann ist so dumm zu glauben, Verwandte und Bekannte würden beim Anblick einer solchen spontanen Haupthaarverwandlung vergessen, dass er eben noch kahl war, oder würden glauben, ein Wunder sei geschehen und auf dem eigentlich kargen Schädel sei über Nacht eine Haarpracht erblüht wie eine Wüstenpflanze nach dem Regen.

Nein. Es handelt sich um einen schleichenden Prozess, der sich über viele Jahre hinstreckt. Ein Mann bemerkt, dass sein Haupthaar ein wenig schütter wird. Um dies zu verheimlichen, bedarf es nicht viel, ein kurzer Strich mit Kamm oder Bürste genügt, um den Schwung der verbliebenen Haare in eine andere Richtung zu dirigieren. Mit steigender Ausdünnung steigen auch Zeitaufwand und Sorgfalt, diese zu verbergen. Schon bald findet sich der Mann in einer Zwickmühle wieder. Soll er mit der List fortfahren, die von Monat zu Monat unnatürlicher aussieht, oder soll er sich davon befreien – und damit quasi über Nacht kahl werden? Mr. Malik hatte schon vor langer Zeit beschlossen, den ersten Weg zu gehen. Mochte es morgens auch noch so viel Zeit in Anspruch nehmen, mochte der abscheulich behaarte Patel ihn auch noch so sehr aufziehen, solange noch ein einziges Haar auf seinem Kopf wuchs, würde dieses Haar als glorreiche Bastion gegen Alter, Schwerkraft und männliche Hormone nach oben und quer über den Schädel gekämmt werden.

«Hast du schon gehört?», sagte Mr. Gopez. «Morgen soll das Wasser knapp werden.»

«Ach was», antwortete Mr. Malik. «Ich dachte, damit wäre es seit dem neuen Staudamm am Thika ein für alle Mal vorbei.»

«Nein, er will damit sagen, dass der Vortrag abgesagt wurde», erklärte Mr. Patel. «Der über die Wasserversorgung.»

«Wo wir gerade von dem neuen Staudamm am Thika sprechen», sagte Mr. Gopez, «habt ihr Burschen heute schon die Zeitung gelesen? Wasser allein genügt nicht, man braucht auch die Leitungen dazu. Die alten sind offensichtlich alle leck, und nach dem, was ich eben in der *Evening News* gelesen habe, ist die finanzielle Unterstützung aus Norwegen, die für neue Leitungen vorgesehen war, offensichtlich genauso versickert wie das Wasser.»

«Sie ist da noch irgendwo», sagte Mr. Patel.

«Ich wünschte, ich wäre auch so optimistisch wie du. Ich glaube eher, dass das Geld inzwischen auf irgendein geheimes Konto in Liechtenstein umgelenkt worden ist. Denk an meine Worte.»

«Nicht das Geld, die Pistole – die Pistole, mit der Erroll

erschossen wurde. Die liegt immer noch irgendwo im Thika, an der Stelle, wo er sie auf dem Weg nach Nyeri ins Wasser geworfen hat.»

«Ach du meine Güte, Patel, du kaust doch wohl nicht immer noch an deinem verfluchten Delves Broughton herum?»

«Hör mal, A. B., er hat dem Mädchen alles erzählt. Wie hieß sie doch gleich? – Carberrys Tochter jedenfalls. Er hat es ihr gleich am nächsten Tag gestanden. Das steht alles in dem Buch von diesem englischen Journalisten, und in ihrem eigenen kann man es auch nachlesen. Er hat zugegeben, dass er Erroll erschossen hat. Und nicht nur das, er hat ihr auch erzählt, was er mit der Mordwaffe getan hat. Auf dem Weg nach Nyeri hat er am Fluss haltgemacht und die Pistole über die Brücke in den Wasserfall geworfen. Das musst du doch gelesen haben! – *Weiße Bedrängnis* oder wie immer das hieß.» Er wandte sich an Mr. Malik. «Du hast es doch auch gelesen, stimmt's, Malik?»

«Vermutlich meinst du *Weißes Verhängnis*.» Mr. Malik nickte. «Ja, das habe ich gelesen.»

«Und was ist mit dem anderen Buch?», fragte Mr. Gopez.

«Komm mir jetzt nicht wieder mit diesem Geheimdienstverschwörungsgedöns an», sagte Mr. Patel. «Ich dachte, wir waren uns einig, dass wir die Verschwörungstheorie nicht berücksichtigen.»

«Nein, nein. Ich spreche von dem Buch dieser anderen Frau.»

«Du meinst nicht zufällig *Diana, Lady Delamere und der Lord-Erroll-Mord*?», hakte Mr. Malik nach. «Von Leda Farrant?»

«Das ist es! Falls ich mich nicht irre, schreibt sie, in den sechziger Jahren wäre auf einmal irgend so ein Bürschchen, ein Journalist von hier, mit einem neuen Beweis dahergekommen und hätte in der *Sunday Nation* einen Artikel veröffentlicht, der ganz klar in Richtung Diana deutete. Die Redaktion bekam kalte Füße aus Angst, Diana würde sie verklagen, und wollte die Geschichte zurückziehen – da war die erste Auflage aber bereits gedruckt. Doch zur Überraschung des Chefredakteurs geschah überhaupt nichts. Keine gerichtliche Verfügung, gar nichts. Ein paar Tage später saß der Chef von dem Journalistenbürschchen also im Muthaiga Club beim Kartenspielen, und ausgerechnet wer saß an seinem Tisch? Diana! Er sah sich genötigt, sie auf das Thema anzusprechen – sich zu entschuldigen. Sie wischte seine Erklärung beiseite. ‹Ach, es weiß doch alle Welt, dass ich es getan habe›, sagte sie.»

«Und? A. B.?»

«Na, das ist doch genau das, was ich die ganze Zeit sage. Sie hat es zugegeben.»

Mr. Patel schüttelte ungläubig den Kopf.

«Also, das kann man doch wohl kaum als eindeutiges Schuldeingeständnis bezeichnen. Ist dir noch nicht in den Sinn gekommen, dass sie es ironisch gemeint haben könnte, falls sie es tatsächlich gesagt hat?»

«Wenn ich auch etwas dazu sagen darf», meldete sich Mr. Malik zu Wort, der – ebenso von dem Mord fasziniert wie jeder andere in Kenia – im Laufe der Jahre sämtliche Bücher über den Fall Erroll gelesen hatte, die er in die Hände kriegen konnte (und obendrein Dutzende Zeitungsartikel). «Wir scheinen es einmal mehr mit dem Problem des Beweises durch Hörensagen zu tun zu haben. Die Frau, die dieses Buch verfasst hat – und soweit ich mich erinnre, zeichnet sie darin ein wenig schmeichelhaftes Bild von Diana –, stützt sich in ihren Schlussfolgerungen auf ein Gespräch, bei dem sie selbst nicht anwesend war.»

«Meine Rede, Malik!», sagte Mr. Gopez mit triumphierendem Lächeln.

«Welche Rede?», fragte Mr. Patel. «Eben hast du doch noch behauptet, Diana wäre schuldig.»

«Ich will damit nur sagen, Patel, dass Malik recht hat. Mit Beweisen, die auf Hörensagen beruhen, ist es wie mit diesen mündlichen Vereinbarungen in Hollywood, von denen man ab und zu liest – das Papier nicht wert, auf das sie geschrieben sind. Genau wie bei deinem Delves Broughton.»

Ich könnte mir vorstellen, dass Sie inzwischen ein bisschen verwirrt von all den Anspielungen auf dieses Buch und jene Theorie von diesem oder jenem Autor sind. Gestatten Sie mir deshalb, während unsere Freunde sich im Asadi Club noch eine Runde Tusker bestellen und sich weiter an der großen Schale Chilipopcorn auf dem Tisch gütlich tun, eine kurze Zusammenfassung.

Weißes Verhängnis – später unter dem Titel *Die letzten Tage in Kenia* verfilmt – wurde 1982 von dem englischen Journalisten James Fox veröffentlicht. Das Buch liest sich wie eine echte Kriminalgeschichte und basiert auf den Abschriften des Gerichtsverfahrens gegen Broughton, der 1941 wegen Mordes angeklagt wurde, sowie auf Interviews, die Fox zusammen mit seinem Kollegen, dem Schriftsteller Cyril Conolly, ab 1969 mit möglichst vielen Schlüsselfiguren führte.

Seine Geschichte geht so:

Am Freitag, den 24. Januar 1941 gegen 3:00 Uhr morgens waren zwei Afrikaner in ihrem Milchlastwagen unterwegs von der damals noch ländlichen Ansiedlung Karen nach Nairobi. Es war eine dunkle und regnerische Nacht. Bald nachdem die beiden Männer von der Karen Road nach rechts abgebogen waren, um nach Nordosten Richtung Stadt zu fahren, sahen sie die Lichter eines stehenden Fahrzeugs, das offensichtlich quer über die Straße geschlittert war. Der Wagen war etwa einhundertunddreißig Meter hinter der Abzweigung auf der anderen Straßenseite in einer flachen, wassergefüllten Mulde gelandet. Die Männer hielten an und stiegen aus. Bei dem Fahrzeug handelte es sich um einen schwarzen Buick. Obwohl die Scheinwerfer noch eingeschaltet waren, lief der Motor nicht, und die Fenster waren geschlossen. Auf den ersten Blick schien das Fahrzeug leer zu sein, doch als die Milchmänner ins Wageninnere spähten, entdeckten sie einen Mann. Er lag seitlich zusammengesackt auf Ellbogen und Knien im Fußraum. Er sah tot aus. Die beiden Männer wendeten umgehend ihren Milchlaster und fuhren nach Karen zurück, um Hilfe zu holen.

Innerhalb einer Stunde waren vier Beamte von der Polizeistation in Karen am Unfallort eingetroffen. Sie hielten einen weißen Molkereidirektor an, der ebenfalls in Richtung Nairobi unterwegs war. Der Direktor sagte später aus, er hätte dieselbe Stelle etwas früher schon einmal passiert, in entgegengesetzter Richtung, so gegen 2:40 Uhr, aber nichts Ungewöhnliches gesehen. Während der Direktor sich mit den Polizisten unterhielt, bemerkte einer von ihnen hinter dem linken Ohr des Toten eine Wunde. Der Beamte fuhr im Anschluss zum Hauptquartier der Polizei von Nairobi, um Unterstützung anzufordern, während ein anderer Polizist Kommissar Anstis Bewes in seinem nahegelegenen Haus in Karen aus dem Bett holte.

Bewes erschien gegen 4:50 Uhr am Tatort. Er entdeckte Reifenspuren, die von der Fahrzeugfront wegführten. Als er die Autotür öffnete, fiel ihm neben der Leiche im Fußraum Blut auf dem Fahrersitz auf und außerdem ein penetranter Geruch. Darüber hinaus registrierte er weiße Striemen auf der Rücksitzbank – möglicherweise Schlämmkreide, wie sie zum Weißen von Turnschuhen verwendet wird –, und er sah, dass die beiden Haltegriffe abgerissen auf der Rückbank lagen. Gegen 6:00 Uhr trafen fünf weitere Polizisten am Tatort ein.

Um 8:00 Uhr wurde ein staatlicher Pathologe, der auf dem Weg zur Arbeit zufällig am Tatort vorbeikam, angehalten. Auf seine Anordnung hin wurde der Leichnam zur Untersuchung aus dem Fahrzeug geborgen. Erst, als der Tote herausgezogen wurde und sein Gesicht zu sehen war, identifizierte der Pathologe den Toten als Josslyn Hay, den 22. Earl of Erroll. Die Leiche wurde ins Leichenschauhaus gebracht und der Wagen abgeschleppt. Im Leichenschauhaus bestätigte Polizeihauptkommissar Arthur Poppy, dass sich hinter dem linken Ohr des Toten eine Einschusswunde mit Schmauchspuren befand. Bei der ausgiebigen Untersuchung des Wagens wurden eine abgeschossene Patronenhülse vom Kaliber .32, Blutspuren am Inneren des Seitenfensters auf der Fahrerseite, eine Haarnadel und ein Zigarettenstummel der Marke Players mit Lippenstiftspuren daran gefunden.

Mr. Malik musste zugeben, dass der Erroll-Mord eine ebenso große Faszination auf ihn ausübte wie auf seine Freunde, doch während ein Teil von ihm – jener Teil, der ihn dazu gebracht hatte, alles über den Fall zu lesen, was ihm zwischen die Finger kam (und sich an jedes noch so kleine Detail zu erinnern, jeden Hinweis und jede Theorie) – sich immer noch fragte, wer der Täter und was sein Motiv war, gab es einen anderen Teil in ihm, der wusste, dass es Fragen gab, auf die man wohl niemals eine Antwort finden wird, und dass die Frage nach Errolls Mörder bedauerlicherweise in diese Kategorie gehörte. Er war erleichtert, als er Tiger Singh auf ihren Tisch zukommen sah. Der Tiger wäre sicher in der Lage, das Gespräch auf ein anderes Thema zu lenken. Mr. Maliks Erleichterung verschwand allerdings augenblicklich, als er sah, wen der Tiger im Schlepptau hatte – einen weißhaarigen, dunkelhäutigen Mann mit hellem Leinenjackett und passender Hose, unter der etwas hervorlugte, das verdächtig nach einem Paar weißer Espadrilles aussah.

«Guten Abend, die Herren», sagte der Tiger. «Seht mal, wer mir im Hilton über den Weg gelaufen ist!»

Der Mann trat vor. Mr. Gopez erhob sich und streckte die Hand aus.

«Harry Khan! Wie schön, Sie wiederzusehen, alter Knabe – Patel hat uns schon erzählt, dass Sie wieder im Lande sind.»

«Hallo, A. B., Patel», sagte Harry Khan und lächelte breit. «Und wenn das nicht mein alter Kumpel Malik ist! Na, Jack, was steht an?»

«Mord!», sagte Mr. Malik.

«Mord?»

«Wir haben uns gerade darüber unterhalten, Tiger.»

«Er meint den Erroll-Mord», sagte Mr. Patel.

«Keine Sorge, Harry», erklärte der Tiger, «das ist schon so lange her, davon können Sie gar nichts mitbekommen haben.»

«Der Prozess hat weltweit Schlagzeilen gemacht», sagte Mr. Patel. «Aber dann ist er davongekommen.»

«Ich glaube, Patel, das korrekte Wort lautet *freigesprochen*», widersprach Mr. Gopez. «Broughton wurde freigesprochen – von den Geschworenen einstimmig für nicht schuldig befunden.» Er wandte sich an Harry Khan. «Wissen Sie, in Wirklichkeit war es nämlich Diana, Broughtons Frau.»

«Khan, Sie müssen meinem Freund verzeihen. Er redet wirr. Malik wird es Ihnen erklären – er hat die Bücher gelesen. Broughton hat gestanden, wissen Sie? Ist es nicht so, Malik?»

«Ja, Patel, aber –»

«Und bitte verzeihen Sie *meinem* Freund, Khan», sagte Mr. Gopez. «Ob seine Geistesschwäche nun angeboren oder erworben ist, hier ist tiefes Mitgefühl für ihn und die Seinen angebracht. Nein, wie immer heißt es auch hier *cherchez la femme* – und in diesem Fall braucht man auch nicht weit zu suchen, um zu merken, dass alle Spuren zu Diana führen. Ist doch so, Malik, oder nicht?»

«Nun, mag sein –»

Diesmal war es Patel, der ihm ins Wort fiel.

«Mag sein, dass die Wiedergabe eines Gespräches aus dritter Hand zwanzig Jahre nach dem Mord nicht eben viel zählt? Ich stimme dir von Herzen zu, Malik, alter Freund.»

«Ja, aber – nein. Ich meine, können wir uns nicht darauf einigen, dass man einfach nicht weiß, wer der Mörder ist – dass es sich um ein ungelöstes Verbrechen handelt? Schließlich ist das Ganze sechzig Jahre her. Aus und vorbei. Gestorben. Sie sind inzwischen alle gestorben.»

«Ah ja, *mors omnia resolvit*», fügte Tiger Singh hinzu. «Aber dennoch. Vor dem Gesetz ist ein ungelöstes Verbrechen niemals gestorben.»

«In meinen Augen ist es nicht ungelöst», widersprach Mr. Patel. «Volles Geständnis, Fall abgeschlossen.»

«*Mutmaßliches* Geständnis, Patel. Ich setze weiter auf die *Femme fatale*.»

«Habe ich ‹setzen› gehört? Ist hier etwa von einer Wette die Rede?»

Tiger Singh hob die Hand.

«Wenn ich mich einmischen darf, meine Herren, mir scheint, dieser Streit führt zu nichts. Jede Seite beharrt auf einer starren Position und versucht alles, um die Gegenseite zu verunglimpfen oder ins Lächerliche zu ziehen. Ohne weitere Beweise steht ein Wetteinsatz nicht zur Debatte – Wetten verlangen Beweise. Also, Khan, alter Freund, was möchten Sie trinken?»

«Schwarz gebrannten Schnaps», sagte Mr. Gopez. «Das hat man damals nämlich getrunken, wisst ihr? June Carberrys Ehemann hat ihn auf seinem Gut in Nyeri selbst gebrannt. Stimmt doch, Malik, oder?»

Mr. Patel schüttelte den Kopf.

«Ja, aber in der Nacht des Mordes haben sie trotzdem was anderes getrunken. Es mag zwar Krieg gewesen sein, aber im Muthaiga Club floss der Champagner, genau wie immer – und zwar kistenweise. Stimmt doch, Malik, oder?»

«Meine Herren!», rief Tiger Singh. «Würdet ihr Mr. Khan wohl bitte erlauben, mir zu verraten, was er gerne trinken würde?»

«Genau, A. B. Und hör endlich damit auf, ständig dem armen Malik ins Wort zu fallen. Der ist sicher auch kurz vor dem Verdursten», sagte Mr. Patel.

«Besser, als von einer eifersüchtigen Geliebten erschossen zu werden.»

Mr. Malik räusperte sich.

«Tiger, dürfte ich einen Vorschlag machen?»

Alle Augen richteten sich auf ihn.

«Ich habe nachgedacht. Du hast recht, Tiger – diese Debatte über den Erroll-Mord führt zu nichts. Trotzdem besteht die Notwendigkeit, die Sache ein für alle Mal aus der Welt zu schaffen, und mir ist da gerade eine Idee gekommen. Wie wäre es, wenn wir zu diesem Thema hier bei uns im Club etwas machen würden?»

«Meinst du eine Nachstellung des Mordes?», fragte Mr. Patel. «Ich war ja schon immer der Meinung, A. B. würde einen hervorragenden Earl of Erroll abgeben. Und ich könnte den Broughton spielen – wobei, wo bekomme ich so kurzfristig eine geladene Pistole her?»

«Nein, nein, ich dachte eher an eine Art Gerichtsverhandlung. Natürlich kein echter Prozess – eher eine Debatte. Warum nicht gleich morgen, wo doch der Vortrag abgesagt wurde?»

«Genau meine Rede», sagte Mr. Gopez und steckte die Hand in die Jackentasche auf der Suche nach seiner Brieftasche.

«Debatte, A. B., nicht Wette», sagte Mr. Patel. «Mit Argumenten dafür und dagegen. Wie früher in der Schule.»

«Was genau schwebt dir da vor, Malik?», wollte Tiger Singh wissen.

«Wir veranstalten hier im Club einen Debattierabend über den Erroll-Mord. A. B. und Patel präsentieren ihre jeweilige Sicht der Dinge, und die Gegenseite erhält jeweils die Gelegenheit zur Replik. Selbstverständlich muss es einen Schiedsrichter geben – damit alles in geregelten Bahnen verläuft. Danach wird abgestimmt, und derjenige, der die meiste Unterstützung des Publikums erhält, wird zum Sieger der Debatte erklärt.»

«Was, kein Geld?», fragte Mr. Gopez und zog die Hand aus der Tasche.

«Nein, A. B., kein Geld, Tiger, würdest du womöglich –»

«Den Schiedsrichter geben? Mit Vergnügen. Nun, Patel, A. B.? Was meint ihr?»

«Broughton», sagte Mr. Patel.

«Diana», sagte Mr. Gopez.

«Dann ist es also abgemacht», erwiderte Mr. Malik. «Und jetzt würde ich gerne wissen – hat zufällig jemand Lust auf eine Partie English Billiards?»

«Tolle Idee, Jack», sagte Harry Khan. «Ach, wo wir gerade beim Thema sind, für mich bitte einen Mr. Daniel's auf Eis, lieber Tiger. Einen doppelten.»

6

Grollt der Donner über den Himmel,
suchen Stachelschwein und Leopard
Schutz unter demselben Baum

Der Asadi Club, Motto *Spero meliora*, blickt auf eine stolze Geschichte zurück. Wie die Registrierungsurkunde über dem Bartresen bescheinigt, wurde der Club im Jahre 1903 gegründet, als Nairobi kaum mehr war als eine Ansammlung von Blechhütten entlang der Eisenbahnschienen. Er entstand als Freizeitverein für heimwehkranke Immigranten indischen Ursprungs. Die meisten von ihnen waren als Vertragsarbeiter nach Nairobi gekommen, um den Briten beim Bau der sogenannten «Lunatic Line» zu helfen, jenem wahnwitzigen Eisenbahnprojekt, das den Indischen Ozean mit dem Viktoriasee verbinden sollte. Ursprünglich auf bescheidenen fünf Morgen Land am Rande jenes Stadtviertels errichtet, das damals als indisches Viertel bekannt war, liegt der Club heute inmitten einer modernen Großstadt. Statt eines Lehmpfades führt eine geteerte Straße zum Club; statt von nacktem Drahtzaun ist er von einer dichten Hecke umgeben; statt Kaffeeplantagen liegen die Häuser der Reichen und Mächtigen in unmittelbarer Nachbarschaft. Der Club nennt eine großzügige Bar sein Eigen, einen Speisesaal und eine eigens eingerichtete Dunkelkammer (aber wer benutzt in Zeiten der Digitalfotografie noch Dunkelkammern?) sowie sechs

Squash-Courts, zwei Tennisplätze, ein Schwimmbecken und ein Billardzimmer mit zwei Tischen in Turnierformat (im Gegensatz zu nur einem Tisch im Muthaiga Club. Tja!).

Jene Leser, die mit English Billiards nicht vertraut sind, könnten glauben, ein Spiel mit zwei Spielern, zwei Stöcken, drei Kugeln und einem 12-Fuß-Tisch sei vielleicht nicht gerade aufregend. Sie sind womöglich der Auffassung, dass diese Spielvariante es bei weitem nicht mit dem Reiz etwa einer Partie Snooker aufnehmen kann, wo mit fünfzehn roten und sechs andersfarbigen Kugeln gespielt wird oder mit dem Schwung der amerikanischen 8-Ball-Pool-Variante mit ihren Vollen und Halben und der gefürchteten schwarzen Acht, all das zusammengepfercht auf einem 9-Fuß-Tisch. Aber English Billiards ist ein Spiel voller Raffinesse, das viel Geschick erfordert. Es geht nicht darum, die Kugeln *irgendwie* zu versenken. Ein sogenannter *In-off Shot* oder *Lozing Hazard* bringt für gewöhnlich mehr Punkte als der direkte Angriff, außerdem kann man mit einem *Cannon* punkten (der eigene Ball trifft die beiden anderen). In gewisser Weise bestimmt reine Physik dieses Spiel – Kraft und Impuls, Aufprallwinkel und Drall. Vor allem aber ist English Billiards ein Spiel für Philosophen – und ich vermute sehr, dass dies der Hauptgrund dafür ist, warum es für die Mitglieder des Asadi Clubs schon seit langem das Spiel der Wahl ist. English Billiards mag ein einfaches Spiel sein, leicht ist es auf keinen Fall.

«Foulstoß», sagte der Tiger. «Zwei Punkte an Khan. Khan achtundsechzig Punkte, Malik dreiundfünfzig.»

«Wirst wohl langsam ein bisschen nervös, was, Jack?»

Besonders verdrießlich war, dass Harry Khan recht hatte. Malik konnte niemand anderem als sich selbst die Schuld für diesen Fehlstoß geben. Er hatte sich bis jetzt nicht schlecht geschlagen – nicht zu übereifrig, nicht zu hektisch. Doch jetzt hatte er bei dem Versuch, mit seinem Spielball einen simplen Folge*cannon* zu erzielen, den eigenen Ball zweimal berührt. Nein, die Schuld lag ganz allein bei ihm.

Hier ist übrigens ein Tipp, den ich von meinem Freund Kennedy bekommen habe. Wenn man nach einem Foul des Gegners den Abstoßpunkt frei wählen kann, sollte man den eigenen Spielball anderthalb Balllängen rechts vom «D» platzieren, sich sodann rechter Hand des gegnerischen Spielballes ausrichten und den eigenen Ball direkt anstoßen – ein Effetstoß ist hier nicht erforderlich. Die eigene Kugel wird bei diesem Stoß an der gegnerischen abprallen und fein säuberlich in der oberen rechten Ecke verschwinden. Hat man zudem das Tempo richtig eingeschätzt, wird der Spielball des Gegners dabei den Tisch hinauftrudeln, von der oberen Bande abprallen und nahe genug am roten Objektball zum Liegen kommen, um damit als Nächstes einen *Cannon* oder gar einen *In-off* zu erzielen.

Harry Khan kannte diesen Trick wohl ebenfalls. Er legte den Ball auf und kalkulierte den Stoß genau richtig. Er lochte seinen Ball ein, erzielte erst einen *Cannon* und im Anschluss gleich den nächsten. Danach noch dreimal die Rote eingelocht, und er führte mit dem Gewinnstand von 101.

«Sieht aus, als hättest du diesmal verloren, was, Jack?»

«Ja. Gut gespielt, Khan. Darf ich dir einen ausgeben?»

«Jack Daniel's auf Eis. Nein, warte kurz.» Er warf einen Blick auf die goldene Rolex an seinem Handgelenk. «Das verschieben wir auf ein andermal, ich muss zurück in die Stadt.»

«Aber kommen Sie bitte wieder», sagte Mr. Patel. «Malik kann immer ein paar Übungsstunden gebrauchen.»

«Wissen Sie was, das mache ich vielleicht sogar. Mir gefällt dieser alte Laden irgendwie.» Er sah sich prüfend um. «Haben Sie je darüber nachgedacht, ihn ein bisschen aufzumöbeln? Ein bisschen zu modernisieren, meine ich?»

Mr. Malik folgte seinem Blick. Nun ja, die Räume könnten tatsächlich einen frischen Anstrich vertragen – andererseits war nach dem Küchenbrand schließlich der ganze Club renoviert worden, und das war erst … meine Güte, konnte das wirklich schon wieder zwölf Jahre her sein?

«Ich fürchte, hier etwas zu verändern ist nicht ganz einfach», sagte Tiger Singh.

«Das stimmt», sagte Mr. Patel. «Beim Vorstand liegt seit beinahe einem Jahr eine Eingabe, aus unserer alten Dunkelkammer einen Computerraum zu machen, aber die meisten Mitglieder glauben immer noch, ein Megabyte bekäme man von Riesenmoskitos und auf Festplatten würden Samosas serviert.»

«Dann bräuchtet ihr vielleicht mal ein paar jüngere Mitglieder. Diese alten, durchgesessenen Ohrensessel und der mottenzerfressene Löwe am Eingang sind ja wohl kaum der letzte Schrei. Nicht gerade zeitgemäß, meine ich. Wir leben schließlich im einundzwanzigsten Jahrhundert.»

Tiger Singh sah sich um.

«Da haben Sie sicher recht, Harry, aber von dem Löwen können wir uns keinesfalls trennen. Unser Clubmaskottchen, wissen Sie? Hüter der Tür. Dieser Löwe hält Wacht über die Sicherheit des Clubs. Stimmt doch, Malik, oder?»

«Das stimmt, Tiger. Und bis heute hat er noch keinen Tag seinen Dienst versäumt.»

«Abgesehen von damals, als er verschwunden war», sagte Mr. Patel.

«Ach ja.» Mr. Malik lächelte. «Aber er war ja nicht richtig verschwunden – nur mal kurz frische Luft schnappen.»

«Unsere Freunde spielen auf einen Vorfall vor ein paar Jahren an», erklärte Tiger Singh dem sichtlich ratlosen Harry Khan. «Damals fand man den Löwen auf dem Dach des Clubs wieder. Keiner hat je herausgefunden, wie er dorthin gelangt ist, es bestand jedoch immer ein starker Verdacht, dass Sanjay und Bobby Bashu dabei ihre Finger im Spiel hatten. Wie dem auch sei, würde mich freuen, Sie wiederzusehen, Harry. Ach ja, morgen Abend findet bei uns eine Debatte statt. Interessieren Sie sich für –»

Harry Khan stellte das Queue in den Ständer zurück. «Diesen Typen, über den ihr euch vorhin unterhalten habt? Tut mir leid, Jungs, tote weiße Männer sind nicht ganz mein Gebiet. Außerdem bin ich bereits zum Abendessen verabredet.»

Harry wünschte mit einem breiten, weißen Strahlelächeln einen guten Abend in die Runde. Auf dem Weg nach draußen blieb er kurz an der Eingangstür stehen, tätschelte dem ausgestopften Löwen den Kopf, bestieg ein nigelnagelneues, glänzend rotes Mercedes-CLK-Cabriolet und verließ in einer kleinen Wolke aus Staub und Kieselsteinen den Parkplatz des Asadi Clubs.

Wer Chicago kennt, ist vielleicht vertraut mit den «Menschenfressern von Tsavo», den ausgestopften kenianischen Löwen, die Generationen von Kindern verzauberten und ihre Eltern zum Träumen brachten, wenn sie das Field Museum of Natural History besichtigten. Die Geschichte der beiden knurrenden Löwen geht auf die späten 1890er Jahre zurück, als sich die Eisenbahnstrecke von Mombasa zum Viktoriasee noch im Bau befand. Die Gleise waren auf der Strecke nach Nairobi beinahe zur Hälfte verlegt, als dem Eisenbahninspektor Oberstleutnant J. H. Patterson, ausgezeichnet für besondere Verdienste, eine Häufung von Nichtanwesenheit unter den indischen Arbeitern auffiel. Nicht eben für eine vorurteilsfreie Einstellung seinen Angestellten gegenüber bekannt, weigerte er sich anfangs, den haarsträubenden Geschichten seiner Leute Glauben zu schenken, die ihm von Schreien in der Nacht und Blutspuren auf Zeltwänden erzählten. Nein, dachte er, die verfluchten Kulis machten sich mit Sicherheit reihenweise über die Gleise davon, nur um in Mombasa den nächsten Kolonialwarenladen aufzumachen. Als sie ihm jedoch eine staubige Sandale brachten, in der noch der Fuß ihres Besitzers steckte, wurde ihm klar, dass er etwas unternehmen musste. Was dann geschah, können Sie in den 1907 erschienenen Memoiren des Oberstleutnants nachlesen, die den Titel *Die Menschenfresser von Tsavo und andere Abenteuer in Ostafrika* trugen und ein wahrer Kassenschlager wurden. In einem hinteren Kapitel des Buchs findet sich die Geschichte über einen weiteren Menschenfresser – den sogenannten Killer von Kima.

Am 4. Juni 1900 erreichte den Oberstleutnant C. H. Ryall von der Eisenbahnpolizei Nairobi ein Telegramm, das von der Bahnstation Kima unweit von Tsavo verschickt worden war. *Löwe greift Station an*, hieß es. *Erbitten dringend Unterstützung*. Erfreut durch die Aussicht auf ein wenig Zeitvertreib, befahl Ryall, seinen Privatwaggon an den nächsten Zug in Richtung Kima anzukoppeln, und machte sich in Begleitung zweier Freunde auf den Weg. In Kima angekommen, ließ er seinen Waggon auf einem Abstellgleis parken und gedachte, dort zu übernachten. Mit schweren Gewehren und ausreichend Munition bewaffnet, wollten er und seine Begleiter abwechselnd Wache halten und vom Waggon aus nach dem Löwen Ausschau halten. Vielleicht war die Nacht zu heiß gewesen – oder der Whisky zu stark –, jedenfalls schlief Ryall während seiner Wache ein, und zwar bei weit geöffneter Schiebetür. Keiner im Waggon sah die gelben Augen, die leuchtend das Mondlicht reflektierten, und es hörte auch keiner das Tappen von vier samtweichen Pfoten.

Weil das Nebengleis, auf dem der Schlafwagen abgestellt war, mit mangelnder Sorgfalt aufgeschüttet worden war, stand der Waggon ganz leicht zur Seite geneigt. Als der hungrige Löwe durch die geöffnete Tür ins Innere hineinsprang, reichte sein Gewicht aus, um die Neigung noch ein wenig weiter zu verstärken. Die Tür glitt zu, der Riegel rastete ein, und drei Männer samt Löwe waren in dem Wagen eingesperrt. Der Lärm drang bis ans Ohr von Mohammed Khan, dem Mann, der den Hilferuf telegraphiert hatte und der jetzt sicher versteckt in einer Wassertonne gegenüber dem Abstellgleis hockte und das Geschehen aus sicherer Entfernung beobachtete.

Sein erster Gedanke war, dass dieser Ryall ein genialer Bursche war. Eine solche Falle aufzustellen und sie dann mit sich selbst als Köder zu bestücken! Dazu bedurfte es schon einer Menge britischen Geschicks und jeder Menge britischen Schneids! Was der wagemutige Sahib wohl als Nächstes plante, nun, da ihm das Untier in die Falle gegangen war? Würde er den Löwen mit dem Revolver erschießen oder ihn mit bloßen Händen erdrosseln? Mohammed Khan hörte Tumult aus dem Waggon, jedoch keine Schüsse. Der Sahib hatte sich für die bloßen Hände entschieden!

Sie können sich also seine Überraschung vorstellen, als er

einen Augenblick später mitansehen musste, wie zwei hosenlose Herren aus einem Fenster der ihm zugewandten Seite des Waggons sprangen, dicht gefolgt von dem Löwen – wiewohl Letzterer mit dem Hinterteil zuerst herauskam und weniger in Eile schien. Der Grund für die ungewöhnliche Haltung des Tieres und seine gemächliche Gangart wurde schon allzu bald ersichtlich. Der Löwe zerrte hinter sich den leblosen Körper von Inspektor Ryall durch das Fenster hinaus ins Freie.

Mohammed Khan war eine empfindsame Seele und wusste sofort, was er zu tun hatte. Er musste den hosenlosen Herren augenblicklich etwas zum Anziehen verschaffen. Allen Gefahren zum Trotz stieg er also aus der Wassertonne und raunte den beiden Herren zu, sie mögen ihm bitte folgen, damit er sehen könne, was sich arrangieren ließe.

Erst weit nach elf Uhr am nächsten Tag, nachdem ein ausgesandter Suchtrupp aus Massai-Kriegern die Überreste von Ryall aufgespürt und den Löwen getötet hatte, ließen sich die beiden Begleiter Ryalls dazu überreden, ihre eigene Kleidung aus dem Waggon zu holen. Sie kehrten mit dem Vierzehn-Uhr-vierzig-Zug nach Nairobi zurück, fein säuberlich gekleidet in makellose Khakis, Stiefel samt Gamaschen und Tropenhelme, doch sie hatten auch die neuen roten Umhänge bei sich, die ihnen Mohammed Khan geliehen hatte und auch nicht wieder zurückwollte, denn er hatte darauf bestanden, dass die Herren diese zur Erinnerung an das überstandene Abenteuer behielten. Die Herren wiederum bestanden darauf, dass er das Fell des erlegten Löwen behielt.

Besagter Mohammed Khan war es gewesen, der sich, inzwischen stolzer Eigentümer einer florierenden Gemischtwarenhandlung in Nairobi, drei Jahre darauf mit ein paar Landsleuten zusammentat (darunter, wie der Zufall es wollte, auch Mr. Maliks Großvater), um den Asadi Club zu gründen. Wer durch den Haupteingang die Empfangshalle des Clubs betritt, wird auch heute noch von besagtem Löwen begrüßt. In achtungsvoller Rücksicht auf die örtliche afrikanische Tradition blickt das tote Tier nach Norden – damit sein Geist den Weg zu den ewigen Jagdgründen finden kann –, und um ihn hat sich die Legende gerankt, dass der Club, solange dieser Löwe über ihn wacht, blühen und gedeihen wird. Mohammed Khan hat den Löwen höchstpersönlich ausgestopft, und er hat es gar nicht ungeschickt gemacht – auch wenn der Killer von Kima nach über einhundert Jahren Wacht ein klein wenig müde wirkt und, obwohl die zurückgezogenen Lippen noch heute ein imposantes Gebiss entblößen, eher zu lächeln als zu knurren scheint.

Auch Mr. Malik sah sich prüfend um, als er später am Abend die Lobby des Asadi Clubs durchschritt. Vielleicht hatte Harry Khan recht. Vielleicht sah es hier tatsächlich ein wenig schäbig aus – aber das ließ sich mit ein paar neuen Bezügen und ein wenig frischer Farbe problemlos wettmachen. Er würde sich auf ein Wort mit dem Verwalter treffen und ein paar Angebote einholen, um sie dem Vorstand vorzulegen. Was jedoch den Löwen betraf – nein. Der Löwe blieb.

7

Wenn der Baumriese fällt, fressen die Pinselohrschweine die Früchte

Es hat, dachte Brian Kukuya, etwas höchst Angenehmes an sich, ein Minister der Regierung zu sein. Er sah sich in dem großzügig geschnittenen Raum um, der ihm seit neuestem als Amtszimmer diente. Hohe Decken, große Fenster, kühler Steinboden. Vor dem Kamin lag ein Löwenfell (beziehungsweise, zoologisch korrekt, ein Löwinnenfell) von blass gelbbrauner Färbung. Er hatte die Wände in einem dazu passenden Farbton streichen lassen und war mit dem Ergebnis recht zufrieden. Die Maler, die sein Assistent Jonah besorgt hatte, hatten wirklich erstklassige Arbeit geleistet, keine dieser lustlosen Kleingewerbler, mit denen man sich heutzutage ständig rumschlagen musste – nein, ganz im Gegenteil. Aber so sollte es auch sein – für einen Minister der Regierung war das Beste gerade gut genug. An der Wand neben seinem Schreibtisch stand ein unaufdringliches und doch beeindruckendes Bücherregal, das gefüllt war mit unaufdringlichen und doch beeindruckenden Büchern. An der gegenüberliegenden Wand hing eine Fotografie von ihm und dem Präsidenten, händeschüttelnd und in die Kamera strahlend. Denn nach Jahren interner Rangeleien und Wahlkämpfe, Wahlkreisversammlungen und Bartresenversammlungen und Hinterzimmerversammlungen war der ehrenwerte B. Kukuya, Innenminister von Kenia, endlich auf dem Posten angelangt, den er verdient hatte. Wohlgemerkt, es hatte auf Messers Schneide gestanden. In allerletzter Minute war das Gerücht aufgekommen, Zakiya Mohutu würde den begehrten Posten bekommen und er selbst mit dem Transportministerium abgespeist werden. Diverse Gefallen mussten eingefordert, diverse Versprechen gegeben werden. Am Ende jedoch hatte sich alles zum Guten gewendet, und jetzt durfte er sich endlich ein wenig zurücklehnen. Er durfte sich entspannen. Er durfte delegieren.

Er drückte einen Knopf auf seinem Schreibtisch.

«Nun, Jonah! Was haben Sie heute für mich?»

«Nur ein paar Briefe, die zu unterzeichnen wären, Herr Minister, und dann der Termin um zehn – der Eintrag befindet sich in Ihrem Kalender, und ich habe Ihnen die betreffenden Unterlagen auf den Tisch gelegt. Ach ja, und soeben habe ich einen Anruf aus dem Büro des Premierministers bekommen. Die Kabinettsitzung heute Nachmittag wurde verschoben. Die Schweizer Delegation verspätet sich wieder einmal, doch der Premierminister möchte sie trotzdem sehen, sobald sie eingetroffen ist. Soll ich für Sie im Golfclub anrufen?»

«Danke, Jonah.»

Brian Kukuya lehnte sich in seinem bequemen Sessel zurück und verschränkte die Hände hinter dem Kopf. Ja, es hatte etwas äußerst Angenehmes an sich, Minister zu sein. Keine Aufgabe, für die jedermann geeignet wäre – oh nein, ganz und gar nicht. Delegieren, zum Beispiel. Man musste ganz sicher sein, dass die Leute, an die man delegierte, der Aufgabe gewachsen waren. Und deswegen war es ein großes Glück – nein, kein Glück, Weitsicht war das richtige Wort –, dass er Jonah Litumana gestattet hatte, seinen Job als ministerialer Privatsekretär zu behalten, als der vorherige Innenminister gezwungen gewesen war, zurückzutreten. Es war von großer Bedeutung, Kontinuität sicherzustellen und jemanden um sich zu haben, der verstand, dass ein Minister nicht mit unwichtigen Einzelheiten behelligt werden wollte. Das große Ganze war sein Metier, die langfristigen Visionen seine Aufgabe. Doch eine derart bedeutende Position hatte auch ihre Schattenseiten. Wie Brian Kukuya nicht müde wurde, allen zu erklären, die ihn danach fragten, und auch vielen, die es nicht taten, arbeitete er derzeit so hart wie noch nie in seinem Leben.

«Kann einfach nicht mehr abschalten, wissen Sie? Morgens, mittags, nachts – ich denke und denke und denke.»

Ein Beispiel: Ein ahnungsloser Beobachter, der sich an diesem Nachmittag zufällig im Sandringham Country Club befand, mochte glauben, er spiele Golf; danach dann mochte es so aussehen, als würde er sich an der Bar bei einem gepflegten Drink entspannen. In Wirklichkeit aber tat er die ganze Zeit nichts anderes als denken, denken, denken, arbeiten, arbeiten, arbeiten.

Er warf einen Blick auf seinen Schreibtisch. Ah ja, die Briefe. Obwohl Alter und Erfahrung seinen Blick für die großen Dinge zweifellos geschärft hatten, musste der ehrenwerte Brian Kukuya zugeben, dass dieselben Jahre seinem Blick für die kleinen Dinge des Alltags keinen Gefallen getan hatten. Er befand sich in jener Phase des Lebens, wo die Arme scheinbar immer kürzer wurden, das Licht immer schummriger und das Kleingedruckte immer kleiner. Er befand sich außerdem in einer Phase seines Lebens, wo er sich seiner Erscheinung ausgesprochen bewusst war. Ach, eine Taille, die ein wenig außer Form geraten war, machte ihm genauso wenig zu schaffen wie die paar grauen Haare – seine Frau versicherte ihm, es verleihe ihm Bedeutung, und seine Geliebte versicherte ihm, er wirke damit vertrauenerweckend – aber eine Brille? Unmöglich! Letzten Monat hatte er von gewissen Augenübungen gehört, die angeblich dem Einfluss des Alters auf das Sehvermögen entgegenwirkten, und hatte Jonah gebeten, das Buch im Internet zu bestellen. Er würde schon sehr bald damit beginnen – vorausgesetzt, er konnte die Ratschläge entziffern. Doch im Grunde spielte auch das keine Rolle. Jonah hatte stets eine mündliche Zusammenfassung all dessen parat, was wichtig war, und Brian Kukuya sah immer noch gut genug, um die Stelle zu erkennen, an der er die Schriftstücke unterzeichnen musste, die Jonah ihm vorlegte. Er nahm den Füller zur Hand. Nur vier Briefe heute Morgen und dem Papier nach offensichtlich lediglich ein paar hausinterne Memoranden. Er unterschrieb jedes einzelne Dokument mit Sorgfalt – man musste sorgfältig sein, wenn man ein Minister der Regierung war – und legte sie in den Ausgangskorb. Seine Finger bewegten sich erneut zu dem Knopf auf seinem Schreibtisch.

«Schön, Jonah. Sie können Mr. Khan jetzt hereinschicken.»

Seit die Familie Khan Kenia in den sechziger Jahren verlassen hatte, war es ihr wohl ergangen. Harry Khan und seine beiden Brüder hatten miterlebt, wie sich das Familienunternehmen von der Kolonialwarenkette, die sein Großvater einst gegründet hatte, in ein Franchise-Unternehmen mit Hotels und Restaurants und in jüngster Zeit auch Einkaufszentren verwandelt hatte. Mit seinem guten Aussehen und der einnehmenden Art hatte Harry ganz selbstverständlich den Platz in der ersten Reihe eingenommen, während seine Brüder sich im Hintergrund um Management und Buchhaltung kümmerten. Harry war derjenige, der die Investoren zum Mittagessen einlud, die Seminare leitete und sich um die Frauen der Franchise-Nehmer kümmerte. Sich um die Frauen der Franchise-Nehmer zu kümmern, konnte Harry ganz besonders gut.

«Mr. Khan! Ich freue mich, Sie zu sehen.» Mit ausladender Geste bot der Minister seinem Besucher einen Stuhl an. «Bitte, setzen Sie sich. Nun, was halten Sie von unserem Land?»

Harry bedachte den Minister mit einem strahlenden Lächeln.

«Für mich wird Kenia immer das Juwel Afrikas sein, Herr Minister.»

«Wie lange sind Sie nicht mehr hier gewesen?» Der Minister hatte natürlich einen Blick in die Unterlagen von Jonah Litumana geworfen und kannte die Antwort auf diese Frage – doch Smalltalk war Smalltalk.

«Viel zu lange», sagte Harry Khan. «Das letzte Mal bin ich allerdings rein privat hier gewesen – wissen Sie, meine Mutter hatte den Wunsch, noch einmal zurückzukehren und zu sehen, was aus der alten Heimat geworden war.»

«Natürlich, jetzt erinnere ich mich wieder – Sie sind hier geboren. Sie sind genauso Kenianer wie ich. Aber bitte sagen Sie mir doch, sind Sie mit Ihrer Unterbringung zufrieden?»

«Im Hilton kümmert man sich immer ganz besonders gut um mich.»

«Schön, schön. Sollten Sie irgendetwas benötigen – der Direktor ist ein persönlicher Freund von mir.»

«Das ist zu gütig, Herr Minister.»

Harry Khan sah sich in dem Amtszimmer um.

«Hübsch haben Sie's hier. Wie ich gehört habe, sind Sie noch nicht lange im Amt. Ihr Vorgänger – er ist zurückgetreten, habe ich recht?»

«Allerdings. Aus persönlichen Gründen. Sehr traurig.»

«Ach so? Da habe ich aber etwas anderes gehört. Hatte

es nicht irgendwas mit der *Evening News* zu tun – mit dieser Kolumne? ‹Von einem Schlag›?»

«Ach, dann ist Ihnen dieser Dadukwa also ein Begriff, Mr. Khan? Lassen Sie mich Ihnen bitte versichern, dass dieses ganze Geschmier auf nichts anderem als auf Phantastereien und übler Nachrede beruht.»

«Aber einige dieser Phantastereien und Gerüchte müssen doch wohl von ziemlich weit oben kommen, oder nicht?»

Das Lächeln auf Brian Kukuyas Gesicht rutschte einen winzigen Millimeter weit nach unten. «Sie sind gut informiert, Mr. Khan. Und Sie dürfen sicher sein, dass die Regierung, und ich als Innenminister ganz besonders, solche undichten Stellen als Bedrohung der nationalen Sicherheit sehr ernst nimmt. Außerordentlich ernst sogar. Ich habe keinen Zweifel daran gelassen, dass jegliche Information, die zur Enttarnung dieses unpatriotischen Strolches führt, belohnt werden wird. Das war eine meiner allerersten Anweisungen. Haben Sie es gelesen? Diese Kolumne, meine ich?»

«Nein, nicht direkt. Ich habe gestern Abend ein paar alte Freunde getroffen; sie haben mir berichtet, was geschehen ist.»

«Darf ich annehmen, dass Sie im Asadi Club waren?»

Harry Khan lächelte.

«Sie scheinen auch recht gut informiert zu sein, wenn ich das sagen darf, Herr Minister.»

«Es ist meine Aufgabe zu wissen, was vor sich geht. Jedenfalls interessiert es Sie vielleicht, dass die *Evening News* schon bald eingestellt wird.»

«Tatsächlich?»

«Ja – offensichtlich irgendwelche Formalitäten bezüglich der Zulassung. Ich weiß nicht, ob Sie je von diesem Brand im Jahr 1940 gehört haben? Das Feuer brach im Büro des damaligen Militärsekretärs aus. Vielleicht ist der Name Ihnen vertraut – Lord Erroll?»

«Ach ja! Der weiße Adelige, der ermordet wurde, richtig?»

Der Minister nickte bestätigend. «Sehr bedauerlich, das alles. Bei dem Brand wurde zwar niemand verletzt, doch es wurden jede Menge Regierungsakten vernichtet.» Der Minister wandte sich ab und sah zum Fenster hinaus. Der Palisanderholzbaum vor dem Ministerium stand kurz vor der Blüte. «Wo war ich stehengeblieben? Ah ja, die *Evening News*. Nach dem bedauernswerten Niedergang meines Vorgängers hielt es mein Assistent für klug, eine Überprüfung der Registrierungsurkunden von Tageszeitungen einzuleiten – reine Routine, versteht sich. Wie Sie sicher wissen, Mr. Khan, benötigen alle Organisationen hier eine offizielle Registrierung – aus steuerlichen Gründen, wegen der Gesundheits- und Sicherheitsbestimmungen, all solche Dinge eben. Bedauerlicherweise ließ sich in den Regierungsunterlagen kein solches Dokument finden.»

«Sagen Sie nichts – die Registrierungsurkunde befand sich unter den Akten, die dem Brand zum Opfer gefallen sind. Aber in der Redaktion befindet sich doch gewiss eine eigene Kopie, oder nicht?»

«Ja, das sollte man meinen. Die Zeitungsleute kamen mit irgendeiner Ausrede daher, ein Diebstahl oder etwas dergleichen – angeblich erst letzte Woche, wird behauptet. Aber ich frage Sie: Welcher Dieb würde wohl ausgerechnet eine amtliche Registrierungsurkunde entwenden? Nein. Es sieht wohl ganz danach aus, dass die Zeitung all die Jahre als unregistriertes Unternehmen gearbeitet hat – vollkommen illegal natürlich. Wir haben alles getan, um zu helfen. Wir haben ihnen zwei Wochen Zeit gegeben, das Dokument vorzulegen, ansonsten wird dichtgemacht. Was für ein Jammer – wo sie doch gerade erst die Redaktionsräume renoviert und neu eingerichtet haben. Aber uns bleibt keine Wahl.»

«Ich fürchte nein, Herr Minister, ich fürchte nein.» Harry Khan zeigte mit dem Kinn zum Kamin. «Hübscher Vorleger.»

«Ja», sagte der Minister und senkte den Blick auf das Fell der Löwin, die mit ausgestreckten Beinen dalag und ein Gebiss präsentierte, dem auch die leicht gelblichen Zähne nichts von seiner furchteinflößenden Imposanz nehmen konnten. «Sie ist schon ziemlich alt – über fünfzig. Erlegt am ersten Februar 1956. Sagt Ihnen das irgendetwas?»

Harry Khan schüttelte den Kopf.

«Nicht dass ich wüsste.»

«Haben Sie jemals von Elsa gehört, Mr. Khan?»

«Elsa? Meinen Sie etwa Elsa die Löwin, Joy Adamson, *Frei geboren. Löwin in zwei Welten* und so weiter?»

Der Minister lächelte.

«Wie ich sehe, haben Sie Ihren kenianischen Geschichtsunterricht nicht vergessen, Mr. Khan. Und Sie können sich wohl sicher auch noch an den Grund erinnern, weshalb Joy Adamson Elsa und die anderen verwaisten Löwenkinder bei sich aufnahm: weil ihre Mutter erschossen worden war – und zwar von ihrem Ehemann George.» Er betrachtete das platte Löwenfell. «Ach ja, die Mutter unserer armen Elsa. Ich, äh, übernahm sie, nachdem George Adamson gestorben war – das war natürlich nach Joys Ermordung. Er wurde übrigens auch ermordet – von Wilderern, heißt es.»

«Also noch ein Glückslöwe. Scheint in dieser Gegend ja recht beliebt zu sein.»

«Wieso Glückslöwe?»

«Daran glaubt man jedenfalls im Asadi Club. Sie haben dort auch ein Löwenfell – nicht als Vorleger, wie der hier, sondern ausgestopft. Und auch nicht in ganz so guter Verfassung, aber ich glaube, es ist noch älter als Ihres. Jedenfalls heißt es dort, solange es dem Löwen gutgeht, geht es auch dem Club gut.»

«Ach, was für eine originelle Vorstellung. Aber sagen Sie mir doch, Mr. Khan, was bringt Sie denn diesmal nach Nairobi? Wieder familiäre Angelegenheiten?»

Harry Khan beugte sich in seinem Sessel nach vorne.

«Nein, Herr Minister – und nennen Sie mich doch bitte Harry –, diesmal ist es geschäftlich. Rein geschäftlich.»

«Ach was? Erzählen Sie doch mal.»

«Wie Sie vielleicht wissen, mischt unser Unternehmen drüben in den USA ziemlich auf dem Markt für Einkaufszentren mit; hauptsächlich an der Ostküste, aber wir stoßen langsam in den Westen vor – San Diego, Seattle. Nach meinem letzten Besuch hier bin ich ins Grübeln gekommen. Vielleicht könnten wir ein paar der Lektionen, die wir drüben gelernt haben, auch hierzulande anwenden.»

«Ich frage mich, Mr. Khan, ob Sie wohl ein wenig konkreter werden könnten.»

«Ich spreche von riesigen Einkaufszentren, Herr Minister, von sogenannten Mega-Malls. Ich spreche von Einkaufszentren, die wirklich alles unter einem Dach vereinen. Ich spreche von Essen, Kleidung, Unterhaltung. Ich spreche von dreißig-, vierzig-, fünfzigtausend Quadratmetern klimatisierter Verkaufsfläche mit entsprechenden Parkplätzen – vielleicht sogar Wohnungen. Wir haben den Markt hier in Nairobi ziemlich genau unter die Lupe genommen. Wir glauben, dass der richtige Zeitpunkt jetzt gekommen ist.»

«Was Sie da vorschlagen, klingt sehr interessant, Mr. Khan, aber das ist doch wohl kaum mehr als ein Vorhaben von rein kommerziellem Interesse. Ich verstehe nicht ganz, wo –»

«Wo Sie dabei ins Spiel kommen? So, wie ich die Sache sehe – und bitte korrigieren Sie mich, wenn ich falschliege, Herr Minister, sprechen wir hier von gigantischen Investitionen. Ich werde Sie jetzt nicht mit Details hinsichtlich Finanzierungen und Anteilseignern und all diesem langweiligen Kram behelligen, aber wir sprechen hier – ist es in Ordnung, wenn ich US-Dollar nehme? – von Millionen, von zig Millionen, vielleicht sogar von neunstelligen Summen.»

Der Minister lehnte sich zurück.

«Fahren Sie fort, Mr. Khan.»

«Wie gesagt, ein hübsches Sümmchen. Das wird für Nairobi von großer Bedeutung sein, und was für Nairobi gut ist, ist auch für Kenia gut. Stimmt's? Ich dachte, ich sollte damit anfangen, mir bei einer Persönlichkeit Rat zu holen, die ganz oben steht, einen Ratschlag von jemandem an der Spitze. Hier ist für sehr viele Menschen sehr viel Geld zu holen. Deswegen bin ich zu Ihnen gekommen.»

«Verstehe. Und dieser … äh … dieser Rat?»

«Ich bin auf der Suche nach Insiderwissen. Ich brauche Leute, die wissen, wie das System funktioniert, Leute mit Kontakten zu Leuten, die die richtigen Leute kennen. Das Allererste, was wir zum Beispiel benötigen, ist ein Standort.»

«Ein Standort?»

«Ein Bauplatz. Genügend Platz, um zu bauen – er muss groß sein, er muss zentral gelegen sein.»

«Oh», sagte der Minister. «Zufällig weiß ich, dass es schon sehr bald Ausschreibungen für den Neubau einiger Anlagen rund um Kibera geben wird.»

«Kibera – sind das nicht die Slums? Bei allem Respekt, Herr Minister, ich bin mir nicht sicher, dass das der richtige Ort für eine Fünf-Sterne-Luxus-Mega-Mall wäre.»

Brian Kukuya lächelte.

«Wir bevorzugen den Ausdruck ‹ungenehmigter Wohnraum›, Mr. Khan. Aber ich glaube, ich verstehe Ihr Argument. Sie sind auf der Suche nach einem zentraleren Standort, richtig?»

«Richtig. Worum ich Sie also bitten möchte, ist, mich anzurufen, falls Ihnen da irgendwelche Ideen in den Sinn kommen sollten. Wie gesagt, es dient dem Wohle des Landes.»

«Ich glaube, ich verstehe Sie, Mr. … Harry. Ja, ich glaube, ich verstehe Sie vorzüglich.»

Es ist des Öfteren zu hören, Kenia sei weniger eine Nation als vielmehr eine Ansammlung verschiedener Stämme. Als die europäischen Invasoren im neunzehnten und zwanzigsten Jahrhundert beschlossen, Afrika aufzuteilen, wurden die Grenzen zwischen den jeweiligen Einflussgebieten nicht etwa von Gegebenheiten der Natur oder (seltsamer Gedanke) von den Menschen abhängig gemacht, die schon immer dort lebten. Nein, die Grenzen wurden von Händlern und Soldaten und Männern mit Landkarten in den fernen Hauptstädten eines anderen Kontinents festgelegt. Die Grenze zwischen Britisch-Ostafrika und Deutsch-Ostafrika zum Beispiel war eine schnurgerade Linie mit einem kleinen Bogen um den Kilimandscharo herum. Die Grenze zwischen Britisch-Ostafrika und Italienisch-Ostafrika war ebenfalls mehr der Geometrie als der Geographie geschuldet. Eine Folge dieser Vorgehensweise ist, dass die Massai aus Kenia noch heute mehr mit ihren Massai-Brüdern in Tansania gemeinsam haben als mit den Kikuyus aus Kenia, obwohl Letztere ihre Landsleute sind, und die Kuschitisch sprechenden Völker im Norden verständigen sich leichter mit ihren äthiopischen Cousins als mit ihren Suaheli sprechenden Landsleuten unten an der Küste.

Der ehrenwerte Brian Kukuya war ein Luo, und hätte es eine Möglichkeit gegeben, ihm tief in die Seele zu blicken, so hätte dieser Blick offenbart, dass seine Loyalität seiner Familie, seinem Stamm und seinem Land galt – in dieser Reihenfolge. Und hätte es eine Möglichkeit gegeben, noch ein wenig tiefer zu schauen, hätte man entdeckt, dass dort etwas existierte, das noch größer war als die Loyalität zur eigenen Familie, nämlich die Liebe zu und Sorge um das Wohlergehen von Brian Kukuya selbst.

«Ah, da sind Sie ja, Jonah. Haben Sie Mr. Khan hinausgeleitet? Und jetzt sagen Sie mir, gibt es was Neues zu den *Evening News*?»

«Haha, Herr Minister, was Neues zu den News. Der Herr Minister ist wirklich ausgesprochen klug und witzig.»

Ja, dachte Brian Kukuya, damit mag er recht haben.

«Wie geht Ihr – *unser* – kleiner Plan voran? Ich vermute, der Chefredakteur wird wohl keine Möglichkeit haben, diese Registrierungsurkunde vorzulegen?»

«Auf keinen Fall, Herr Minister. Da dürfen Sie sich sicher sein. Dafür habe ich Sorge getragen. Die Urkunde befindet sich bereits in meinem persönlichen Besitz.»

«Sehr schön. Das wird diesen Dorn dann also endgültig aus dem Fleische der Regierung entfernen.»

«Eine sehr poetische und treffende Analogie, Herr Minister.»

Treffend? Poetisch? Analogie? Gut möglich, gut möglich.

«Nun, es gibt noch eine weitere Kleinigkeit, die ich sehr gerne mit Ihnen besprechen würde.»

Als Jonah Litumana das Amtszimmer des Ministers wieder verließ, war er bestens im Bilde über den genialen Plan des Ministers zum Bau einer neuen Mega-Mall mitten in Nairobi. Er hegte keinerlei Zweifel daran, dass ein Bauvorhaben diesen Ausmaßes gut für das Land sein würde, für die Stadt und für die Bevölkerung. Es würde außerdem, da war er sich sicher, gut für den Minister sein. Und er war sich auch sicher, dass ihm mit ein wenig konstruktiver Meditation genau der richtige Platz zur Verwirklichung eines solchen Vorhabens einfallen würde.

8

Ob der Stein auf die Melone fällt
oder die Melone auf den Stein, es ist auf keinen Fall
der Stein, der zerquetscht wird

Benjamin Ikonya war auf einer kleinen Farm viele Tagesmärsche von Nairobi entfernt aufgewachsen und erst sechzehn Jahre alt gewesen, als er in Mr. Maliks Dienste trat. Es gefiel ihm, sich um Mr. Maliks Garten zu kümmern. Er mochte das allmorgendliche Ritual, sich zuerst ein paar passende Zweige zurechtzuschneiden, diese an seinen Besenstiel zu binden und damit den Rasen von den Blättern zu befreien, die des Nachts daraufgefallen waren. Es machte ihm Freude, den Rasen zu mähen und Büsche und Sträucher zu stutzen. Ganz besonders viel Freude machte es ihm, jeden Nachmittag vor dem Eingangstor den Laubhaufen aufzuschichten und anzuzünden (kleine Laubfeuer sind in Nairobi das Hauptmittel zur Abfallbeseitigung und verleihen der Stadt ihren ganz besonderen Geruch). Zum ersten Mal in seinem Leben hatte Benjamin sein eigenes Zimmer, und zwar mit elektrischem Licht und fließend Wasser, und obendrein drei Mahlzeiten am Tag. Außerdem konnte er Geld nach Hause schicken und hatte trotzdem noch genug übrig, um sich Bonbons und Coca-Cola zu kaufen – wenn er wollte, jeden Tag.

Es hatte ein wenig gedauert, bis er sich an die Stadtmenschen gewöhnt hatte. Sie besaßen eine eigenartig direkte

Weise zu sprechen – man kam hier ohne jede einleitenden Höflichkeiten direkt zur Sache. Sein Cousin Emmanuel sagte, das sei *Wazungu*-Art zu sprechen. Nicht nur das; die Stadtmenschen schienen überrascht zu sein, wenn man Fragen einfach beantwortete, ohne seine eigene Meinung kundzutun. Es war, als erwarteten sie tatsächlich von einem, so respektlos zu sein, eine Auskunft zu geben, nach der nicht explizit gefragt worden war. Benjamin war viel zu gut erzogen, um sich dabei jemals wohl fühlen zu können. Doch Mr. Malik war stets höflich zu ihm. Er bezeichnete Benjamin auch nicht als seinen Shamba Boy; er nannte Benjamin seinen Gärtner. Er bat Benjamin stets um seine Meinung, wenn er überlegte, eine alte Pflanze zu entfernen oder eine neue zu setzen. Wann immer jemand Mr. Malik ein Kompliment zu seinem Garten machte, vergaß er nicht, darauf hinzuweisen, dass dies zum Großteil Benjamins Verdienst war. Und Benjamin kümmerte sich nicht nur um den Garten. Da er auf dem Land aufgewachsen war, war er sehr vertraut mit den in Kenia wild lebenden Tieren, und einmal, bei einem Vogelsichtungswettbewerb im Club, war er Mr. Malik mit seinen Kenntnissen eine große Hilfe gewesen. Sie hatten im Laufe dieses Wettbewerbs sogar Benjamins Heimatdorf einen Besuch abgestattet und waren auf der Rückfahrt von bewaffneten somalischen Banditen aufgehalten worden. Benjamin sagte, Mr. Malik hätte ihm das Leben gerettet, und Mr. Malik sagte, Benjamin hätte ihm das seine gerettet.

Mr. Malik hatte die Eingebung gehabt, Benjamin zu bitten, die diesjährige Clubsafari zu begleiten. «Ach, Benjamin», hatte er eines Morgens zu ihm gesagt, als Benjamin feg-feg-fegend an der Veranda vorbeikam. «Mir ist da gerade eine Idee gekommen.»

Benjamin sank der Mut. Es war nicht das erste Mal, dass ihm eine von Mr. Maliks Ideen zu Ohren kam. Erst vor ein paar Wochen hatte Mr. Malik eine Theorie aufgestellt, die besagte, dass Benjamin viel weniger Arbeit hätte, wenn er jeden Baum schüttelte, ehe er morgens darunter fegte.

«Weil dann alle losen Blätter herunterfallen, verstehst du? Dann hast du am nächsten Tag nicht mehr so viel zu tun.»

Benjamin war klar, dass dies auf lange Sicht absolut keinen Unterschied machen konnte. Die Anzahl der Blätter, die von einem Baum fielen, hing von dem natürlichen Blattkreislauf des Baumes ab, und daran würde kein Schütteln und Rütteln der Welt etwas ändern. Trotzdem spielte er mit. Er mochte Mr. Malik, und er wollte, dass Mr. Malik zufrieden war. Dann die Idee mit dem Laubfeuer: Anstatt die Gartenabfälle jeden Tag zu verbrennen, wäre es zeitsparender, sie eine Woche lang zu sammeln und dann ein großes Laubfeuer zu entzünden. Was Benjamin auch tat, mit dem Ergebnis, dass sich anstelle der tagtäglichen kleinen Rauchfahne am Freitagnachmittag eine Riesenrauchwolke in den Himmel über Nairobi erhob, die kreischende Hagedasche aus den umliegenden Bäumen vertrieb und dafür sorgte, dass sämtliche Askaris aus der Nachbarschaft mit Wassereimern angelaufen kamen. Doch Benjamin bemühte sich wirklich aufrichtig darum, optimistisch zu bleiben. Vielleicht war diese Idee ja ganz anders.

«Wie du vielleicht weißt, Benjamin, habe ich mich wieder einmal dazu bereit erklärt, die jährliche Asadi-Club-Safari auf die Beine zu stellen. Dieses Jahr habe ich mir eine Überraschung einfallen lassen, und beim Aufbau benötige ich ein wenig Hilfe.»

Benjamin war, was Überraschungen betraf, etwas skeptisch. Es gab, dachte er, vieles, was für ein Leben ohne Überraschungen sprach.

«Ich werde dir zeigen, was zu tun ist, und dann möchte ich dich bitten, mit der Vorhut zu unserem Lagerplatz zu fahren und alles vorzubereiten. Die Überraschung steht in der Garage.»

Benjamin hatte sich in der Tat bereits gefragt, was wohl in den beiden großen Holzkisten sein mochte, die am Vortag geliefert worden waren.

«Ich weiß, dass das bedeuten würde, an einem Sonntag zu arbeiten, aber ich dachte, du würdest im Gegenzug vielleicht gerne den Montag und Dienstag freinehmen – und den Mittwoch auch, wenn du möchtest. Vielleicht könnten wir dich auf dem Rückweg in Embu absetzen. Von dort aus könntest du den Bus in dein Dorf nehmen und deine Familie besuchen. Wie klingt das?»

Benjamins Eltern – ganz zu schweigen von einer ganzen Anzahl Brüder, Schwestern, Cousins und Cousinen, Onkeln, Tanten sowie beide Großmütter – lebten noch immer in dem Dorf, in dem er aufgewachsen war, und er kam nur viel zu selten nach Hause. Ein paar Tage bei seiner Familie waren ein verlockendes Angebot.

«Aber Mr. Malik! Was ist denn mit der Hochzeit? Ich muss doch den Garten vorbereiten.»

«Benjamin, der Garten ist so gut vorbereitet, wie er es nur sein kann. Du hast den ganzen letzten Monat hart daran gearbeitet. Der Garten ist schöner denn je.»

«Vielen Dank, Mr. Malik», sagte er. «Dann finde ich, dass Ihre Idee eine sehr gute Idee ist.»

«Ausgezeichnet, Benjamin. Mir fällt ein großer Stein vom Herzen.»

Und er nahm Benjamin mit in die Garage und zeigte ihm genau, was zu tun war.

Rose Mbikwa blätterte mit zwei Fingern durch die Schallplatten, die immer noch in der Kiste neben dem Sofa standen. Das Haus war genau so, wie sie es hinterlassen hatte. Sie hatte es den Großteil ihrer Abwesenheit möbliert und mitsamt Personal an eine kanadische Insektenkundlerin vermietet, die den Befall von Maispflanzen mit Heerwürmern erforschte. Die Frau hatte offenbar die meiste Zeit in ihrem Labor oder auf dem Feld verbracht – und das Personal hatte wenig zu tun gehabt, außer dafür zu sorgen, dass alles so blieb, wie es immer schon gewesen war. Elizabeth wischte Staub und wienerte, Reuben stutzte und mähte, und die drei Askaris wechselten sich dabei ab, Haus und Garten zu bewachen und Diebe und Halunken fernzuhalten. Jetzt war Rose wieder zu Hause, und alles, was von ihrer Untermieterin geblieben war, war ein ganz schwacher Geruch nach Waschbenzin.

Elizabeth hatte gesagt, das Essen wäre in einer Stunde fertig. Was sollte sie auflegen – Chet Atkins, Anita O'Day, Peggy Lee? Rose zögerte, zog eine Schallplatte aus der Hülle und legte sie auf den Plattenteller. Das Orchester erklang, und aus den Stereolautsprechern ertönte eine süße, leicht atemlose Stimme. Rose ließ sich auf das alte Sofa sinken und sah zu dem Porträt hinauf, das über dem Kamin hing. Ein gutaussehendes, schwarzes Gesicht lächelte zu ihr hinunter. Ihr Ehemann Joshua.

Rose Macdonald war fünfundzwanzig gewesen, als sie zum ersten Mal aus Schottland nach Kenia gereist war, und sechsundzwanzig, als sie durch das Mittelschiff der Kathedrale zur Heiligen Familie in Nairobi schritt, um dem gutaussehenden, aufstrebenden Politiker Joshua Mbikwa das Ja-Wort zu geben. Es waren unruhige Jahre gewesen. Kurz bevor ihr einziger Sohn Angus achtzehn wurde und in St. Andrews sein Studium aufnehmen wollte, kam Joshua ums Leben – aus heiterem Himmel beim Absturz seines Leichtflugzeuges. Im Laufe der Zeit auf der Oppositionsbank in die vorderste Reihe gerückt, war er auf dem Rückweg von einem politischen Treffen in Eldoret gewesen, um für einen Misstrauensantrag gegen die Regierung zu stimmen. Obwohl der Premierminister (welcher diesen Misstrauensantrag mit einer einzigen Stimme Mehrheit überstand) unverzüglich eine gründliche Untersuchung einleitete, war der Verkehrsminister nicht in der Lage, dem Parlament ein eindeutiges Ergebnis zu präsentieren. Die Absturzursache ist bis heute offiziell ungeklärt.

Zu den vielen Überraschungen, die beim Einzug in das gemeinsame Haus in Hatton Rise auf die junge Braut Rose Mbikwa warteten, gehörte die Entdeckung, dass die Plattensammlung ihres Ehemanns jede einzelne Aufnahme von Doris Day beinhaltete, die jemals erschienen war. Doris Day? Dieser amerikanische Inbegriff von allem, was nett, adrett und harmlos normal war? Dieses blondhaarige, rosalippige, stets leicht eingeschnürte Symbol domestizierter Weiblichkeit der fünfziger Jahre? Rose (die es sich als sechzehnjährige Internatsinsassin des Edinburgh Presbyterian Ladies' College zur Aufgabe gemacht hatte, *Die Blütezeit der Miss Jean Brodie* zu lesen, obwohl es auf dem Schulindex stand, die in ihrem Schlafsaal zu Little Richard gerockt und zu Chubby Checker gerollt hatte und für die es eine Frage der Teenager-Ehre gewesen war, den Rocksaum, sobald sie Samstagabend außer Haus gewesen war, mindestens zehn Zentimeter über dem Knie festzustecken) hatte sich selbst immer eher als ein

Mädchen vom Rang einer Ruth Brown betrachtet. Doch als sie den Schrecken, dass jemand unter vierzig tatsächlich den Anblick und den Gesang von Doris Day mögen konnte, erst einmal verwunden hatte, wurde ihr Urteil etwas milder. Und wann immer sie sich heute in einer nostalgischen Stimmung ertappte, legte sie eine der alten Schallplatten auf und träumte sich zurück zu jenen glücklichen, turbulenten Tagen ihrer Ehe mit Joshua Mbikwa.

Mr. Malik zog die Türen zur Garage der Garden Lane Nr. 12 auf.

«Bitte sehr, Ally. Aber Vorsicht, sie sind schwerer, als sie aussehen.»

Ally Dass befahl seinem Fahrer, den Lastwagen rückwärts an die Garage heranzufahren, und seinen Männern, die beiden Holzkisten einzuladen, die auf dem Garagenboden lagerten, eine jede etwa zwei Meter auf zwei Meter groß und etwa siebzig Zentimeter hoch. Den Schrammen und Macken nach zu urteilen, hatten die Kisten schon so einiges erlebt. Die Männer hievten sie in den Lastwagen, wo hinter dem geschwärzten Gasherd und dem umfangreichen Sortiment an Küchengerätschaften gerade noch genügend Platz geblieben war.

«Benjamin wird Sie begleiten. Er zeigt Ihnen, was nach Ankunft im Lager damit zu tun ist. Wie ich Ihnen im Club bereits sagte, Ally, ist das meine kleine Überraschung für unsere diesjährige Safari. Also, Benjamin. Hast du alles, was du brauchst?»

«Ich habe mir alles, was Sie mir gezeigt haben, gut gemerkt, Mr. Malik. Erst die Aufbauhebel, dann die Verlängerungsschrauben für die Zugstangen, dann die Feinjustierung mit den Wasserwaagen.»

«Gut. Und vergiss nicht, dass in der linken Innentasche eine Aufbauanleitung ist, falls du sie brauchst. Ach, beinahe hätte ich es vergessen – hier ist etwas für die Fahrt, für euch alle.»

Mr. Malik drückte Benjamin eine große runde Blechdose in die Hand, die seitlich mit bunten Bildern von Löwen, Giraffen und Elefanten verziert war. Auf dem Deckel prangte in großen Lettern die Aufschrift: JOLLY MAN GEMISCHTE BONBONS.

Einmal habe ich Weihnachten in Australien verbracht. Nicht so sehr überraschte mich die neue Erfahrung, bei 38 °C im Schatten zu einem festlichen Mittagsmahl im Freien Platz zu nehmen, um den traditionellen gebratenen Truthahn mit allem Drum und Dran zu verspeisen, als vielmehr die Aufforderung meiner mit einem Bikini bekleideten Gastgeberin, an ihrem Knallbonbon zu ziehen. Der Groschen fiel erst, als ich die in buntes Papier gewickelte Rolle in ihrer Hand sah, und ich wurde mit einem Knall, einem Hütchen und einem Witz belohnt – es ging um ein Hühnchen, meine ich mich zu erinnern (obwohl es, wenn ich jetzt darüber nachdenke, auch der Witz mit dem Kakadu gewesen sein kann). Wissen Sie, bei uns zu Hause hießen die Dinger immer *Cracker*. Ich vermute, die Amerikaner verstehen unter *Cracker* das, was wir als Feuerwerk bezeichnen würden – oder sie verstehen darunter eine Sorte Keks, den wir als *Biscuit* kennen. Und ein *Biscuit* wäre bei ihnen ein *Scone*, und ein *Scone* wäre bei uns wiederum – ach, die Wirrnisse der Sprache sind es, die uns hemmen. Wenn es um Süßigkeiten geht, wird die Sache noch verwirrender. Was in England die *Sweets* sind, wird in Amerika als *Candy* bezeichnet und in Australien und Neuseeland als *Lolly*. In Kenia hingegen waren es schon immer Bonbons – doch ganz egal, wo man nun ist und wie immer man dazu auch sagt, die kleinen aromatisierten Zuckerkugeln sind schon seit Ewigkeiten bei Jung und Alt unübertroffen. Die Maschinerie, derer man bedarf, um diese Köstlichkeiten herzustellen, ist weder besonders kompliziert noch schwer zu bedienen, und die produzierte Ware ist, was Verpackung, Lagerung und Vertrieb betrifft, einfach zu handhaben. In Kenia gibt es nur wenige Süßwarenproduzenten, die ihr Geschäft mit mehr Ernst betreiben als die Jolly Man Manufacturing Company.

Wie viele andere Wirtschaftsunternehmen in Kenia auch hat die Jolly Man Manufacturing Company bereits so manche Berg- und Talfahrt erlebt. Von Mr. Maliks Vater in den dreißiger Jahren als Zigarettenfabrik gegründet, wurde sie in den vierziger Jahren erst von Tabaksanktionen und dann von der Konkurrenz billiger Importe vor allem aus den USA schwer getroffen. Nachdem Mr. Malik senior von Zigaretten auf Zigarren umgesattelt hatte, war es der Firma gut ergangen, hauptsächlich auf dem Exportmarkt. Seit Mr. Malik nach dem Tod seines Vaters im Jahr 1964 die laufenden Geschäfte übernommen hatte, florierte das Unternehmen weiter. Doch vor etwa drei Jahren hatte Mr. Malik einen deutlichen Rückgang der Aufträge bemerkt. Das Problem lag, wie seine Tochter Petula bald entdeckte, in China.

«Sie dringen in unsere Märkte vor, Daddy. Ich habe es genau analysiert – das gleiche Produkt zu niedrigeren Preisen. Das liegt an den Personalkosten, weißt du?»

«Aber wir könnten doch –»

«Unser Produkt verbessern? Es gibt Grenzen für das, was sich aus gerollten Blättern machen lässt, Daddy, und du wirst zugeben müssen, dass wir alles getan haben.»

«Und wenn wir –»

«Die Kosten senken? Bei den Löhnen können wir nicht mithalten, bliebe also nur die Möglichkeit, die Effizienz zu steigern, um Kosten zu senken. Und das ginge nur, indem wir Arbeit abstoßen und in neue Pflanzen investieren.»

«Arbeit abstoßen? Du meinst, Leute entlassen?»

Bei der letzten Zählung standen hundertzweiunddreißig Menschen auf der Lohnliste der Jolly Man Manufacturing Company, und Mr. Malik betrachtete diese Menschen alle mehr oder weniger als Teil einer großen Familie.

«Kommt überhaupt nicht in Frage. Können wir sonst noch etwas tun?»

Petula dachte nach.

«Was wir vielleicht tatsächlich tun könnten, Daddy, wäre, uns zu verändern.»

Als dann eines Tages in Kampala vier alte, aber voll funktionstüchtige Brückner & Gabell-Süßwaren-Produktionsmaschinen zu einem guten Preis zum Verkauf standen, schlug Petula zu und ließ sie mit dem Zug nach Nairobi transportieren. Das neue Projekt ging ab wie eine Rakete.

Ein Großteil des Erfolges war auf Mr. Maliks Ruf zurückzuführen. Seine Angestellten mochten ihn, Zulieferer und Vertragshändler vertrauten ihm. Zu einem weiteren Großteil war er auf Petulas wunderbare Idee zurückzuführen, den Süßigkeiten die Namen afrikanischer Tiere zu geben. Natürlich hatten Gummibärchen weltweit eine hartgesottene Fangemeinde, aber welches afrikanische Kind konnte schon widerstehen, der Großen Gelben Gummigiraffe den Kopf abzubeißen? Und obwohl Lutscher natürlich etwas Wunderbares sind und Kieferkracher, wie ihr Name bereits sagt, der Kracher, wer würde seiner Zunge nicht gern einmal einen

Lila-Löwen-Dauerlutscher gönnen oder tagelang an einem Elefantenball schlecken (verfügbar im praktischen Doppelpack)?

Und so fuhr die Jolly Man Manufacturing Company die Produktion von Zigarren langsam herunter und die Produktion von Süßigkeiten hoch.

9

Das Nashorn frisst die Melone und tötet den Löwen

Tiger Singh erhob sich. Es wurde still im Saal.

«Werte Herren – und Damen.»

Abgesehen von den sonntäglichen Currybrunchs waren Damen im Asadi Club noch immer ein ungewohnter Anblick. Dieser Abend stellte eine Ausnahme dar. Die Nachricht von der bevorstehenden Lord-Erroll-Debatte hatte die Runde gemacht, und obwohl sie am Vorabend der Clubsafari stattfand, war der Speisesaal zum Bersten voll mit Mitgliedern und deren Ehefrauen. Sogar Petula, die den Club nie besuchte, hatte sich interessiert gezeigt, in letzter Minute dann aber doch noch ihren Vater angerufen und abgesagt – schon wieder ein CI-Meeting.

«Dies ist, wie Sie alle wissen, eine ungewöhnliche Veranstaltung. Heute Abend werden wir im Asadi Club, statt dem üblichen Vortrag zu lauschen, ein Verbrechen untersuchen. Bei diesem Verbrechen handelt es sich um Mord. Selbstverständlich ist dies kein Prozess – sondern eine klassische Debatte, ausgetragen zwischen unseren beiden Clubmitgliedern Mr. Gopez und Mr. Patel. Trotzdem kann man unsere Veranstaltung in vielerlei Hinsicht als Prozess betrachten, in dem Sie, meine Damen und Herren, als Geschworene fungieren. Genau wie vor Gericht sind Sie nicht dazu aufgerufen, ein moralisches Urteil zu fällen, auch wenn die Moral natürlich zur Sprache kommen wird. Sie sind dazu aufgerufen, nach den Tatsachen zu entscheiden. Manche dieser Tatsachen sind unbestritten, und ich werde sie kurz umreißen. Andere Tatsachen jedoch sind durchaus umstritten, und es ist unseren beiden Rednern überlassen, Ihnen diejenigen Tatsachen darzulegen, die sie für sachdienlich erachten.»

Der Tiger rückte die goldgerahmte Brille auf seiner prächtigen Nase zurecht.

«Bis auf eine Ausnahme sind alle in diesen Fall involvierten Personen bereits gestorben. Wir werden keine neuen Zeugen aufrufen, wir werden keine neuen Beweise vorlegen. Sämtliche Beweise, die heute hier präsentiert werden, sind frei zugänglich. Ich bin davon überzeugt, dass die meisten von Ihnen mit vielem davon, wenn nicht sogar mit allem, vertraut sind. Manch einer hier im Saal wird womöglich bereits selbst zu einem Urteil über die Schuld – oder Unschuld – eines oder mehrerer der Beteiligten gekommen sein. Sollte dies der Fall sein, so fordere ich Sie dazu auf, Ihr vorgefasstes Urteil für den heutigen Abend beiseitezulegen und dem, was Mr. Gopez und Mr. Patel uns zu sagen haben, unvoreingenommen zuzuhören. In Kürze werden unsere beiden Kontrahenten uns ihre Argumente präsentieren, doch ehe das geschieht, haben beide eingewilligt, dass ich Ihnen einen kurzen Abriss über die Hintergründe des Falls gebe. Außerdem werde ich die Beweise rekapitulieren, die in dem Prozess gegen die einzige Person vorgelegt wurden, die angeklagt war, am vierundzwanzigsten Januar 1941 Lord Josslyn Hay, den 22. Earl of Erroll, ermordet zu haben.»

Der Tiger wandte sich den beiden Herren zu, die neben ihm saßen, und nachdem er von beiden ein Nicken erhalten hatte, fasste er die Fakten des Falls noch einmal zusammen – der Unfallwagen, die Entdeckung der Leiche, die polizeilichen Untersuchungen. Er beschrieb die Hinweise, welche die Polizisten am Tatort gefunden hatten – die abgerissenen Haltegriffe, der mit Lippenstift beschmierte Zigarettenstummel, die weißen Striemen auf der Rücksitzbank und das Paar halb verbrannter, weißer Turnschuhe, die der mit der Untersuchung beauftragte Polizist, der Sir Jack Delves Broughton am Nachmittag nach dem Mord in seinem Haus besuchte, in einem Laubfeuer im Garten entdeckt hatte.

«Und nun zum Prozess. Die Anklage warf Broughton vor, er habe, als er hörte, wie Lord Erroll Diana gegen 2:20 Uhr morgens vor dem Haus in Karen absetzte, ein Paar weiße Turnschuhe angezogen und sei, mit einer Pistole bewaffnet, aus dem Schlafzimmerfenster im ersten Stock geklettert. Er habe sich auf der Rückbank von Errolls Wagen versteckt. Als der Wagen an der Kreuzung Ngong Road die Geschwindigkeit verringerte, habe Broughton Erroll erschossen, ihn in den Fußraum gezerrt, den Wagen in die wassergefüllte Mulde jenseits des Straßengrabens gesteuert, sei nach Hause gerannt und die Regenrinne wieder hinaufgeklettert, ohne von irgendjemandem gesehen worden zu sein – eine der Personen im Haus sagte jedoch aus, sie hätte irgendwann in der Nacht einen Hund bellen gehört. Zur Untermauerung dieser Theorie hoffte die Staatsanwaltschaft, beweisen zu können, dass die Kugel, die Lord Erroll getötet hatte, mit Kugeln übereinstimmte, die früher aus Broughtons eigener Waffe abgefeuert worden waren.»

Der Tiger schürzte die Lippen.

«Ich muss sagen, dass diese Anklage von vornherein auf ziemlich wackeligen Füßen stand. In einem wunderbaren Beispiel für die Kunst der Anwaltszunft legte der zum Verteidiger berufene Strafverteidiger Mr. Morris schlüssig dar, weshalb Broughtons Waffe nicht die Waffe gewesen sein konnte, aus welcher der tödliche Schuss abgefeuert worden war, und machte so den ballistischen Beweis zunichte, auf den die Staatsanwaltschaft ihre Anklage gestützt hatte. So wie ein Kartenhaus in sich zusammenstürzt, wenn man eine einzige Karte herauszieht, brach auch die Anklage in sich zusammen. Die Geschworenen sprachen Broughton einstimmig von der Anklage des Mordes an Lord Erroll frei. Ich werde es nun Mr. Patel überlassen, Ihnen zu erklären, weshalb er glaubt, die Geschworenen hätten sich geirrt.»

Tiger Singh wandte sich mit einer kleinen Verbeugung an Mr. Patel, der sich erhob.

«Ich danke dir, Tiger.» Er wandte sich dem Publikum zu.

«Der Tiger hat gesagt, dass ich versuchen werde, Sie davon zu überzeugen, dass die Geschworenen das falsche Urteil gefällt haben, indem sie Sir Jack Delves Broughton des Mordes an Lord Erroll für nicht schuldig befunden haben. Aber im Gegenteil. Ich glaube, sie haben richtig gehandelt. Weshalb? Angesichts der Beweise – vielmehr angesichts des Mangels an Beweisen – und angesichts des Umstandes, dass Broughton auf nicht schuldig plädierte, hatten sie gar keine andere Wahl. Wir jedoch, meine Damen und Herren, können Beweise in Betracht ziehen, die den Geschworenen nicht vorlagen. Denn wir wissen, was *nach* dem Prozess geschah.»

Hätte Mr. Patel eine Weste getragen, dachte Mr. Malik, dann hätte er an dieser Stelle zweifellos die Daumen in die Taschen gehakt.

«Seit dem Freispruch sind viele Theorien über die Identität des Mörders entwickelt worden. Es gab Gelegenheiten und Motive im Überfluss. In Kenia gab es offensichtlich viele Menschen, die recht froh darüber waren, Erroll tot zu sehen – inklusive, einer bestimmten Theorie zufolge, der britischen Regierung. Dennoch meldeten sich nach dem Prozess keine neuen Zeugen zu Wort, und es wurden auch keinerlei neue, brauchbare Beweise gefunden.»

Mr. Patel griff nach dem Wasserglas, das vor ihm stand, und trank einen kleinen Schluck.

«Viele Jahre später jedoch – im Jahr 1982, um genau zu sein – stellte eine der Personen, die damals in die Geschichte verwickelt waren, eine bemerkenswerte Behauptung auf. Juanita Carberry, die Stieftochter von Errolls Freundin und früherer Geliebter June Carberry und zur Zeit des Mordes fünfzehn Jahre alt, erzählte dem englischen Journalisten James Fox, Broughton sei zwei Tage nach dem Mord auf der Farm in der Nähe von Nyeri, auf der sie lebte, aufgetaucht. Er traf sie allein dort an und gestand ihr den Mord an Lord Erroll.»

Obwohl die meisten Zuhörer diese Geschichte schon kannten, ging ein hörbares Raunen durchs Publikum.

«Ja, meine Freunde, ein Geständnis aus seinem eigenen Munde; der Beweis dafür, dass Broughton tatsächlich der Mörder war. Die Geschichte, die Juanita Carberry erzählte, lautete folgendermaßen: Unmittelbar nach den ersten Ermittlungen zu Errolls Tod fuhr Broughton zu seiner Frau, die sich in June Carberrys Haus auf der Farm in Nyeri aufhielt. Als er dort eintraf, waren Diana und June außer Haus. Nur Juanita war zugegen. Als die beiden sich am Nachmittag des Mordes bei ihm zu Hause in Karen begegnet waren, hatte Broughton sie zu seinen Pferden geführt. Nun nahm sie ihn mit, um ihm ihr eigenes Pferd zu zeigen. Auf dem Weg zu den Stallungen erzählte er ihr, dass er Erroll erschossen habe. Außerdem erzählte er, dass er auf der Fahrt nach Nyeri bei Thika angehalten und die Pistole in die Chania Falls geworfen hatte.

All das enthüllte James Fox in seinem Buch *Weißes Verhängnis*. Und nicht nur das – er fand außerdem heraus, dass Broughton zwei weitere Geständnisse abgelegt hatte. Als er im September desselben Jahres nach England zurückgekehrt war, vertraute Broughton sich einer alten Freundin namens Marie Waterhouse an, und später dann gestand er noch ein drittes Mal. Er offenbarte sich einem alten Bekannten aus Rennsportkreisen namens Alan Horn. Darüber hinaus brachte Fox weitere Geständnisse ans Licht, wenn auch aus zweiter Hand. Zum Beispiel die Aussage von Prinz Windisch-Graetz – ein Österreicher, der damals ebenfalls in Nairobi lebte –, dem ein Arzt, welcher Broughton vor dem Prozess im Gefängnis besucht hatte, erzählte, Broughton hätte ihm gegenüber gestanden.» Mr. Patel drehte sich zu Mr. Gopez um und lächelte süffisant. «Doch das ist natürlich nichts weiter als Hörensagen und deshalb für diese Debatte völlig irrelevant.»

Er hob drei Finger der linken Hand. Mit der Rechten bog er einen Finger nach dem anderen wieder um.

«Geständnis Nummer eins: Juanita Carberry. Geständnis Nummer zwei: Marie Waterhouse. Geständnis Nummer drei: Broughtons alter Pferderennfreund. Drei separate Geständnisse. Eine sehr interessante Geschichte, nicht wahr? Und James Fox war nicht der Einzige, dem Juanita Carberry ihr Geheimnis anvertraute. Laut der Autorin eines anderen Buches zu diesem Thema hatte Juanita Carberry ihr die Ereignisse jenes Tages in Nyeri bereits im Jahr 1977 gestanden. Und auch in ihrer Autobiographie gibt Miss Carberry diese Geschichte wieder – ein Buch, dessen Veröffentlichung erst elf Jahre zurückliegt.

Nun, meine Damen und Herren. Mag Sir Jack Delves Broughton von einem mit seinesgleichen besetzten Geschworenengericht auch des Mordes freigesprochen worden sein, so war er doch derjenige, der das Motiv hatte, der über die geeigneten Mittel verfügte und der diese finstere Tat später gestand – und zwar bei verschiedenen Gelegenheiten mindestens dreimal. Er hat Lord Erroll getötet. Euer Ehren, hiermit ist meine Beweisführung abgeschlossen.»

Einen Augenblick herrschte Stille, dann brandete tosender Applaus auf, und Tiger Singh beugte sich zu ihm.

«Mr. Patel – an Ihnen ist ein Kronanwalt verlorengegangen!»

Mr. Patel lächelte.

«Danke, Tiger – was für ein Lob. Mal sehen, wie A. B. aus der Nummer wieder rauskommen will.»

Der Tiger erhob sich.

«Wir sind uns wohl alle darin einig, dass Mr. Patel uns eine höchst überzeugende und – wenn ich hinzufügen darf – sehr redegewandte Argumentation geliefert hat. Obwohl die Geständnisse, von denen er sprach, vor Gericht nicht unbedingt als Beweise Zulassung finden würden, so muss ich Sie – und mich selbst – doch daran erinnern, dass dies hier eben kein Gerichtssaal ist. Es ist schlicht eine Debatte. Und nun möchte ich Mr. Gopez das Wort erteilen, der es, wenn ich mich nicht irre, kaum erwarten kann, bei uns allen ein paar Samen des Zweifels zu säen.»

10

Der Löwe nähert sich dem Büffel nicht von vorne, dem Zebra nicht von hinten und der Schlange überhaupt nicht

Mr. Gopez erhob sich.

«Danke, Tiger. Sehr verehrte Damen, liebe Mitglieder. Wie Sie aus dem Munde meines guten Freundes Patel bereits erfahren haben, hat der Journalist James Fox den Beweis erbracht, dass Sir Jack Delves Broughton den Mord an Lord Erroll dreimal gestanden hat – einmal, als er noch in Kenia war, und zwei weitere Male nach seiner Rückkehr nach England. Was er dabei jedoch zu erwähnen versäumte, ist der Umstand, dass diese drei Geständnisse sich in kleinen, aber wesentlichen Details unterschieden. So gab Juanita Carberry zum Beispiel an, Broughton hätte ihr erzählt, er habe die Pistole in die Chania Falls geworfen. Folgt man jedoch den Ausführungen des Journalisten James Fox, so enthielt das Geständnis, das Broughton zu einem späteren Zeitpunkt seiner alten Freundin Marie Waterhouse machte, das Detail, er habe nach dem Mord einen Freund gebeten, die Pistole für ihn zu verstecken. Dem erwähnten alten Pferderennfreund wiederum hatte er erzählt, er hätte den Mord gar nicht selbst ausgeübt, sondern einen Dritten bezahlt, für ihn den Abzug zu drücken – einen Mann namens Derek. Wie Sie sehen, meine Damen und Herren, gibt es drei Geständnisse – und drei verschiedene Geschichten.»

Mr. Patel erhob sich ebenfalls und meldete sich zu Wort.

«Mit deiner Erlaubnis, Tiger, würde ich hier gerne hinzufügen, dass der Journalist mit all diesen Leuten erst viele Jahre nachdem Broughton sich ihnen offenbart hatte, gesprochen hat. Deshalb darf man wohl die Unterschiede in ihren Ausführungen getrost dem Einfluss der Zeit auf die Erinnerung zuschreiben.»

«Und welchem sich mit Sicherheit viele von uns hier nur allzu bewusst sind, Mr. Patel. Wollen wir Mr. Gopez doch bitte fortfahren lassen.»

«Danke sehr», sagte Mr. Gopez. «Und nun würde ich – mit Mr. Patels Erlaubnis – unserem hochverehrten Tiger Singh gerne eine Frage stellen.»

Der Tiger hob fragend eine Augenbraue.

«Ist dir während deiner langen und erfolgreichen Karriere auf dem Gebiet des Rechtswesens jemals ein Fall begegnet, in dem ein Unschuldiger einen Mord gestand, den er nicht begangen hat?»

Tiger Singh nickte.

«Allerdings, Gopez.»

«Und wenn wir jetzt einmal all jene Geständnisse außer Acht lassen, die unter Zwang oder Nötigung zustande kamen, ist es dann nicht so, dass ein falsches Geständnis umso wahrscheinlicher wird, je schwerwiegender das Verbrechen war?»

«Bei Kapitalverbrechen – einem Mord, zum Beispiel – kann ich fast meine Hand dafür ins Feuer legen, dass früher oder später eine oder mehrere Personen in der Kanzlei des Verteidigers oder bei der Polizei auftauchen und fälschlicherweise behaupten, der Täter zu sein.»

«Danke, Tiger.»

«Nun, Gopez, ich denke, du wirst den Geschworenen –

dem Publikum – die Relevanz dieses Phänomens für unsere Debatte hier erläutern müssen.»

«Selbstverständlich, Tiger, und zwar mit Freuden.»

Mr. Gopez wandte sich erneut an sein Publikum.

«Einige von Ihnen sind gewiss mit dem Rechtsprinzip der Doppelbestrafung vertraut. Kurz umrissen – und ich bin mir sicher, der Tiger wird mich korrigieren, sollte ich mich zu weit von der korrekten Definition entfernen – handelt es sich dabei um einen Rechtsgrundsatz, der verhindert, dass eine Person für das gleiche Verbrechen zweimal verurteilt werden kann. Ich erwähne dies, weil es, wie Sie noch sehen werden, für den hier diskutierten Fall von großer Bedeutung ist.»

Der Tiger nickte wieder, sagte aber nichts.

«Lassen Sie uns nun zu Sir Jack Delves Broughton zurückkehren», sagte Mr. Gopez. «Wir wollen den Charakter dieses Mannes ein wenig näher unter die Lupe nehmen. Ein Engländer, der von seinem Vater ein Vermögen geerbt hatte, welches er bei seiner Ankunft in Kenia 1940 jedoch zum Großteil durch Wettspiele und andere leichtsinnige Extravaganzen verloren hatte. Er umging einen Kampfeinsatz im Ersten Weltkrieg, indem er, als sich sein Regiment nach Frankreich in Marsch setzte, einen Hitzschlag geltend machte. Viele Leute waren damals der Meinung, er habe simuliert. Nun frage ich Sie, meine Damen und Herren, klingt das nach einem mutigen Mann, einem Mann, der nicht zögern würde, seinen Rivalen zu erschießen? Nein. Es zeichnet vielmehr das Bild eines schwachen Naturells, eines Feiglings. Und Broughton war nicht nur schwach im Geiste, sondern auch körperlich – von einem Autounfall, der sich viele Jahre vor dem Mord ereignet hatte, waren ihm ein sichtliches Hinken und eine verkrüppelte rechte Hand geblieben. Und doch soll dies mangels anderer Beweise der Mann gewesen sein, der mitten in finsterer Nacht aus dem ersten Stockwerk eines Hauses an der Regenrinne hinuntergeklettert ist, sich unbemerkt in einen parkenden Wagen geschlichen, einen Mann erschossen und den Leichnam in den Fußraum gehievt hat, danach zu Fuß eine ganze Meile zurück nach Hause gerannt ist und schließlich wiederum ungesehen über die Regenrinne zurück nach oben kletterte. Das alles soll der Mann getan haben, der am zehnten März 1941 des Mordes an Lord Erroll angeklagt wurde.»

Mr. Gopez verstummte und musterte sein Publikum.

«Nun möchte ich, mit Ihrer Erlaubnis, ein wenig Spekulation betreiben. Broughton streitet das Verbrechen ab und wird freigesprochen. Er kennt den Grundsatz der Doppelbestrafung – ohne neue Beweise kann er für das gleiche Verbrechen nicht noch einmal verurteilt werden. Zur selben Zeit jedoch wird ihm klar, dass der Mord an einem Mann – insbesondere, wenn es sich, falls ich das sagen darf, um einen Lord des Königreiches handelt, um niemand Geringeren nämlich als den durch Erbfolge bestimmten Lord High Constable of Scotland – ein recht glamouröses Verbrechen ist. Dieser Vorstellung kann Broughton sich schwerlich entziehen – der Prozess hat über Wochen die Schlagzeilen beherrscht, und zwar rund um den Globus. Zieht man jetzt noch die Tatsache in Betracht, dass Lord Erroll in den Augen vieler ein Rabauke, Trunkenbold und Tunichtgut war und es in Kenia nicht an Menschen mangelte, die seinen Tod mit Genugtuung zur Kenntnis nahmen – nun, dann ließe sich ein Mord an ihm doch fast als selbstloser Akt im Dienste des öffentlichen Interesses betrachten. Wenn es Broughton irgendwie gelang, die Leute glauben zu machen, er hätte es tatsächlich getan und sei damit davongekommen, wie sehr würde er dann in ihrem Ansehen steigen! Was für ein kluger Bursche, was für ein mutiger Mann dieser Broughton doch ist! Ein Hurra auf Broughton!»

«Verstehe ich richtig, Gopez?», fragte Tiger Singh. «Du willst damit andeuten, dass Broughton Lord Erroll zwar nicht umgebracht hat, er aber später – aus Gründen der Selbstverherrlichung und Prahlerei – vorgab, es getan zu haben?»

«Ich ziehe es zumindest als Möglichkeit in Betracht.»

«Aber wenn Broughton tatsächlich nicht der Mörder von Lord Erroll war, Gopez, wer hat es dann getan?»

«Genau das, mein lieber Tiger – sehr verehrte Damen und Herren –, wollen wir nun untersuchen.»

Wieder wandte Mr. Gopez sich an sein Publikum.

«Wenn nicht Broughton, meine Damen und Herren, wer dann? Lange nach dem Verbrechen und lange nach dem Selbstmord Broughtons gestand eine weitere Person den Mord. Es geschah 1966 im Muthaiga Club, jenem Ort, an dem Lord Erroll seinerzeit Diana Broughton kennengelernt hatte. Fünfundzwanzig Jahre nach Mord und Prozess saßen vier Menschen um einen Tisch versammelt beim Kartenspiel. Darunter auch der leitende Geschäftsführer der *Sunday Nation*. Außer ihm befand sich auch Diana in dieser Runde – die es durch ihre vierte Ehe inzwischen sogar zur Lady Delamere gebracht hatte. Obwohl der Raum angenehm temperiert war, brach dem Geschäftsführer der *Sunday Times* der Schweiß aus. Zwei Wochen zuvor hatte seine Zeitung den Artikel eines Reporters gedruckt, der keinen Zweifel an seiner Auffassung ließ, dass Diana die wahre Mörderin war. Das Gesetz verbietet es, jemanden in Schriftform des Mordes zu beschuldigen – das gilt als üble Nachrede. Es war dem Chefredakteur zwar gelungen, die Geschichte vor der zweiten Auflage aus dem Blatt zu nehmen, doch seitdem litt der Geschäftsführer unter Schlaflosigkeit, weil er täglich mit einem Brief von Dianas Anwalt rechnete. Nun, da er ihr plötzlich so unvermutet am Kartentisch gegenübersaß, dachte er, es sei vielleicht nicht zu spät für eine Entschuldigung. Er hatte kaum dazu angehoben, als Diana ihm ins Wort fiel. ‹Ach›, sagte sie. ‹Es weiß doch jeder, dass ich es getan habe.›»

Wieder erhob Mr. Patel sich vor dem dichtgedrängten Publikum im Speisesaal des Asadi Clubs.

«Hör mal, A. B., wie oft muss ich dir das eigentlich noch sagen? Das, was sie da gesagt hat – wenn sie es überhaupt gesagt hat –, war nichts weiter als ein ironischer Scherz!»

Mr. Gopez drehte sich zu ihm um. Er grinste sein breitestes Grinsen und zog seinen Trumpf aus der Tasche.

«Ich bin vollkommen deiner Meinung, Patel.»

Mr. Patel setzte sich so abrupt hin, als wäre er geschubst worden. Mr. Gopez legte noch eine kleine Kunstpause ein, beugte sich vor und stützte beide Hände vor sich auf den Tisch.

«Meine Damen und Herren! Wie Ihnen jeder Kriminalist bestätigen wird, beginnt die Untersuchung eines Verbrechens stets mit dem, was man als die Fünf Großen W bezeichnen könnte: *Wer? Was? Wann? Wie?* Und *Warum?* Doch es gibt noch eine sechste Frage. Manchmal müssen wir nicht nur herausfinden, warum eine Person tat, was sie getan hat, sondern auch, warum diese Person davon erzählt. Lassen Sie uns mit dieser Frage im Hinterkopf noch einmal auf das Geständnis zurückblicken, das Sir Jack Delves Broughton gegenüber Juanita Carberry abgelegt hat. Über ihn haben wir schon einiges gehört, doch was ist mit ihr?»

Mr. Gopez nahm ein Buch vom Tisch. Patel starrte ihn ungläubig an.

«Aus ihrer Autobiographie wissen wir, dass sie als fünfzehn Jahre altes Mädchen schon viel durchgemacht hatte. Ihr Vater John Carberry war ein Sadist und ein Tyrann – von den Eingeborenen *Msharisha* getauft, nach der langen Peitsche, von der er bei Tieren und Menschen freizügig Gebrauch machte. Als Juanita drei Jahre alt war, starb ihre Mutter bei einem Flugzeugabsturz, und ihre Stiefmutter June gehörte zu den verrufensten Mitgliedern der sogenannten Happy-Valley-Clique und schwelgte – offensichtlich mit dem stillschweigenden Einverständnis ihres Mannes – in der Befriedigung ihrer Gelüste, die sich auf den Konsum von außerehelichem Sex, Alkohol und Drogen richteten. Das also war die frühe Welt der Juanita Carberry. June ermutigte das adoleszente Mädchen dazu, Zigaretten zu rauchen und sich zu schminken, und vor diesem Hintergrund ist das Geständnis, das Juanita in ihrer Autobiographie machte, vielleicht nicht allzu erstaunlich, dass sie – wie soll ich es ausdrücken? – mit fünfzehn schon zur Frau geworden war. Tatsächlich war sie, ehe der Mord geschah, auf der Farm mehr als einen Monat lang jeden Abend in ihrem Schlafzimmer eingesperrt worden, weil sie mit einem Soldaten im Bett erwischt worden war.»

Mr. Gopez wartete, bis sich der Tumult aus schockiertem Keuchen und Gelächter etwas gelegt hatte.

«Ja, und ein paar Monate nach dem Mord an Lord Erroll lief sie ihrem Vater und ihrer Stiefmutter davon, um fortan bei ihrem Onkel zu leben. Doch zurück zu Juanitas Bericht über die Tage unmittelbar vor und nach dem Mord – nicht die Geschichte, die sie James Fox oder späteren Autoren erzählte, sondern zu dem Bericht aus erster Hand, wie er in ihrer Autobiographie festgehalten ist. Im Wesentlichen lautet dieser so: Zum Zeitpunkt des Mordes befindet sie sich in Nyeri – gute drei Autostunden von Nairobi entfernt. Ihre Stiefmutter June hält sich bei den Broughtons in deren Haus in Karen nahe Nairobi auf, ihr Vater weilt im Ausland. Sobald sie per Telegramm vom Tode Lord Errolls erfährt, den sie niemals persönlich kennengelernt hat, macht sie sich mit ihrer Gouvernante auf den Weg von Nyeri nach Karen. Hier begegnet sie beim Mittagessen zum allerersten Mal Broughton und Diana. Ein paar Tage darauf taucht Broughton bei ihr in Nyeri auf, gesteht ihr, als er sie allein antrifft, die Tat und erklärt, er habe die Waffe soeben bei Thika in den Wasserfall geworfen. Dann erzählt er ihr genau, wie er sich in Lord Errolls Wagen versteckt und ihn in dem Augenblick erschossen hat, als er an der Kreuzung abbremsen musste. Wegen der Affäre seiner Frau hat Juanita Mitgefühl mit ihm – wie es scheint, wusste alle Welt von dieser Affäre –, und sie beschließt, niemandem etwas von seinem Geständnis zu sagen.»

Mr. Gopez hielt inne. Durch die offen stehenden Fenster des Speisesaals drangen die Geräusche der Nacht herein. Im Saal selbst herrschte Stille – nun lachte niemand mehr.

«Lassen Sie uns diesen Bericht nun mit dem vergleichen, was Juanita ein paar Jahre zuvor James Fox erzählt hatte. In weiten Teilen ist die Geschichte dieselbe, doch in der früheren Version ist ein zusätzliches Detail zu finden. Sie erinnern sich womöglich daran, dass, als die Milchwagenfahrer Lord Erroll in jener dunklen, regnerischen Nacht tot in seinem Wagen fanden, die Haltegriffe abgerissen auf der Rücksitzbank lagen. Juanita hatte diesbezüglich ihre eigene Theorie. Sie erzählte Fox, dass sie am Tag vor dem Mord mit June und Diana in Nairobi beim Friseur gewesen war. Sie hatten

Errolls Wagen genommen, und sie war sich sicher, dass die Haltegriffe zu diesem Zeitpunkt noch an Ort und Stelle gewesen waren. Ihre Theorie besagte, dass Broughton Erroll vom Rücksitz aus erschossen hatte, während sich der Wagen noch in voller Fahrt befand. Als der Wagen dann von der Straße abkam, packte Broughton die Haltegriffe und riss sie ab, als der Wagen im Graben landete.»

Mr. Gopez hob das Buch hoch, das er immer noch in Händen hielt.

«Wie Sie sich vielleicht erinnern, hat Juanita Carberry in ihrer Autobiographie etwas anderes behauptet. Sie sagte, sie sei Diana am Tag nach dem Tode Errolls zum ersten Mal begegnet. Hier aber sagt sie, sie wäre am Tag vor dem Mord mit Diana und June in Nairobi zum Friseur gefahren. Also, hat Juanita Carberry Diana nun schon vorher kennengelernt oder nicht? War sie am Tag vor dem Mord in Nyeri, oder war sie in Karen?»

Mr. Gopez legte das Buch zurück auf den Tisch.

«Während ich also über diese interessanten Widersprüche nachdachte, kam mir die sechste Frage in den Sinn. Wieso, fragte ich mich, wieso entschloss sich Juanita Carberry, nachdem sie Broughtons Geständnis vierzig Jahre lang für sich behalten hatte, auf einmal dazu, anderen Leuten davon zu erzählen? Ich denke, ich habe bereits deutlich gemacht, dass Juanitas Version der Ereignisse an manchen Stellen widersprüchlich ist, und dabei ist mir die Möglichkeit in den Sinn gekommen, dass sie nicht immer die Wahrheit gesagt haben könnte. Ich bin ins Grübeln gekommen, meine Damen und Herren. Was, wenn die ganze Geschichte über Broughtons Geständnis erfunden war? Was, wenn Broughton ihr auf dem Weg zu den Stallungen gar nicht erzählt hatte, dass er Lord

Erroll erschossen hatte? Aber weshalb sollte Juanita solch eine Geschichte erfinden? Die einfachste Antwort: weil sie etwas zu verbergen hatte, weil sie die Aufmerksamkeit davon ablenken wollte, was in jener Nacht im Januar 1941 tatsächlich geschehen war. Weil sie jemanden schützen wollte – aber wen?»

Mr. Gopez stützte sich wieder auf den Tisch.

«Meine Damen und Herren. Ich vermute, die Person, die Juanita Carberry beschützen wollte, war niemand anderes als sie selbst.»

11

Die Schlange lächelt, ehe sie zubeißt

Es dauerte mehrere Minuten, bis der Tumult sich wieder gelegt hatte.

«Und jetzt», sagte Mr. Gopez, «möchte ich Ihnen mit der Erlaubnis unseres Schiedsrichters erzählen, was sich in jener Nacht tatsächlich zugetragen hat.»

Tiger Singh erhob sich.

«Vor Gericht hätte ich bis zu diesem Zeitpunkt bereits mehrere Male Einspruch erhoben, Gopez. Doch im Geiste dieser Debatte und angesichts der spannenden Faktenlage kann ich gar nicht anders, als dir weiterhin das Wort zu erteilen.»

Mr. Gopez deutete eine Verbeugung an und wandte sich erneut dem Publikum zu.

«Wie Juanita Carberry gegenüber James Fox zugab, war sie in der Nacht des Mordes tatsächlich in Karen im Haus der Broughtons gewesen. Genau wie June Carberry muss sie gehört haben, wie Erroll und Diana aus dem Club zurückkamen. Sie zog sich ihre Turnschuhe an, nahm die Pistole ihres Vaters an sich, die sie aus Nyeri mitgebracht hatte – wie Sie sich sicherlich erinnern, weilte er zu dem Zeitpunkt im Ausland, und Juanita wusste, dass niemand die Waffe vermissen würde –, und kletterte zum Schlafzimmerfenster hinaus. Während das Liebespaar voneinander Abschied nahm, versteckte Juanita sich auf der Rücksitzbank des Buicks – haargenau so, wie sie es später von Broughton behauptete. Und ebenfalls genau so, wie sie es von Broughton behauptete, wartete sie, bis das Auto an der Kreuzung abbremste, und erschoss Erroll. Als der Wagen ins Schlingern kam, packte sie die Haltegriffe, die sich unter dem heftigen Zug von der Wagendecke lösten. Hier hatte sie sich ein zweites Mal verplappert. Wie sonst hätte sie wissen sollen, was mit jenen Haltegriffen geschehen war? Sie stellte den Motor ab und machte sich unbemerkt auf den Rückweg zum Haus.»

«Eine interessante und durchaus mögliche Theorie, Gopez», sagte der Tiger. «Du hast dir dabei Klarheit über eine wichtige Frage verschafft – warum hat das Mädchen von Broughtons Geständnis erzählt? Eine andere deiner ‹Großen Fünf› hast du jedoch noch nicht beantwortet, und das ist vielleicht die wichtigste dieser Fragen. Du hast uns nicht erzählt, *warum* sie Lord Erroll erschossen hat. Du hast uns kein Motiv geliefert.»

«Ganz einfach. Juanita war ein attraktives Mädchen. Sie war sexuell frühreif und fühlte sich zu Männern hingezogen. Vielleicht war Erroll für sie ebenso attraktiv wie für viele andere Frauen. Sie machte ihm Avancen und bekam einen Korb. Wenn sie ihn nicht haben konnte, wollte sie dafür sorgen, dass auch keine andere ihn mehr bekam. Das ist schon oft genug da gewesen. Vielleicht auch das Gegenteil. Er machte ihr ungewollte Avancen – vielleicht war er sogar weiter gegangen. Und in ihrer Wut hat sie ihn umgebracht.»

Mr. Patel erhob sich, um das Wort zu ergreifen.

«Das ist ja alles sehr interessant. Und trotzdem die reinste Spekulation, A. B., mein alter Freund.»

«Spekulationen, mein lieber Patel, erweisen sich oft genug als wahr. Du hast deine Theorie dargelegt. Ich habe meine

Theorie dargelegt. Wollen wir es nicht dem Publikum überlassen, zu entscheiden, welche der beiden wahr ist?»

Wofür hätten Sie gestimmt? Ich muss zugeben, dass Mr. Patel höchst solide Gründe für Broughtons Schuld geliefert hat, und obwohl mir ein paar Unstimmigkeiten aufgefallen sind, die er versucht hat, unter den Debattenteppich zu kehren, hatte seine Argumentation doch eindeutig Stil. Vielleicht waren Sie aber auch beeindruckt von der Art und Weise, wie A. B. Gopez zuerst die gegnerische Theorie zerpflückte und dann seine Gegentheorie aufstellte – auch wenn diese ein wenig, sagen wir, phantasievoll war. Das Geständnis Dianas zuerst auf den Tisch zu bringen, seinem Widersacher sogar noch zuzustimmen, nur um ihn im Anschluss zu widerlegen, war ein sehr eleganter Winkelzug. Dem Tohuwabohu nach zu urteilen, das sich erhob, nachdem Mr. Gopez sich wieder gesetzt hatte, wurde im Publikum offensichtlich in ganz ähnlicher Weise gedacht und diskutiert. Der Schiedsrichter benötigte eine ganze Weile, um die Versammlung zur Ordnung zu rufen.

«Meine Damen und Herren – ich bitte um Ruhe!», sagte Tiger Singh bereits zum zweiten Mal. «Sie kennen die Argumente unserer beiden geschätzten Redner. Meine Aufgabe besteht nun darin, beide Argumentationen noch einmal zusammenzufassen und danach um Abstimmung zu bitten. Mr. Patel ist der Auffassung, dass ungeachtet eines Freispruchs vor Gericht seine wiederholten Geständnisse, Lord Erroll ermordet zu haben, keinerlei Zweifel daran lassen, dass Sir Jack Delves Broughton der wahre Schuldige ist. Mr. Gopez hingegen vertritt die Meinung, diese Geständnisse seien weniger auf wahre Schuld als auf Aufschneiderei zurückzuführen. Er hat außerdem behauptet, dass gewisse Ungereimtheiten in den Aussagen einer weiteren Person, nämlich Juanita Carberry, den Schluss zulassen, dass sie nicht nur die Geschichte von Broughtons Geständnis erfunden hat, sondern überdies selbst die Mörderin war. Wenn ich Sie nun um Ihre Stimmen bitten darf. Alle, die Mr. Patels Theorie unterstützen, heben bitte jetzt die Hand.»

Der Tiger zählte und notierte eine Zahl.

«Alle, die Mr. Gopez' Theorie unterstützen, heben bitte die Hand.»

Eine zweite Zahl wurde neben die erste geschrieben.

Der Tiger musterte über den Rand seiner Brille hinweg das gespannte Publikum.

«Wie bei einer Debatte dieser Art und bei zwei Disputanten dieses Kalibers nicht anders zu erwarten, ist das Ergebnis äußerst knapp. Es lautet wie folgt: Mr. Gopez, einundvierzig Stimmen. Mr. Patel ...» Er legte eine Kunstpause ein. «Mr. Patel, zweiundvierzig.»

Mr. Malik war der Erste, der beiden Parteien zu ihren gelungenen Vorstellungen gratulierte.

«Ja», sagte Tiger Singh, «ich hätte es mit keinem von beiden gern vor Gericht zu tun. Aber ich habe bemerkt, dass du gar nicht abgestimmt hast, Malik – wahrscheinlich, um keinen von beiden vor den Kopf zu stoßen, nehme ich an.»

«Nein, das eigentlich weniger», sagte Mr. Malik. Er zögerte kurz. «Es gibt bei dieser ganzen Geschichte einfach immer noch ein paar Aspekte, die mir Sorgen bereiten. Aber, wie gesagt, das ist alles Vergangenheit – genau wie der Streit zwischen unseren beiden Freunden, da bin ich mir sicher. Ich möchte euch allen noch einmal dafür danken, dass ihr in die Bresche gesprungen seid. Ich glaube, nicht einmal ein Vortrag über die Wasserversorgung von Nairobi hätte eine solche Menschenmenge angelockt. Wenn ihr mich jetzt entschuldigen wollt, ich sollte wirklich zusehen, dass ich nach Hause komme. Ich muss morgen früh raus.»

«Bist du sicher, dass du nicht noch auf ein Spielchen bleiben möchtest?»

Mr. Malik wandte sich zu der Gestalt um, die eben hinter ihm aufgetaucht war.

«Ach, hallo, Harry. Dich hatte ich heute Abend gar nicht erwartet.»

«Ich war zum Abendessen in Tusks – rein geschäftlich –, und ich dachte, ich schaue auf dem Rückweg in die Stadt noch kurz bei euch rein. Also, wie wär's mit einer Partie, Jack?»

«Harry, wir müssen Malik ziehen lassen», sagte der Tiger. «Er hat morgen wirklich viel zu tun – wegen unserer Clubsafari. Dabei fällt mir ein, Malik, ich muss morgen Vormittag noch einmal vor Gericht erscheinen. Ich fürchte, der Fall, den ich übernommen habe, zieht sich länger hin als erwartet – ich muss mich sogar heute Abend noch einmal daransetzen. Ihr braucht mir also keinen Platz im Bus freizuhalten. Ich komme nachmittags mit dem Auto direkt nach.»

«Und was ist mit euch?», fragte Harry Khan an die anderen beiden Herren gewandt. «Darf ich euch auf einen Drink einladen?»

«Für mich nicht, danke, Harry», sagte Mr. Gopez. «Ich habe für heute Abend genug.»

«Sie haben eine ausgezeichnete Debatte verpasst, Harry», sagte Tiger Singh.

«Ach ja, stimmt – die Debatte. Nun gut. Und was ist mit Ihnen, Patel?»

«Vielleicht einen kleinen Schlummertrunk, Harry. Mag der Sieg auch noch so süß sein, die viele Arbeit macht trotzdem ganz schönen Durst.»

Es erwies sich, dass Mr. Patel nach diesem so knapp errungenen Sieg nicht eine, sondern drei Portionen Stärkungsmittel brauchte, und während er sich diese zuführte, vernahm er mit Interesse, dass auch Harry einen sehr geschäftigen Tag hinter sich hatte. Nicht nur, dass er vormittags beim Innenminister gewesen war, nein, am Abend hatte er überdies mit dem Minister für Transport und Verkehr gespeist.

«Ach was? Er lebt ganz in der Nähe, gleich hinter dem Gartenzaun, um genau zu sein. Hat mal versucht, uns – also dem Club, meine ich – ein bisschen Land abzuschwatzen. Ist natürlich nie was draus geworden. Habe ich nicht gestern erst in der *Evening News* irgendwas über ihn und seine Sekretärin gelesen?»

«Ja, aber das hat er mir genau erklärt. Offensichtlich ist ihr eine Spinne oder irgendein anderes Krabbeltierchen in den Ausschnitt geraten, und der Minister hat lediglich versucht, ihr dabei zu helfen, es wieder herauszubekommen. Was er allerdings immer noch nicht weiß, ist, wo der Fotograf auf einmal herkam.» Harry kicherte. «Tja, diese Zeitung ist bei den Jungs da oben wirklich nicht besonders beliebt – oh Mann, was würden die darum geben, diesen Dadukwa endlich in die Finger zu kriegen. Aber nach allem, was man so hört, wird die *Evening News* sowieso bald eingestellt. Na ja, ich muss jetzt los. Viel Spaß auf eurer Safari.»

Als Harry Khan im Hotel eintraf, verrieten ihm die Uhren über der Rezeption, dass in Sydney die Sonne aufging, es in Dubai bald Mitternacht schlug und die meisten Büroangestellten in New York mit den üblichen gemischten Gefühlen der U-Bahn-Fahrt nach Hause entgegensahen. Als er an der Jockey Bar vorbeikam, bemerkte er eine attraktive junge Frau in engen Jeans, die alleine saß, und er fragte sich, ob ein allerletzter Absacker vielleicht doch keine so schlechte Idee wäre, als er sah, dass ein großer Mann mit zwei gefüllten Gläsern zu ihr trat, Ginger-Ale womöglich. Als er die Richtung änderte und auf den Lift zusteuerte, hörte Harry Khan noch, wie die junge Frau sich bei dem Mann bedankte.

«Gern geschehen, Petula», antwortete der Mann.

12

Das Chamäleon tanzt nicht vor der Schlange und der Käfer nicht vor dem Chamäleon

Sind das nicht gute Neuigkeiten? Petulas Verlobter Salman konnte sich doch früher freinehmen. Er muss in Dubai den Nachmittagsflug genommen haben, und Petula hat ihn nach ihrem CI-Meeting vom Flughafen abgeholt. Vielleicht hat er sein Hotelzimmer schon bezogen, und jetzt gönnen die beiden Turteltauben sich noch etwas zu trinken, ehe sie sich ins Nachtleben stürzen – in der Stadt oder vielleicht auch ein wenig privater.

Leider, nein.

Salman, muss ich gestehen, sitzt immer noch an seinem Schreibtisch in seinem Büro im zweiunddreißigsten Stock des TransAsia-Gebäudes mitten in Dubai. Er unterzieht die vor ihm liegenden Tabellen einer genauesten Prüfung, und so, wie es aussieht, wird er wohl auch heute wieder bis spät in die Nacht hinein arbeiten (auch in Dubai nichts Ungewöhnliches). Es wird Sie jedoch freuen zu hören, dass Salman nicht allzu sehr darunter leidet, denn er hat Zahlen schon immer geliebt – vor allen Dingen, wenn diese Zahlen für große Summen Dollar, Euro, Pfund oder Yen stehen. Wenn Petulas Verlobter aber noch in Dubai ist, wer, so höre ich Sie fragen, ist dann der andere Typ – dieser große, ziemlich gut aussehende Typ –, der an einem Donnerstagabend reichlich spät mit ihr mitten in Nairobi in der Jockey Bar des Hilton sitzt?

«Ja, aber wo soll man da anfangen?»

Der große Mann setzte sein Glas ab.

«Hm, ich sehe die Sache so. Das Problem von oben zu bekämpfen, wird zu nichts führen, und es bringt auch nichts, es ganz unten an der Wurzel zu packen. Wir müssen den Kampf gegen die Korruption auf allen Ebenen gleichzeitig aufnehmen.»

«Aber produzieren wir damit nicht nur heiße Luft?», fragte Petula. «Das wahre Problem ist doch die Armut.»

«Es lässt sich nicht leugnen, dass Armut und Kriminalität eng zusammenhängen. So wie Armut zu Kriminalität führt, führt Kriminalität – natürlich schließe ich hier auch die Korruption mit ein – umgekehrt wieder zu Armut. Schau dir dieses Land an. Ein jährliches Pro-Kopf-Einkommen unter achthundert Dollar – an den meisten Standards gemessen ziemlich wenig. Und selbst diese Zahl beinhaltet unglaubliche Wohlstandsunterschiede. Korruption muss einer der Faktoren sein, die dahinterstecken.»

Petula nickte seufzend.

«Ja. Ich habe mir die Zahlen von CI angesehen. Wir rangieren ziemlich weit oben, zusammen mit Ländern wie Paraguay oder dem Kongo. Aber wie soll man das bekämpfen? Ich meine, nehmen wir zum Beispiel die Polizei. Die Beamten verdienen einen Hungerlohn. Bestechungsgelder und falsche Strafzettel sind die einzige Möglichkeit für den einzelnen Polizisten, zu überleben –»

«Und das meiste davon müssen sie auch noch die Leiter nach oben weiterreichen.»

«Genau, und wir wissen alle, wie weit nach oben diese Leiter reicht. Korruption ist zur Institution geworden. Wo soll man also mit der Demontage anfangen?»

«Weißt du noch, worüber wir uns Dienstagabend im Meeting unterhalten haben? Über Publicity. Wir müssen den Leuten sagen, wer die Bestechungsgelder bekommt – und zwar nicht nur die Peanuts. Wie ich schon sagte, wir müssen hier auf allen Ebenen angreifen. Wie viel muss der kleine Mann auf der Straße –»

«Oder die kleine Frau ...»

Der Mann lächelte.

«Oder die kleine Frau ... jeden Tag bezahlen? Wir dürfen auch nicht nur von den direkten Bestechungen sprechen, sondern auch von den indirekten – die im Preis der Waren enthalten sind, die sie kaufen.»

Petula nickte.

«Das vergessen die Menschen immer. Jede Bestechung, die ein Matatu-Fahrer einem Polizisten zahlen muss, treibt den Preis in die Höhe.»

«Jedes Mal, wenn der Metzger an den Kontrolleur bezahlt, geht der Preis fürs Fleisch nach oben.»

«Und? Was werden wir dagegen tun?»

Sie hoben die Gläser. «Publicity!»

«Und, wenn ich das sagen darf», fuhr Petula fort, «ich finde den Punkt, den du am Ende des Meetings noch angesprochen hast, besonders wichtig. Wir müssen das Internet nutzen. Die Regierung kann versuchen, die Presse zum Schweigen zu bringen, soviel sie will – ich habe sogar das Gerücht gehört, dass die *Evening News* eingestellt werden soll –, aber ich möchte gerne sehen, wie sie das Internet unter Kontrolle bekommen wollen.»

«Ja, das möchte ich auch gerne sehen.» Der Mann leerte sein Glas. «Noch ein Ginger-Ale?»

«Vielen Dank, aber ich muss nach Hause.»

«Wie wäre es, wenn wir uns morgen noch mal treffen – gleiche Zeit, gleicher Ort?»

«Tut mir leid. Ich habe meinem Vater versprochen, ihn am Wochenende auf seine Clubsafari zu begleiten, und ich muss Samstag sehr früh aufstehen. Ich hole Salman – meinen Verlobten – morgens am Flughafen ab, und dann fahren wir los.»

Der Mann lächelte wieder.

«Klingt wunderbar. Weißt du, das ist das Einzige, was ich im Ausland richtig vermisst habe. Unter freiem Himmel zu zelten; die Sterne, die Tiere.»

«Ach, stimmt ja! Ich habe vergessen, dass du hier geboren bist. Als es hieß, der neue Chef käme aus Genf, dachte ich, du wärst Schweizer. Wie lange warst du weg?»

«Das ist etwas schwierig zu sagen. Ich bin in Nairobi zur Schule gegangen, auf die St. Edward's, und mit dreizehn bin ich dann nach Übersee aufs Internat gekommen – natürlich war ich in den Ferien immer zu Hause, aber nie mehr als ein paar Wochen am Stück. Nach der Schule war ich in England auf dem College, und danach habe ich bei der UN angefangen. Ich habe elf Jahre für die UN gearbeitet – hauptsächlich in Genf. Ich habe immer versucht, so oft wie möglich mein altes Zuhause zu besuchen – meine Mutter lebt immer noch hier.»

«Ziehst du wieder bei ihr ein?»

Der große Mann lächelte.

«Sie hat mich nicht gefragt, also musste ich nicht nein sagen. Ich glaube, wir wissen beide, dass wir zu alt sind, als dass es noch mal funktionieren könnte. Aber ich habe mich darauf gefreut, wieder in Nairobi zu leben. Das ist einer der Gründe, warum ich mich für den Job beworben habe.»

«Dann ist es also gut, wieder zu Hause zu sein.»

«Gut», sagte der Mann und grinste breit, «und es wird immer besser.»

Im Laufe der vielen Jahre, die Mr. Malik nun schon die jährliche Clubsafari organisierte, hatte er eines gelernt: Man kann allen Beteiligten noch so oft sagen, dass der Bus Punkt acht Uhr morgens vom Parkplatz des Asadi Clubs startet, mindestens einer kommt trotzdem zu spät. Wer es wohl diesmal sein würde, fragte er sich und lächelte in sich hinein. Vielleicht Shivraj Prasad, weil er den Sonnenhut oder die Sonnenbrille *nirgends* finden konnte? Oder, überlegte Mr. Malik, würde sich die jüngste halbwüchsige Tochter der Devs (wie hieß sie noch gleich?) wieder weigern, zu nachtschlafender Stunde aufzustehen? Vielleicht würde der Bus diesmal auch wieder von den unauffindbaren Medikamenten von Ali Hilalys Mutter aufgehalten, so wie letztes Jahr. Am Ende stellte sich heraus, dass es diesmal Mrs. Lakshmi war (die ihre Tabletten vergessen hatte und ihren Mann zurück nach Hause schicken musste, um sie zu holen), doch um acht Uhr fünfunddreißig waren schließlich alle zweiundzwanzig Namen auf der Teilnehmerliste abgehakt. Mr. Malik ergriff ein Anflug von Panik, als ein weiterer Wagen auf den Parkplatz einbog, aber es waren nur zwei Angestellte einer Malerfirma, die einen Kostenvoranschlag zur Renovierung des Clubhauses abliefern sollten – Mr. Malik registrierte mit Freuden, dass der Verwalter offensichtlich keine Zeit verschwendet hatte. Erleichtert bestieg er den Bus.

«Alles bereit?»

«Nein, nein, eine Minute noch.»

Mr. Lakshmi flüsterte Mr. Malik etwas ins Ohr und verschwand eilig im Club. Als er drei Minuten später wieder in den Bus stieg, war es an Mr. Malik, Mr. Lakshmi etwas zuzuflüstern. Nachdem der die notwendigen Korrekturen an seiner Kleidung vorgenommen hatte, versuchte Mr. Malik es aufs Neue.

«Alles bereit?», wiederholte er. «Na, dann los! Auf zur Safari!»

Auf diese Zauberworte hin betätigte der Busfahrer den Hebel, mit dem die Türen schlossen, und löste die große, schwarze Handbremse. Im Schritttempo verließ der Bus den Parkplatz des Asadi Clubs und fädelte sich in den morgendlichen Verkehr von Nairobi ein.

«Was ist denn mit deiner Tochter, Malik?», meldete sich aus der zweiten Reihe Mr. Patel zu Wort. «Ich dachte, du hättest gesagt, sie würde uns mit ihrem Verlobten begleiten?»

«Petula kommt – sie kommen – morgen nach», sagte Mr. Malik. «Salman hat nicht freibekommen, aber er nimmt die Morgenmaschine aus Dubai. Sie holt ihn vom Flughafen ab, und dann fahren sie direkt hinterher.»

Um von Nairobi nach Meru zu fahren, hat man kaum eine andere Wahl, als die Thika Road zu nehmen, bei Generationen kenianischer Autofahrer besser bekannt als Schlaglochboulevard. Manche Schlaglöcher gibt es schon so lange, dass sie inzwischen eigene liebevolle Spitznamen tragen – die Große Fontäne und der Lake Victoria kommen mir da in den Sinn. Ab und zu werden sie aufgefüllt – etwa, wenn der Präsident alle fünf Jahre zu einer seiner «Begegnungen mit dem Volk»-Touren aufbricht –, doch das ändert nichts daran, dass ihre ursprüngliche Lage noch immer leicht zu erkennen ist, weil der Verkehr – manchmal noch Jahre später – einen Bogen um ein augenscheinlich makelloses Stück Straße macht, weil die Autofahrer in alter Gewohnheit automatisch dem Phantomloch ausweichen.

Sie kamen gut voran, bis der Bus sich kurz hinter Ruiru an einem Lastwagen vorbeiquetschen musste, der mitten auf der Straße liegengeblieben war. Ein paar Meilen weiter kamen sie an einem Unfall zwischen zwei Matatus vorbei. Es sah aus, als würden mindestens einhundert Leute am Straßenrand sitzen oder stehen – der Göttin sei Dank, dachte Mr. Malik, war wohl offensichtlich niemand verletzt worden. Und so war es bereits nach elf Uhr, als der Bus schließlich den kleinen Ort Thika passierte und die Chania Falls überquerte.

Mr. Patel beugte sich zu A. B. Gopez hinüber und zeigte auf den noch immer üppig Wasser führenden Thika, der sich unter der Brücke über die Felsen stürzte.

«Sie ist immer noch da, weißt du?»

«Sie? Da? Was?»

«Broughtons Pistole.»

Mr. Gopez wandte sich wortlos ab.

«Seht doch mal! Ist das nicht ein Flusspferd?», rief Mr. Malik.

«Stimmt», sagte Mr. Patel mit einem Blick nach unten ins Wasser. «Abgehakt. Bleiben noch vier.»

«Wovon sprichst du denn jetzt schon wieder?»

«Die *Big Five*, A. B.! Von was denn sonst? Elefant, Nashorn, Flusspferd, Löwe und Leopard.»

«Flusspferd? Ich habe dir doch schon erklärt, mein lieber Patel, dass das Flusspferd nicht dazu zählt. Der Büffel ist der fünfte.»

«Ja, ja, ja. Trotzdem bringen Flusspferde mehr Menschen um.»

«Was meinst du damit, sie bringen mehr Menschen um?», fragte Mr. Gopez.

«So ist es doch. In Booten.»

«Und wie, bitte sehr, bekommt man einen Hippopotamus in ein Boot hinein?»

Nun war es an Mr. Patel, die Augen zu verdrehen.

«Flusspferde im Wasser, A. B., *Menschen* in Booten. Die Biester tauchen unter die Boote und kippen sie um. Und dann – mampf! Passiert offensichtlich ständig. Habe neulich erst was darüber in der *Evening News* gelesen.»

«Malik, wärst du wohl so freundlich, Patel zu erklären, dass er Unfug plappert? Auf mich hört er ja doch nicht.»

Mr. Malik hatte der Unterhaltung seiner Freunde bedauerlicherweise nicht mit der notwendigen Sorgfalt gelauscht, weil er in Gedanken bei der Überraschung weilte, die er für die Safari geplant hatte. Falls alles nach Plan verlaufen war, müsste Benjamin im Lager inzwischen alles aufgebaut haben.

«Hm? Was hast du gesagt, A. B.?»

«Was ist deiner Ansicht nach das gefährlichste Tier in Afrika?»

«Äh … der Löwe?»

«Nein, nein, Malik. Dein Löwe, das ist allgemein anerkannt, ist im Grunde seines Herzens ein eher feiges Tier. Denk doch mal nach!»

«Zebra!»

Dieser Ausruf stammte weder von Mr. Patel noch von Mr. Malik, sondern von dem kleinen Imran Hilaly, der ganz hinten im Bus saß und soeben den traditionellen Asadi-

Club-Safari-Preis für die erste Zebra-Sichtung der Reise für sich beanspruchte hatte. Sichtlich erleichtert entschuldigte Mr. Malik sich, stand auf und holte die große Jolly-Man-Blechbüchse *Gemischte Süßigkeiten* aus dem Gepäckfach.

13

Der Käfer auf dem Elefantenrücken weiß nicht, ob Tau den Boden nässt

Imran Hilaly vier «Kau die Cheetah» und einen «Löwenlutscher» vernichten zu sehen, weckte in Mr. Malik ein leises Hungergefühl. Er sah auf die Uhr. Ja. Mittagszeit. Der Fahrer steuerte ein schattiges Plätzchen unter ein paar Schirmakazien am Flussufer an, und die Reisegesellschaft verließ den Bus. Die Picknickkörbe wurden herumgereicht – *Chapatti*-Wraps, kalte Koteletts und Samosas –, und Mr. Malik öffnete eine Kühlbox mit gemischten Getränken.

«Limonade, Kirschsaftschorle oder Cola?»

«Was, kein Bier?», fragte Mr. Gopez.

«Mhmm!», machte Mr. Patel schwärmerisch und schluckte einen großen Bissen Samosa hinunter. «Die Handschrift von Ally Dass würde ich überall herausschmecken. Für mich nur Wasser, Malik, alter Freund. Hast du ihn schon mit der Hochzeit beauftragt?»

«Alles arrangiert – Magenfreuden, Markisenzelt, Moschee.»

«Moschee, was?»

«Salman meinte, für ihn sei auch ein Tempel in Ordnung, aber seine Familie hat auf der Moschee bestanden. Und Petula ist es einerlei.»

In der Schirmakazie, in deren Schatten sie saßen, bemerkte

Mr. Malik mehrere Hängenester. Jedes Nest wurde von einem aufmerksamen Webervogelmännchen bewacht, das mit lautem Gesang und kunstvollem Flügelschlag seine Qualitäten anpries. Anhand der schwarzen Augenmasken und des dunklen Rückengefieders identifizierte Mr. Malik sie als Baglafechtweber. Wie lange es doch her war, seit er Rose Mbikwa dieses Wort zuletzt auf der Dienstagvormittagswanderung hatte sagen hören. «Bag-la-fecht-weber.» Welche Vögel sie wohl gesichtet hatte, seit sie nach Schottland gegangen war, fragte er sich. Er hatte in den sechziger Jahren selbst zwei Jahre in England verbracht, doch er war damals nie jenseits der schottischen Grenze gewesen. Gab es schottische Schwäne, schottische Sperber, schottische Lerchen?

Mr. Malik sah durch die Zweige der Schirmakazie hindurch in den endlosen, blauen Himmel hinauf. Weit oben zog eine Schar Vögel vorbei – wahrscheinlich Pelikane, dachte er, auf ihrem Weg zum oberen Reservoir. Aus dem Nirgendwo tauchten plötzlich zwei Schwarzmilane auf und begannen, über dem Bus zu kreisen. Unglaublich, wie diese Tiere selbst an einem so abgelegenen Ort wie diesem in der Lage waren, binnen kürzester Zeit eine Picknickstelle auszumachen. Er sah sich um. Die meisten Mitreisenden hatten ihre Mahlzeit beendet. Zeit, wieder in den Bus zu steigen. Nächster Halt – der Äquator.

So, wie es auf der Asadi-Club-Safari Tradition ist, dass das erste Kind, das ein Zebra sichtet, einen Preis bekommt, ist es ebenfalls Tradition, auf einer Fahrt nach Norden am Äquator haltzumachen, um sich die Beine zu vertreten und das Wasser im Abfluss gurgeln zu sehen.

Ich kann zwar nicht behaupten, dass vom Geographie-Unterricht in der Schule bei mir viel hängengeblieben ist, aber ich bin mit dem festen Glauben in Afrika eingetroffen, der Äquator sei eine imaginäre Linie, die sich im gleichen Abstand zu den beiden Polen rund um die Erde zieht. Auch in den Naturwissenschaften war ich nicht sehr gut, aber ich kann mich noch heute daran erinnern, dass unser Physiklehrer uns überzeugend darlegte, dass der Coriolanus-Effekt entgegen der landläufigen Meinung zwar dafür sorgt, dass rotierende Bezugssysteme in der Rangordnung von Wirbelstürmen und Meeresströmungen auf der Südhalbkugel dazu tendieren, sich im Uhrzeigersinn und auf der Nordhalbkugel entgegengesetzt zu bewegen, dass dies jedoch keinerlei Einfluss darauf hat, in welche Richtung der Wasserstrudel kreist, wenn er in der Badewanne gluckernd durch den Ausguss verschwindet (oder war das der Coriolis-Effekt? Ich fürchte, Englisch war auch nicht meine Stärke). Ich lag mit beiden Annahmen daneben. Der Äquator ist in Wirklichkeit eine weiße Linie, die unmittelbar südlich von Meru die Straße quert, und dort finden sich auch stets ein paar gutgelaunte Einheimische mit Wassereimern und kleinen Schüsseln, die sich für ein paar Shilling gerne zu einer Demonstration bereit erklären: Schau nur! Auf dieser Seite des Äquators dreht es sich in diese Richtung. Wir überqueren die Linie und – schau nur! Es dreht sich in die andere Richtung.

«Das ist natürlich blanker Unfug», sagte Mr. Gopez, als sie wieder im Bus saßen. «Ich habe es einmal bei mir zu Hause ausprobiert, in sämtlichen Waschbecken und Wannen und sonstigen Abflüssen. Manche Strudel haben sich in die eine Richtung gedreht, manche in die andere. Man hat mir erklärt, das hätte was mit den Rohren zu tun.»

«Ach, hat man das?», sagte Mr. Patel und setzte sich neben ihn. «Nur zu schade, dass ‹man› dir nicht auch erklärt hat, welches Tier in Afrika das gefährlichste ist.»

«Büffel», sagte Mr. Gopez.

«Flusspferd», entgegnete Mr. Patel.

«Seht doch mal», sagte Mr. Malik. «Da drüben, neben dem Busch. Ist das nicht ein Dikdik?»

In vielen Teilen Afrikas erzählt man sich die Geschichte vom Elefanten und der kleinen Antilope namens Dikdik. Eines Tages spazierte ein Dikdik durch den Busch, als es sich plötzlich den Kopf an einem frischen Riesenhaufen Elefantendung stieß. So frisch, dass der Elefant, der den Haufen hatte fallen lassen, noch gar nicht weit weg war – und als er merkte, wie sehr das Dikdik sich erschrocken hatte, fing er schallend an zu lachen. Ein Dikdik mag in den Augen anderer zwar klein sein, in seinen eigenen Augen ist es durchaus von stattlicher Größe. Na warte, dachte das Dikdik, diesem Elefant werde ich es zeigen. Und deshalb macht das winzige Dikdik noch heute seine Köttel alle auf denselben Haufen. Und dieser Haufen wächst manchmal zu einem stattlichen Berg heran, und das Dikdik hofft immer noch darauf, dass sein Haufen eines Tages so groß ist, dass der Elefant sich beim Spazierengehen ebenfalls den Kopf daran stößt. All das fand Mr. Malik ziemlich interessant, denn die Stelle, die sie zu ihrem Lager auserkoren hatten, war, falls man den Worten des Mannes Glauben schenken durfte, dem er nun einen Höflichkeitsbesuch abstattete, ausgewiesenes Dikdik-Gebiet.

«Dikdik? Aber ja. Jede Menge.»

«Und Elefanten, Mr. Johnson?»

«Tembo? Und ob. Wo Dikdiks sind, sind auch Tembos nicht weit.»

Mr. Malik sah sich um. Nach allem, was er gesehen hatte, war der Tembo die einzige Großwildspezies, die nicht durch einen ausgestopften und an die eine oder andere Wand des geräumigen Wohnhauses geschraubten Schädel repräsentiert war.

«Sind Sie Jäger, Mr. Johnson?»

«Jäger? Gott bewahre, nein! Es gibt im ganzen Haus kein einziges Gewehr. Aber ich weiß, was Sie denken. Die ganzen Tiere und kein Gewehr? Sind die alle einfach tot umgefallen, oder was? Mein Vater. Absoluter Waffennarr. Gewehre, Pistolen, Flinten – nannte sogar eine 1914er Lewis Gun sein Eigen – samt Patronengürtel. Boy Johnson, der letzte der großen weißen Jäger. Traf er einen Mann, hieß es die Fäuste ballen. Traf er eine Frau, hieß es flirten auf Teufel komm raus. Traf er ein Tier, hieß es Feuer frei. Hat ihm verdammt gutgetan. Soff, schlug meine Mutter. Wurde am Ende von seinen eigenen Mastiffs zerfleischt.

Er nickte in Richtung einer Wand, die Köpfe von mindestens zwanzig verschiedenen Großwildexemplaren beherbergte. «Tja, war für die Burschen leider zu spät. Sind mir irgendwie ans Herz gewachsen. Bringe es einfach nicht über mich, sie rauszuwerfen. Je geschossen?»

«Nein, Mr. Johnson. Ich habe noch nie eine Schusswaffe in Händen gehalten.»

«Sehr gut. Leben und leben lassen.»

Mr. Malik lächelte.

«Genau das sage ich auch immer.»

«Dachte ich mir schon. Sind mir lebendig lieber als tot. Hab die kleine Hilary ein bisschen ausgehorcht. Sagte mir, Sie wären ein guter Mann.»

«Danke sehr. Ich muss sagen, hier ist es genauso schön, wie Mrs. Fotherington-Thomas es versprochen hat. Es ist sehr großzügig von Ihnen, dass wir bei Ihnen unser Lager aufschlagen dürfen. Ich hoffe sehr, Sie können es einrichten, uns abends mal zum Essen zu besuchen, Mr. Johnson. Wie wäre es denn gleich mit heute Abend?»

«Besser nicht. Beryl. Braucht ein bisschen Aufmerksamkeit. Ha! Sie kennen das ja.»

Mr. Malik war sich zwar sicher, dass Hilary Fotherington-Thomas erwähnt hatte, dass ihr Bekannter unverheiratet war, aber das schloss weibliche Gesellschaft ja nicht generell aus.

«Dann vielleicht morgen?»

«Ich würde mit Freuden kommen, aber ich habe Besuch. Ein alter Kumpel. Muss ihn morgen früh abholen.»

«Dann bringen Sie Ihren Besuch doch einfach mit.»

«Tatsächlich? Prächtig!»

«Werden Sie ihn in Meru abholen? Wenn ich irgendwie behilflich sein kann ...»

«Nairobi.»

«Das ist aber eine sehr lange Fahrt.»

«Fahrt? Keine Sorge. Ich nehme Beryl. Eine knappe Stunde mit der Nase im Wind.»

Mr. Malik brauchte einen Augenblick, um zu kapieren, wovon Dickie Johnson eigentlich sprach.

«Sie fliegen, Mr. Johnson? Wollen Sie damit sagen, dass Beryl ein Flugzeug ist?»

«Eines der besten. Lust, sich das alte Mädchen mal anzusehen?»

Er führte Mr. Malik ins Freie hinaus und hinüber zu einem großen Schuppen hinter dem Haupthaus. Nach einigem Zerren und Fluchen ließ das Tor sich öffnen, und zum Vorschein kamen ein alter Land Rover und daneben eine einmotorige Piper Cherokee. Beryl besaß für Mr. Maliks Geschmack ein wenig zu viele Dellen und Schrammen, doch das behielt er höflicherweise für sich. Was er jedoch sagte, war, dass er sehr darauf hoffte, Mr. Johnson am nächsten Abend gegen sechs Uhr begrüßen zu dürfen, und zwar gemeinsam mit seinem Besucher.

«Ausgezeichnet! Mit Freuden.»

«Wenn Sie mich jetzt entschuldigen, ich sollte zusehen, dass ich ins Lager komme, ehe es dunkel wird.»

«Kann ich Sie bringen?»

«Nein, bitte, ich würde lieber laufen.»

«Guter Mann! Gar nicht weit, eine knappe Meile etwa. Keine Büffel, aber passen Sie auf. Am Fluss. Flusspferde. Gefährliche Biester.»

«Allerdings», sagte Mr. Malik.

«Einfach Laut geben, falls Sie was brauchen.»

«Vielen Dank, Mr. Johnson. Sie sind zu freundlich.»

Sein Gastgeber streckte ihm die Hand entgegen.

«Gut. Bis morgen dann.»

Als Mr. Malik in das Zeltlager zurückkehrte, ging gerade die Sonne unter. Seine Freunde hatten es sich bereits bei Bier und Chilipopcorn gemütlich gemacht, doch ehe er sich zu ihnen gesellen konnte, musste er noch ein weiteres Gespräch absolvieren. Er entdeckte die Person, die er suchte, neben dem siebten Zelt.

«Ah, Benjamin! Wie ist es gelaufen – alles nach Plan?»

«Meinen Sie die Überraschung, Mr. Malik? Diese ganz großen Schrauben haben mir ein bisschen Probleme gemacht – aber dann habe ich die Montageanleitung durchgelesen, so wie Sie es mir gesagt haben. Ich hatte vergessen, dass man sie gegen den Uhrzeigersinn eindrehen muss. Jetzt ist alles gut.»

«Sehr schön. Und die Lampen?»

«Alles aufgefüllt und bereit.»

«Sehr schön! Vielen Dank, Benjamin.»

«Malik, alter Knabe! Wir haben gerade davon gesprochen, dass dies hier», Mr. Patel beschrieb mit einer Hand einen ausladenden Kreis, während er die zweite dazu benutzte, Mr. Malik ein Glas Bier zu reichen, «ein ganz besonders schönes Fleckchen Erde ist.»

Das Lager war auf flachem Gelände aus grobem Sand errichtet worden, direkt an einem kleinen See, der übrig geblieben war, als der Fluss die Richtung geändert hatte. Beschattet von Schirmakazien und umgeben von weichen Merubüschen, fühlte man sich in dem Lager sofort zu Hause. Ally Dass hatte sein Küchenzelt ein wenig ab vom Schuss aufgestellt, aber nicht weit genug, um den verlockenden Düften von gegrilltem Fleisch und köchelnden Gewürzen entkommen zu können.

«Danke, meine Freunde», sagte Mr. Malik. «Ich bin sehr froh, dass es euch gefällt. So. Ally sagte mir, das Abendessen wäre gegen halb acht bereit. Damit bleibt uns noch ein gutes Stündchen.» Er sah zu dem siebten Zelt hinüber und wieder zurück in die Runde seiner Freunde. «Nun? Wer hätte Lust auf ein Spielchen?»

«Was – Karten, oder was meinst du?», fragte Mr. Gopez.

«Münzenschnippen?», fragte Mr. Patel.

«Nein, nein, keine Karten und auch keine Münzen. Auch keine Leitern und Schlangen. Kommt mit.»

Malik erhob sich und spazierte, ohne sich umzusehen und nachzuschauen, wer ihm folgte, schnurstracks auf das siebte Zelt zu. Seine Freunde folgten ihm auf dem Fuße. Als er die Zeltbahnen zur Seite schlug, enthüllte sich den erstaunten Blicken grün schimmernd im Schein von vier zischenden Gaslampen ein ausgewachsener Zwölf-Fuß-Billardtisch.

«Spiel um die Eröffnung, A. B.?», sagte Mr. Malik.

14

Wenn Elefanten kämpfen, leiden die Mäuse

Wie der Tiger vorhergesehen hatte, hatte das Verfahren Hareesh gegen Hareesh (nicht verwandt und nicht verschwägert), bei welchem H. H. Singh, LL. B, MA (Oxon.), mit der Vertretung der Klagepartei beauftragt worden war, in der Tat mehr Zeit in Anspruch genommen als anberaumt. Was auf eine schlichte außergerichtliche Einigung hätte hinauslaufen sollen – wie viel Schadenersatz kann ein Kurierdienst schon dafür erwarten, dass ein Mitbewerber für seine Dienstfahrräder den gleichen rosaroten Farbton verwendet hat? –, war zu einer detaillierten, langwierigen Auseinandersetzung über Geschäftsmoral, Wirtschaft, Familie und Gerechtigkeit ausgeartet. Der Tiger hatte die Erfahrung gemacht, dass es nur selten klug ist, vor einem Gericht die Frage der Gerechtigkeit zu erörtern, vor allem, wenn es sich um ein Zivilverfahren handelt. Aber wie so oft waren beide Seiten, Kläger und Beklagter, fest entschlossen, den Fall um jeden Preis zu gewinnen, und keiner der Anwälte – und auch nicht der Richter – konnte dagegen irgendetwas unternehmen. Der Tiger konnte nur froh sein, dass Richter Kafari um zwölf Uhr dreißig beschloss, den Fall auf kommenden Montag zu vertagen (der Freitagnachmittag des Richters gehörte, wie der Tiger nur zu gut wusste, dem Golfspiel). Sobald der Tiger sich seiner

Perücke und der Robe entledigt hatte, rief er in der Werkstatt an, um sich zu erkundigen, was es Neues über seinen Range Rover gab.

Wenn die Reparatur eines Fahrzeuges ansteht, so haben Kenias Autofahrer grundsätzlich drei Möglichkeiten. Die teuerste Möglichkeit besteht darin, den Wagen in eine *MORF* zu bringen, in eine offizielle Herstellervertragswerkstatt. Die Mitarbeiter einer solchen Werkstatt werden höchstwahrscheinlich nicht nur das offizielle Reparaturhandbuch des betreffenden Modells zur Verfügung haben, sondern wahrscheinlich auch in der Lage sein, es zu lesen. Und obwohl man als Kunde nie ganz sicher sein kann, dass die in einer solchen Vertragswerkstatt verwendeten Ersatzteile exakt der Vorgabe des Herstellers entsprechen (und keine billigen Raubkopien sind), werden besagte Teile den vorgesehenen Zweck im Großen und Ganzen doch erfüllen. Die zweite Möglichkeit besteht darin, eine *AVA* aufzusuchen, die freundliche freie Werkstatt in der Nachbarschaft. Hier wird nicht mal so getan, als kämen neue Originalteile zum Einsatz – denn hier sind Ersatzteile aus zweiter Hand die Regel. Dafür darf man davon ausgehen, dass die Kostenersparnis an den Kunden weitergegeben wird, und auch wenn der Arbeitsanzug des Mechanikers nicht makellos rein ist, so lässt sich doch jeder einzelne Ölfleck darauf als Zeichen der Erfahrung lesen. Der dritte Punkt auf der Auswahlliste ist die *Jua Kali* – Suaheli für «heiße Sonne». Solche Reparatureinrichtungen sind in den Randbezirken jeder großen und kleinen Stadt in Kenia zuhauf zu finden. Dabei handelt es sich um einen Mann, der mit einem verstellbaren Schraubenschlüssel und einem Gerät am Straßenrand steht, das mein Freund Kennedy immer als «irischen Schraubenzieher» bezeichnet – und Sie wären erstaunt, wozu ein schlauer und entschlossener Kenianer mit einem einzigen Schraubenschlüssel und einem Hammer in der Lage ist, wenn es darum geht, eine Lenkstange gerade zu biegen oder eine eingedellte Seitenwand auszubeulen.

Um die defekte Benzinpumpe seines Range Rovers reparieren zu lassen, hatte Tiger Singh seinen Wagen den fähigen Händen von Rhapta Road Repairs überlassen – der freundlichen freien Werkstatt in seiner Nähe. Der Ausbau der alten Benzinpumpe war leicht von der Hand gegangen, wie der Besitzer ihm am Telefon auf Nachfrage bestätigt hatte, und die neue Pumpe sei «in null Komma nix» montiert. Er würde ihn augenblicklich zurückrufen, sobald der Wagen fertig sei. Um fünf Uhr nachmittags war dieser Augenblick noch immer nicht gekommen, und ein weiterer Anruf enthüllte, dass die neue Pumpe leider noch gar nicht eingetroffen war. Nun ja, musste es eben bis morgen warten. Was Tiger Singh jetzt wirklich brauchte, war ein Drink. Er stand schon auf der Straße vor seiner Kanzlei und wollte gerade den Arm heben, um ein Taxi zu rufen, das ihn in den Asadi Club chauffierte, als eine Stimme seinen Namen rief.

«He, Tiger!»

Die Stimme kam anscheinend aus dem kleinen roten Mercedes-Sportwagen, der eben auf der anderen Straßenseite angehalten hatte. Der Fahrer – dunkle Haut, weißer Haarschopf, weißes Hemd, das weit genug aufgeknöpft war und ein großes goldenes Medaillon enthüllte – winkte ihm auf fast familiäre Weise zu.

«He, Tiger! Kann ich Sie mitnehmen?»

Natürlich, das war Khan – Harry Khan. Nachdem er zweimal nach rechts und links geschaut hatte und zur Sicherheit auch noch ein drittes Mal, überquerte der Tiger die Straße.

«Hallo, Khan, alter Knabe. Schön, Sie zu sehen.»

«Ebenfalls. Also … kann ich Sie mitnehmen?»

«Sehr freundlich von Ihnen. Ich wollte mir gerade ein Taxi in den Club nehmen – mein Wagen ist in der Werkstatt.»

«Zum Asadi Club? Springen Sie rein!»

Der Tiger öffnete die rot glänzende Tür und ließ sich auf den weichen Ledersitz sinken.

«Mit dieser Schönheit sind wir im Handumdrehen da.»

Obwohl der Mercedes Benz SL Roadster, den Harry Khan fuhr, unter idealen Bedingungen ungefähr in der Zeit von null auf hundert beschleunigen kann, die notwendig ist, um diesen Satz zu lesen, und man schon kurz darauf mit mehr als zweihundert Stundenkilometern dahinbrausen kann, gelten diese Angaben leider nicht für Nairobi. Eine Kombination aus der völligen Abwesenheit irgendwelcher Verkehrsregeln und der häufigen Abwesenheit dessen, was in anderen Städten als «Straße» bekannt ist, hat zur Folge, dass die Dauer einer jeden Fahrt in Nairobi nur den Verkehrsgöttern allein bekannt ist – und die schert es offenbar herzlich wenig, ob man nun in einem beeindruckenden Mercedes oder einem Morris Minor unterwegs ist. An diesem speziellen Freitagabend wurde die größte Verzögerung von ein paar Thulu-Jungen verursacht, jungen Männern mit Unternehmergeist, die sich eines Schlagloches annehmen, es auffüllen, sich frohgemut danebenstellen und jedem Fahrer, der vorbeikommt, eine Spende für ihr Bemühen ums Allgemeinwohl abverlangen. Dieser Umstand und der übliche Verkehr sorgten also dafür, dass Harry Khan und Tiger Singh für die fünf Kilometer aus der Innenstadt zum Asadi Club stattliche vierzig Minuten benötigten. Als sie den Wagen endlich auf dem Parkplatz abgestellt hatten und durch die Vordertür das Clubhaus betraten, brauchten sie beide dringend einen Drink, und zwar einen großen.

«Wo zum Teufel stecken die denn alle?», fragte Harry beim Betreten der Bar und warf einen Blick nach links. «Ich glaube nicht, dass ich schon jemals erlebt habe, dass das Billardzimmer leer ist.»

«Ach, hat Ihnen das niemand gesagt? Sie sind auf Safari. An diesem Wochenende findet unsere jährliche Clubsafari statt.»

«Safari? Ach ja, stimmt. Ich erinnere mich.»

«Ich wäre eigentlich auch dabei», sagte der Tiger. Sie nahmen an der Bar ihre Getränke entgegen und setzten sich an den Tisch am Fenster. «Aber ich musste heute Vormittag vor Gericht, und mein Wagen steht in der Werkstatt. Malik hat dieses Jahr eine Stelle in der Nähe von Meru ausfindig gemacht. Ich hoffe immer noch, dass ich morgen nachkommen kann. Also, Harry, Sie haben mir noch gar nicht erzählt, was Sie diesmal nach Nairobi bringt – wieder zu Besuch bei der Familie?»

«Nein, diesmal nicht. Diesmal bin ich geschäftlich hier.»

«Erzählen Sie mir nicht, die Khans wollen wieder in Kenia Fuß fassen. Heißt das etwa, wir werden bald die alten Schilder wiedersehen – ‹Khan für Kwalität›?»

Ehe der Khan'sche Familienclan alles verkauft hatte und nach Kanada gezogen war – kurz bevor in Uganda die Idi-Amin-Geschichte in die Luft ging –, hatte die Familie eine Kolonialwarenkette mit Niederlassungen in ganz Ostafrika besessen. Die Werbeschilder waren an den Reklamewänden von der Küste bis nach Kampala ein vertrauter Anblick gewesen.

Harry Khan schüttelte lächelnd den Kopf.

«Ich spreche von Geschäften eines ganz anderen Kalibers.» Er klopfte auf seinen Aktenkoffer. «Gut möglich, dass das für Nairobi die allergrößte Nummer weit und breit wird. Ich habe mich erst gestern mit dem Minister darüber unterhalten.»

«Ach ja? Ich war der Meinung, für Investoren wäre die Lage im Augenblick ein wenig – wie soll ich sagen? – unsicher.»

Harry lachte.

«Tja, das ist eben Kenia. Dabei könnte es sein, dass gerade jetzt der ideale Zeitpunkt gekommen ist. Das Vertrauen ist natürlich ziemlich weit unten – aber die Preise und Kosten eben auch. Ich und meine Brüder sind der Meinung, ein kluger Kopf könnte genau jetzt den entscheidenden Schachzug tun.»

«Und um was genau handelt es sich bei diesen Geschäften?»

«Um Einkaufszentren, Tigerlein. Einzelhandel. Ich spreche hier nicht von eurem Sarit Center oder dem UKAY. Ich meine Mega-Malls. Ich spreche von einer Größenordnung, wie sie Nairobi bis jetzt noch nicht gesehen hat.»

«Klingt beeindruckend, Harry, und ich wage zu behaupten, dass Kenia jede Investition braucht, die es kriegen kann.» Der Tiger erhob das Glas. «Viel Glück.»

«Danke, Tiger. Aber eines dürfen Sie mir glauben, mit Glück hat das nichts zu tun. Wenn ich spielen will, fliege ich nach Las Vegas. Planung, Vorbereitung, genaue Analyse des Systems – so stellt man was auf die Beine.»

«Und war der Minister, äh … hilfsbereit?»

«Der ehrenwerte Brian Kukuya hat mir seine volle Kooperation zugesichert. Wie ich immer zu sagen pflege – was Harry will, das kriegt Harry auch.»

Der Tiger lüpfte eine Augenbraue.

«Und dafür haben Sie ihm versprochen …?»

«He! Keine Versprechungen!» Harry Khan lächelte noch breiter. «Aber ich denke, man könnte sagen, wir waren auf einer Wellenlänge.»

Der Tiger glaubte, sehr wohl zu verstehen, was Harry Khan damit meinte. So wie überall auf der Welt können Menschen mit Macht ihre Macht benutzen, um hilfsbereit zu sein oder um nicht hilfsbereit zu sein. Wenn man in Kenia etwas bewegen wollte (manchmal sogar, wie der Tiger sehr wohl wusste, im kenianischen Rechtssystem), musste man nach ihren Regeln spielen.

«Ich glaube, ich muss Sie warnen, Harry. Ich fürchte, unsere Minister bleiben im Augenblick nicht besonders lange im Amt.»

«Ja, hab ich auch schon gehört. Wegen diesem Dadukwa, richtig? Ich habe ein paar Leute kennengelernt, die sehr glücklich wären, wenn diesem Adler endgültig die Flügel gestutzt würden – na ja, aber nach allem, was man hört, hat für die *Evening News* sowieso bald das letzte Stündlein geschlagen. Aber keine Sorge. Harry hat nie nur ein einziges Eisen im Feuer.»

Der Tiger nickte.

«Und wo soll es hin, dieses Einkaufszentrum?»

«Das ist eines der Dinge, mit denen ich mich gerade beschäftige – die Suche nach dem geeigneten Standort. Ich habe schon ein paar Möglichkeiten im Visier. Außerdem versuche ich, ein lokales Team auf die Beine zu stellen. Deshalb bin ich auch so froh, dass wir zufällig Gelegenheit haben, in Ruhe miteinander zu sprechen, Tiger. Wir werden einen Juristen brauchen – und nach allem, was man so hört, sind Sie der beste.»

Der Tiger hob die Hände.

«Tut mir leid, Harry, ich bin im Augenblick völlig ausgelastet. Glauben Sie mir, das Letzte, was ich brauchen kann, ist noch mehr Arbeit. Wie gesagt, ich wäre heute eigentlich auf unserer Clubsafari, stattdessen musste ich heute Morgen vor Gericht erscheinen, und dann auch noch mein Wagen ... Abgesehen davon bin ich mir nicht sicher, dass das ganz mein Fachgebiet ist. Ich kann Sie gerne mit ein paar Leuten in Verbindung bringen ...»

«Kommen Sie, Tiger, nennen Sie mir einfach Ihren Preis.»

«Es liegt wirklich nicht am Geld, Harry. Ich habe schlicht keine Zeit für neue Mandate.»

«Okay, okay.» Harry Khan erhob das Glas. «Cheers. Muss ich mir wohl was anderes einfallen lassen, um Sie rumzukriegen. Also, diese Safari. Der alte Jack ist ja wohl sicher auch mit von der Partie, oder?» Er bemerkte Tiger Singhs verwirrten Gesichtsausdruck. «Ich meine Malik – so haben wir ihn in der Schule immer genannt.»

«Malik? Ja natürlich ist er mit dabei. Er hat das ganze Tohuwabohu ja organisiert.»

«Erinnern Sie sich noch an diese Geschichte, als ich das letzte Mal hier gewesen bin – diese Vogelnummer?»

Harry Khan senkte den Blick in sein Glas. «Ich glaube, er hat an der Braut echt einen Narren gefressen. Ist irgendwas daraus geworden – aus ihm und Rose?»

«Soweit ich weiß, nicht.»

Harry Khan lächelte.

«Dann rufe ich sie nachher vielleicht mal an. Ich glaube,

ihre Telefonnummer steht immer noch in meinem alten schwarzen Büchlein. Also, wie wär's? Trinken wir noch was? Und nachdem der Tisch endlich mal leer ist, wie wär's mit einer Partie?»

Jetzt war es am Tiger, zu lächeln.

«Vielleicht gegen einen kleinen Einsatz?»

15

Der Mungo, der zugleich Jagd auf Maus und Eichhörnchen macht, fängt keines von beiden

«Nein, so was!», sagte Mr. Patel.

«Donnerwetter!», sagte Mr. Gopez.

Mr. Malik betrat das Zelt als Erster. Er zog eine flache Schublade an der Seite des Tisches auf und brachte ein Paar hölzerne Fünf-Fuß-Queues zum Vorschein. Einem kleineren, dafür etwas tieferen Schubfach entnahm er drei Billardkugeln. Er setzte die rote auf eine Markierung am Kopfende.

«Also, A. B. – weiß oder gelb?»

Mr. Gopez merkte, dass ihm noch immer der Mund offen stand.

«Äh … weiß, danke», sagte er und klappte den Mund endlich zu.

Mr. Malik reichte ihm die eine der beiden hellen Kugeln. In der altehrwürdigen, weltweit anerkannten Manier der English-Billiards-Spieler legte jeder Spieler seinen Stoßball in das Kopffeld und spielte ihn an die gegenüberliegende Bande. Der Spieler, dessen Ball der Kopfbande am nächsten zu liegen kam, würde bestimmen, wer die Partie eröffnete.

«Verflixt und zugenäht!»

Mr. Gopez, der die Eröffnung gewonnen hatte, wählte die klassische Sicherheitsvariante und versuchte, mit seinem Stoßball die rote Kugel so zu treffen, dass beide hinter die Kopflinie zu liegen kamen. Da es bei dieser Variante nicht erlaubt ist, von der Kopflinie zurückzuspielen, wenn der eigene Ball aufliegt, wäre Mr. Malik somit gezwungen, es mit einem indirekten Stoß über eine Bande zu versuchen. Doch Mr. Gopez hatte die Winkel falsch eingeschätzt. Sein Stoßball landete zwar hinter der Kopflinie, doch die rote Kugel rollte weiter und blieb ein paar Zentimeter unter dem mittleren Loch liegen.

«Dein Tisch ist ja sehr schick, aber bist du dir sicher, dass er auch gerade steht?»

Nachdem Mr. Malik seinen Gegner auf die vier unter der Platte angebrachten Wasserwaagen aufmerksam gemacht hatte, gelang es ihm ohne viel Mühe, seinen Stoßball gegen die rote Kugel zu spielen und im mittleren Loch zu versenken. Dabei hatte er die Kraft des Stoßes genau richtig eingeschätzt. Die rote Kugel kam ideal positioniert zu liegen, und er konnte sie direkt in der linken oberen Ecke einlochen.

«Also mir scheint er sehr gerade zu stehen, A. B.»

Mr. Malik nahm die rote Kugel aus dem Netz und legte sie zurück auf den Tisch. Ob er noch einmal einlochen sollte?

Es dauerte ganze vierzig Minuten, bis der erste Spieler die erforderlichen 101 Punkte erreicht hatte, um die Partie für sich zu entscheiden – es handelte sich bei diesem Spieler um Mr. Malik. Er hatte das Gefühl, noch nie zuvor so gut gespielt zu haben. Als er zum Siegesstoß ansetzte, hatte sich eine hübsche Menschentraube um den Tisch versammelt, und es erschallten so einige Kommentare und Gratulationen.

«Gut gemacht, Malik», sagte Mr. Gopez und schüttelte ihm die Hand. «Du bist heute Abend wirklich in Form. Aber bist du dir auch ganz sicher, dass diese Wasserwaagen funktionieren?»

Der Gong rief zum Abendessen.

«Ja, A. B.», sagte Mr. Malik. «Absolut. Benjamin, würdest du bitte die Lichter löschen? Und jetzt lasst uns nachsehen, ob Allys Essen so gut schmeckt, wie es riecht, ja?»

Das erste Lagerdinner war an sämtlichen gastronomischen Maßstäben gemessen ein Triumph. Ally Dass hatte mit Hilfe seines achtflammigen Gasherdes und eines ausgewählten Sortiments an Töpfen und Pfannen riesige Schalen mit würzigem *Beef Pasanda* und duftendem *Dahi Wala* gezaubert, dazu zartes *Rogan Josh Gost* und *Lamb Bhuna*. Sein *Undui* hatte Gemüse in allen Regenbogenfarben zu bieten, und der Duft, den *Alu Chole* und *Tarka Dhal* und Berge von Basmatireis verströmten, ließ einem das Wasser im Munde zusammenlaufen und in freudiger Erwartung lächeln beim Gedanken an jeden einzelnen Löffel. Der tönerne Tandoori-Ofen lag im Flusssand vergraben und wurde mit dem Eukalyptusholz umliegender Bäume befeuert, und aus diesem Ofen zog der Küchenchef reihenweise brutzelnde Spießchen hervor – Garnelen, Fisch, Fleischbällchen – und danach sogar am Stück gebratene Hühner auf langen Spießen, und auch sein berühmtes *Murgh Hariyali* (den ganzen langen Weg von Nairobi bis hierher in eigens angerührter Soße mariniert) fehlte nicht. Und trotzdem fand Ally Dass in seinem Ofen auch noch Platz für mehr *Naan*-Brote, als fünfzig hungrige Mäuler vertilgen konnten.

«Köstlich, köstlich, absolut köstlich!», sagte Mr. Gopez und legte das letzte Holzspießchen auf den Stapel neben seinem Teller. «Dieses Hühnchen war – mir fehlen die Worte!»

«Ah», machte Mr. Patel und wischte sich die Hände an einer Serviette ab, «das einfache Leben! Nur schade, dass der Tiger nicht hier ist – ihr wisst, wie sehr er ein gutes *Undui* zu schätzen weiß! Eine Schande! Diese Verhandlung muss länger gedauert haben, als er dachte.»

Mr. Gopez stimmte seufzend zu und meinte, wie wohltuend es doch sei, mal seine Ruhe vor dem alten Halligalli zu haben, woraufhin Mr. Patel bemerkte, das sei keine nette Art und Weise, von der eigenen Frau zu sprechen. Mr. Malik faltete die Serviette zusammen und schob den Stuhl zurück.

«Nun, Freunde, darf ich den Vorschlag machen, einmal nachzusehen, ob der Tisch zufällig gerade frei ist? Wie A. B. vorhin bemerkt hat, bin ich heute doch ganz gut in Form. Ich finde es auch schade, dass der Tiger noch nicht hier ist – an einem Abend wie heute könnte ich es womöglich sogar mit unserem Clubchampion aufnehmen.»

Im Asadi Club war die Partie zwischen Harry Khan und Tiger Singh in vollem Gange.

«Wie wär's mit einem Dreiersatz?», fragte Harry. «Ein einziges Spiel erscheint mir ungerecht.»

Aus dem Dreiersatz wurden schließlich fünf, und als sie endlich fertig waren, hatte der Club sich geleert. Harry bestand darauf, seinen Gegner vor der Rückkehr ins Hilton nach Hause zu fahren. Sie verließen den Club durch die Vordertür und trafen auf dem Parkplatz den Verwalter. Er stand bewundernd vor dem roten Mercedes.

«Eine Schönheit, nicht wahr?», sagte Harry. «Wollen Sie mal eine Runde drehen?»

Der Verwalter nickte.

Harry beklopfte die Jackentaschen.

«Ups! So wie's aussieht, habe ich drinnen meine Schlüssel liegenlassen. Ach, jetzt fällt's mir wieder ein – sie sind in meinem Aktenkoffer. Ich muss ihn in der Bar vergessen haben. Den sollte ich besser bei mir haben.» Nur fünf Minuten später hatte er Koffer und Schlüssel gefunden und tauchte wieder an der Eingangstür auf. Er zog sie hinter sich ins Schloss und ging die Stufen hinunter. «Okay. Wer möchte eine Runde um den Block drehen?»

«Entschuldigen Sie, Sir?», sagte der Verwalter. «Haben Sie eben die Tür zugemacht?»

Harry drehte sich um.

«Zugemacht? Klar, ich glaube schon.»

«Ach», sagte der Verwalter. «Dann haben wir jetzt ein Problem, Sir. Meine Schlüssel, also die Haustürschlüssel, sind im Club.»

«Wollen Sie damit sagen, Sie sind ausgesperrt? Und was ist mit der Hintertür?»

«Das Küchenpersonal ist bereits nach Hause gegangen, Sir. Die Tür wird abgeschlossen sein.»

«Keine Sorge», sagte Tiger Singh. «Der Präsident des Clubs besitzt stets einen Ersatzschlüssel, und wie der Zufall es will, bin ich der Präsident. Ich springe schnell nach Hause und hole –»

Der Tiger wollte gerade sagen, dass er die Schlüssel holen wollte, als ihm einfiel, dass er ja gar kein Auto hatte.

«He!», sagte Harry Khan. «Gar kein Problem!»

Es gelang ihm, die beiden Herren davon zu überzeugen, dass es keinerlei Umstände bedeutete, Tiger Singh nach Hause zu fahren, die Schlüssel zu holen und sie dem Verwalter zu bringen. Eine halbe Stunde später war er, nachdem er die Schlüssel abgeliefert und einen letzten Schlummertrunk ausgeschlagen hatte, zurück in seinem Hotel. Auf dem Weg in sein Zimmer beschloss Harry, noch einen kurzen Blick in die Jockey Bar zu werfen. Vielleicht war diese hübsche Frau wieder da. Vielleicht war sie diesmal allein.

16

Wenn das Eichhörnchen Streit mit dem Affen hat, sollte es nicht den Pavian bitten, den Streit zu schlichten

Als Rose Mbikwa erwachte, fielen die Strahlen der Morgensonne zu ihr ins Schlafzimmer herein. Draußen sang ein Vogel eine vertraute Melodie. Eine Somalidrossel? Ein Kaprötel? Oder war es ein Bülbül? Zu dumm! Es fiel ihr einfach nicht mehr ein! Egal. Es kam schließlich darauf an, sich an der wunderschönen Melodie zu erfreuen, und nicht darauf, welcher Vogel sie von sich gab. Es hatte Zeiten gegeben, damals, als sie mit der Vogelbeobachtung angefangen hatte, da war ihr nichts wichtiger erschienen, als einen neuen Vogel zu entdecken – je seltener, desto besser. Heute freute sie sich an einem Spatz genauso wie an einem Ruspoli-Turako. Rose blieb ein paar Minuten lang still liegen und schwelgte in dem lieblichen Gesang des unbekannten Vogels und dem Gefühl, endlich wieder zu Hause in ihrem eigenen Bett zu liegen. Aber sie hatte zu tun. Sie stand auf und schlüpfte in den Morgenmantel. Frühstück – und nach dem Frühstück wollte sie den Versuch wagen, ihren neuen Computer anzuschließen.

«Guten Morgen, Mum. Leistest du mir Gesellschaft?»

Sie hatte völlig vergessen, dass Angus zum Frühstück kommen wollte. Er deutete auf den freien Stuhl an dem Tisch auf der Veranda und widmete sich wieder seinem Toastbrot.

«Danke, mein Lieber», sagte Rose und setzte sich zu ihm. «Wie ich sehe, hast du den Honig gefunden.»

Den dunklen Ogiek-Honig aus dem Mau Forest hatte Angus schon als kleiner Junge geliebt, und als Rose Elizabeth erzählt hatte, dass Angus nach Kenia zurückkehrte, war sie sofort zum Markt gegangen, um ein frisches Glas Honig zu kaufen.

«Mhm!» Angus biss in den Toast. «Und wie wunderbar, endlich wieder ordentlichen kenianischen Kaffee trinken zu dürfen. Kann ich dir einschenken?»

Während sie ihm dabei zusah, wie er die zweite Tasse füllte, ertönte im Palisanderholzbaum hinter ihr wieder der Gesang des unbekannten Vogels.

«Wie ist es dir gestern in deinem neuen Büro ergangen?»

«Ganz okay», sagte Angus mit vollem Mund. «Wir versuchen immer noch, Telefon und Internet auf die Reihe zu kriegen – aber vermutlich stehen die Chancen, an einem Samstag irgendetwas zu bewegen, ziemlich schlecht. Ich hatte ganz vergessen, wie viel Zeit solche Dinge in Kenia brauchen.»

«Ja, ich hatte Glück, dass das Telefon hier nie stillgelegt wurde. Ich möchte heute Vormittag versuchen, meinen neuen Computer anzuschließen – wer weiß, wie langsam die Verbindung sein wird.»

«Brauchst du Hilfe?»

«Nein danke, mein Lieber. Ich bin inzwischen richtig gut, was Computer betrifft.»

Es stimmte. Ehe Rose Kenia verließ, um sich um ihren Vater zu kümmern, hatte sie noch nicht mal einen Computer besessen. Doch das Leben in ihrem alten Zuhause in Edinburgh war sehr ruhig, denn meistens waren sie und ihr Vater allein.

Was lag da näher, als sich via Internet mit dem Rest der Welt zu verbinden? Rose kaufte sich einen PC und stellte erstaunt fest, dass sie sich in der neuen Materie pudelwohl fühlte. Nach kurzer Zeit hatte sie die Software im Griff, und nach wenigen Tagen kannte sie den Unterschied zwischen Ethernet und WLAN, wusste, was ein USB-Port war, und war in der Lage, in Sekundenschnelle den Befehl zu geben, eine Festplatte zu defragmentieren. Sie hatte es sogar geschafft, ohne fremde Hilfe den Arbeitsspeicher ihres Computers zu erweitern. Rose hatte richtig Spaß daran.

«Möchtest du mich heute Nachmittag wirklich nicht an den Thanandu begleiten?», fragte Angus. «Es ist bestimmt noch Platz, und ich weiß, wie sehr Onkel Dickie sich freuen würde, dich wiederzusehen.»

«Nein, nein, ein andermal. Außerdem bin ich heute Abend schon verabredet, mit einem alten Freund. Ich glaube, du bist ihm noch nie begegnet. Kennst du Harry Khan?»

Im Lager der jährlichen Asadi-Club-Safari dämmerte kein ganz so strahlender Tag herauf.

«Wo ist der verflixte Berg hin?»

Mr. Malik streckte verschlafen den Kopf zum Zelt hinaus. Der Blick nach Westen war zugegebenermaßen nicht besonders verheißungsvoll. Wo der Mount Kenia gestern noch wie der Kopf eines weißhaarigen Riesen am Horizont aufgeragt war, war nur ein dickes, dämmrig dunkles Wolkenband zu sehen.

Wie der Mount Kenia zu seinem Namen kam, weiß niemand so ganz genau. War es eine Ableitung des Kikuyu-Ausdrucks *Kirinyaga* – «leuchtender Berg»? Stammte der Name von dem Embu-Wort *Kirenia* ab – «der weiße Berg»? Als

Dr. Johann Ludwig Krapf im Jahre 1849 seinen missionarischen Augenaufschlag auf den Berg lenkte und den Namen niederschrieb, wurde er jedenfalls allgemein als Mount Kenya bekannt (*Kien-ja* ausgesprochen), und 1920 dann wurde der umliegende Teil des Britisch-Ostafrikanischen Protektorats offiziell zur Kronkolonie Kenia. Außerdem verlieh der Berg auch einem Mann seinen Namen.

Kamau wa Ngengi wurde 1894 in einem kleinen Dorf unweit eines unbewohnten Sumpfgebietes geboren, das fünf Jahre später zum Standort für ein Materialdepot der Eisenbahnlinie von Mombasa nach Uganda werden sollte. Zu dem Zeitpunkt, als er mit der Schule fertig war, war aus dem Eisenbahndepot eine Stadt namens Nairobi geworden. Kamau fand Arbeit in einem Büro im Zentrum und wurde bald schon ein aufsteigender Stern in der Lokalpolitik. Seine Freunde und Kollegen schickten ihn nach England, wo er an der London School of Economics studierte und sich für die Rechte Afrikas einsetzte. Als die Zeit gekommen war, ein auf seine akademischen Thesen gründendes Buch zu verfassen, hatte er sich einen neuen Namen zugelegt – Jomo Kenyatta. Als sein Land 1963 die Unabhängigkeit erlangte, wurde er der erste Ministerpräsident und ein Jahr später Kenias erster Staatspräsident. Die neue Nation wurde nach dem Berg benannt; sie sprach sich aus, wie auch der Berg ausgesprochen wurde: *Kien-ja*. Und so wie der Mount Kenya seinen Schatten meilenweit in die Landschaft wirft, so ist auch der Einfluss von Jomo Kenyatta auf sein Land dreißig Jahre nach seinem Tod noch immer zu spüren.

«Nur ein bisschen Trockenzeitdunst, A. B.», sagte Mr. Malik. «Der brennt weg, sobald die Sonne hoch genug am Himmel steht.»

Er sah auf die Uhr und gähnte. Er hatte schlecht geschlafen – aber das erging ihm in der ersten Nacht auf Safari immer so. Es wäre einfach gewesen, es auf das ungewohnte Bett oder die schnarchenden Zeltgenossen zu schieben, doch das war nicht der Grund. Er hatte schon in vielen fremden Betten tief und fest geschlafen, und so würde es auch heute Nacht sein. Und mag das Geräusch eines einzelnen Schnarchers dem erholsamen Schlaf durchaus abträglich sein, so war Mr. Malik schon immer der Meinung gewesen, dass ein Chor von Schnarchern (zu dem er, wenn er nur endlich einschlafen könnte, selbst einen durchaus harmonischen Bariton beisteuern würde) eine sehr einschläfernde Wirkung besaß. Nein, er schlief in der ersten Nacht unter einer Zeltplane nie gut, so war es nun einmal. Er musste wach liegen und seinen Gedanken freien Lauf lassen.

In dieser Nacht kreisten seine Gedanken, obwohl sie hätten hohe Berge und dichte Wälder und die weite, unbegrenzte Steppe durchstreifen können, immer wieder um zwei Dinge. Das eine war die Hochzeit seiner Tochter Petula: Was, wenn es regnete? Hatte er genug zu essen bestellt? War das Zelt groß genug? War zwischen Petula und Salman alles in Ordnung? Das zweite Thema, zu dem seine Gedanken, wenn auch widerstrebend, immer wieder zurückkehrten, war der Mord an Lord Erroll. A. B.s geistreiche und innovative Theorie war überzeugender als alles, was ihm bis jetzt begegnet war – und doch schien auch daran etwas nicht zu stimmen. Besonders frustrierend war der Umstand, dass sie beide, er und sein Verstand, sehr wohl wussten, dass Grübeleien in beiden Fällen keinerlei Antworten bringen würden. Hinsichtlich der Hochzeit würde er von Petula morgen den neusten Stand der Dinge erfahren, und selbst noch so angestrengtes Nachdenken würde keine neuen Tatsachen über den Fall Erroll zutage fördern. Aber egal, wie sehr er sich rügte, sein Verstand ließ die beiden Themen einfach nicht los, und so setzte sich am nächsten Morgen ein ziemlich müder und ein wenig mürrischer Mr. Malik an den Frühstückstisch.

Der Mr. Malik, der sich von diesem Tisch wieder erhob, war ein anderer Mann. Ally Dass hatte wieder einmal sämtliche kulinarischen Zauberkräfte wirken lassen. Frische Früchte – Bananen (dreierlei Sorten), Ananas, Papaya und in Scheiben geschnittene süße Mango – hatten Mr. Maliks Verwandlung eingeleitet. Eine Tasse Nescafé und ein Teller String Hoppers mit gemahlenem Chili und frittiertem Knoblauch – dünne Reisnudeln, eine Neuerung für das Frühstücksbuffet, die Ally Dass von einem Koch aus Sri Lanka übernommen hatte, den er letzten November auf dem Nairobi-Marathon kennengelernt hatte – vervollständigten die Verwandlung.

Auch Mr. Gopez fühlte sich vollständig wiederhergestellt.

«Bereit für ein bisschen ‹Finde die Fauna›, Malik?», fragte er.

«Bereit, A. B.? Bereit ist gar kein Ausdruck!»

Im Laufe der vielen Jahre, die Mr. Malik nun schon auf Safari ging, war er zu der Erkenntnis gelangt, dass es grundsätzlich zwei Möglichkeiten gibt, den Tieren auf freier Wildbahn zu begegnen – entweder man begibt sich zu den Tieren, oder man lässt sie zu sich kommen. Die Schwierigkeit bei der ersten Methode besteht vor allem darin, dass man so damit beschäftigt ist, sich den Weg durch den Busch zu bahnen, dass kaum Zeit bleibt, sich umzusehen. Außerdem veranstaltet man dabei so viel Lärm, dass die meisten Tiere sich entweder verstecken oder Reißaus nehmen. Wenn man aber still an einer Stelle sitzen bleibt und sich ruhig verhält, dann wird die örtliche Fauna einen zwar sicher bemerken, jedoch irgendwann zu dem Schluss gelangen, dass man harmlos ist, und beruhigt ihren täglichen Geschäften nachgehen. Jetzt fragen Sie sich womöglich, ob das nicht die Chancen darauf schmälert, viele verschiedene Arten zu beobachten. Je größer das Gebiet, das man abdeckt, desto mehr verschiedene Tiere müsste man doch zu Gesicht bekommen?

Mein Freund Kennedy hat mir einmal erzählt, er hätte auf einer Reise in die Staaten vor ein paar Jahren einen Typen kennengelernt, der für sein Leben gerne rannte. Kaum eine Woche verging, in der sein Name nicht in irgendeiner Zeitung auftauchte, erwähnt als Mann, der gerade von X nach Y oder von Y nach Z gelaufen war (wobei X, Y und Z stets mehrere hundert, manchmal auch tausend Meilen voneinander entfernt lagen). Als mein Freund Kennedy ihn kennenlernte, war er gerade von Amarillo nach Salt Lake City gelaufen (auf die harte Tour) und dabei, sich auf das nächste große Ereignis vorzubereiten – im Dauerlauf durch das Death Valley und die Sierra Nevada bis nach Fresno. Er hieß bei allen nur der Powerrenner. Nach einigem Nachdenken und durch regelmäßiges Üben hatte mein Freund Kennedy eine nicht ganz so anstrengende Variante dieser Aktivität entwickelt – und obwohl das Powersitzen vielleicht nicht die gleichen kardiovaskulären Vorteile besitzt wie sein dynamisches Gegenstück, so ist es, sagt mein Freund Kennedy, viel schonender für Schuhsohlen und Kniegelenke. Außerdem eignet es sich hervorragend zur Beobachtung von wilden Tieren.

Denn man powersitzt nicht einfach irgendwo, man wählt seine Position mit Bedacht. Das erste wesentliche Auswahlkriterium ist eine gute Sicht. Zwei Vögel in einem Busch werden immer weniger wert sein als ein Vogel auf der Hand, wenn man selbst in dem Busch sitzt. Man achtet also darauf, dass man vor dem Busch oder daneben sitzt – und sollte der Busch zufällig gerade Blüten oder Früchte tragen, umso besser. Zweitens: Ein gewisses Maß an Bequemlichkeit ist, wenn auch nicht wesentlich, so doch wünschenswert. Auf einer Pobacke auf einem Felsen zu hocken oder von einem Ast zu baumeln hat nichts mit Powersitzen zu tun (auch wenn ein flacher Felsen einem spitzen stets vorzuziehen ist und ein glatter Ast dem knorrigen, so ist von der Verwendung eines Kissens abzuraten – ein wackelnder Kopf und schlaffe Lider sind der Wildbeobachtung abträglich). Drittens, und darauf beharrt mein Freund Kennedy, betreibt man das Powersitzen am besten allein. Wir Menschen sind soziale Wesen, und es fällt uns schwer, in Gesellschaft still zu sein. Doch Konversation ist etwas für bequeme Sessel und Kaffeehäuser. Der wahre Powersitzer neigt, obwohl er keineswegs mundfaul ist, zur Stille. Probieren Sie es doch einmal irgendwo in Ihrer Gegend aus – und wenn Sie mit dem Ergebnis nicht zufrieden sind, bekommen Sie von meinem Freund Kennedy anstandslos Ihr Geld zurück.

Safariveranstalter haben, wie ich im Laufe der Jahre herausgefunden habe, für diese Methode nicht viel übrig – und wer wollte ihnen das zum Vorwurf machen? Man verdient sein Geld nicht damit, jemandem zu sagen, er soll sich auf einen Stein setzen und Ruhe geben. Nein, der Safariveranstalter sagt, man soll in einem offenen Bus durch die Steppe brausen, in einem Leichtflugzeug darüber hinwegfliegen oder in einem Fesselballon darüber hinwegschweben, macht dann pro Nase achthundertfünfundzwanzig Dollar, die Firma dankt. Wenn es jedoch darum geht, stillzusitzen und zu beobachten, ist

Mr. Malik derselben Auffassung wie mein Freund Kennedy. Und während die drei Minibusse nach dem Frühstück das Lager verlassen, auf der Suche nach den *Big Five* und all den anderen Arten der afrikanischen Tierwelt, die gewillt sind, sich an diesem Samstagmorgen blickenzulassen, sehen wir Mr. Malik gemächlich zum Fluss hinunterspazieren, um den Hals an abgewetzten Lederriemen baumelnd das bewährte Bausch & Lomb-7×50-Fernglas. Das Klappern und Scheppern des Frühstücksgeschirrs und Ally Dass' an seine Leute gerichtete Flüche werden langsam leiser und verstummen dann ganz. Mr. Malik ist auf der Suche nach einem bequemen Plätzchen, um sich niederzulassen.

17

Der schlafende Leopard öffnet ein Auge für eine Maus und für einen Pavian alle beide

«Wahre Adleraugen!», sagte Mr. Gopez und biss in ein kaltes Hühnerbein. «Er hat auf eine halbe Meile ein paar Geparden entdeckt – dabei waren nur die Ohren zu sehen.»

«Oh», antwortete Mr. Patel. «Die haben sicher vor ihm die Flucht ergriffen.»

«Sehr lustig, Patel, wirklich. Aber du musst zugeben, dass unser junger Freund Benjamin sein Fach wirklich versteht.»

«Ja, da hat er recht, Malik. Hast du gewusst, dass Geparden die einzigen Wildkatzen sind, die ihre Krallen nicht einziehen können? Hat Benjamin gesagt. Deshalb werden sie stumpf. Wie beim Hund. Und deshalb sieht man nie einen Geparden auf einem Baum.»

Auch wenn Sie noch nie in Afrika waren, haben Sie bestimmt schon Bilder von Touristen auf Fotosafari gesehen. Das bevorzugte Gefährt für solche Exkursionen ist ein Nissan-Minibus mit einer Plane als Dach, welche bei Bedarf zurückgerollt werden kann, damit die Insassen die Köpfe herausstrecken und ihre optischen Geräte – Fotoapparate, Ferngläser oder Videokameras – auf alle interessanten Tiere richten können, die ihnen vor die Linse kommen. Neben dem Fahrer gibt es oft noch einen Führer, der nicht nur ein Auge auf besagte Tiere hat, sondern über Funk auch den Kontakt zu anderen Führern in der Gegend hält. So, wie die Geier von schwindelerregenden Höhen auf ihre Beute herabstoßen, sausen ganze Schwärme von Safaribussen aus allen Himmelsrichtungen zusammen, sobald sich ein Löwe, Gepard, Leopard oder irgendein anderes großes Säugetier blickenlässt (bei der großen Vielfalt der afrikanischen Fauna sind es vor allen Dingen die größeren Fleischfresser, die der Durchschnittstourist vor seine Nikon kriegen will). Von solch einer Fahrt sind die Teilnehmer der Asadi-Club-Safari soeben zurückgekehrt, glücklich, aber hungrig.

«Was habt ihr noch gesehen?», wollte Mr. Malik wissen.

«Giraffen, Büffel, Löwen», sagte Mr. Gopez. «Und natürlich jede Menge Antilopen. Aber weißt du, ich kann mir nie diese dämlichen Namen merken. Was waren das noch mal für welche, Benjamin?»

Benjamin trat vor.

«Thomson- und Grant-Gazelle, Buschbock, Kudu, Elenantilope, Wasserbock, Topi, Kuhantilope, Gnu –»

«Meine Güte – waren das wirklich so viele? Zu schade, dass du nicht dabei warst, Malik. Ja, ich glaube, ich werde mich den Rest des Wochenendes an deinen Benjamin halten.»

Benjamin bedankte sich ausgiebig bei Mr. A. B.

«Und mit Vögeln kennt er sich auch gut aus – obwohl ich mir deren dämliche Namen auch nie merken kann. Ein paar gingen tatsächlich auf dem Rücken einer Giraffe spazieren wie kleine Äffchen.»

«Das waren Madenhacker, Mr. A. B. Und, Mr. Malik, wissen Sie was? Es waren Gelbschnabel-Madenhacker und Rotschnabel-Madenhacker, zusammen auf einer Giraffe! So was habe ich noch nie gesehen.»

«Benjamin sagt, sie picken den Tieren die Zecken aus dem Fell. Stimmt das, Malik?»

«Absolut richtig. Was auch immer Benjamin über Vögel sagt, kannst du getrost für bare Münze nehmen, A. B. – darauf kannst du dich verlassen.»

Mr. Patel riss sich ein Stückchen von seinem *Chapatti* ab.

«Diese Geschichte mit den Warzenschweinen letztes Jahr», sagte er. «Hatte das nicht auch was mit Zecken zu tun?»

Mr. Malik hüstelte.

«Das habe ich hinterher auch gemerkt.»

«Zecken?», fragte Mr. Gopez. «Warzenschweine? Wovon um alles in der Welt redet ihr?»

Mr. Malik merkte, dass er um eine Erklärung nicht herumkam.

«Das war auf der letzten Safari – du bist nicht dabei gewesen. Ich glaubte, die Erdhöhle wäre verlassen. Ich hatte die Mungos ein und aus gehen sehen und dachte, die Warzenschweine hätten die Höhle aufgegeben.»

«Und was um alles in der Welt hat das jetzt mit Zecken zu tun?»

«Hinterher habe ich festgestellt», sagte Mr. Malik, «dass Mungos sich ein bisschen wie Madenpicker verhalten. Warzenschweine lassen sie in ihre Erdhöhlen ein, damit sie ihnen die Zecken aus dem Fell picken.»

«Tja. Und er hat unsere Latrine keine fünf Meter von diesem Erdhügel aufgestellt», erklärte Mr. Patel. «Und zwar quer über einem Warzenschweintrampelpfad. Für ein zielstrebiges Warzenschwein ist ein bisschen blaue Zeltplane wirklich kein Hindernis, das kann ich dir sagen! Die arme alte Ma Haniff – seitdem ist sie nicht mehr ganz richtig im Kopf.»

«Ach so!», sagte Mr. Gopez. «Das erklärt einiges. Wie dem

auch sei. Und du, Malik? Was hast du heute Vormittag getrieben, während wir auf Safari waren?»

«Och, ich habe mich nur ein bisschen runter an den Fluss gesetzt.»

«An den Fluss, was? Und? Irgendwas gesehen?»

«Na ja, eine Gruppe Paviane. Und dann sind ein paar Stummelaffen vorbeigekommen und ein Buschschwein und eine Horde Mungos – also Zwergmungos. Solche Dinge eben.»

«Stummelaffen, was?»

«Ja, die schwarzweißen, du weißt schon. Und ein paar Vögel habe ich auch gesehen und – ach ja! – ein Dreihornchamäleon. Es saß direkt neben mir auf einem Busch, aber ich habe es erst bemerkt, als sich direkt vor meinen Augen ein Grashüpfer in Luft auflöste. War ziemlich groß.»

«Bitte entschuldigen Sie, Mr. Malik – aber haben Sie den *Juali* angefasst?»

In vielen Teilen Kenias bedeutet, ein Chamäleon zu berühren, den Tod.

«Ja, Benjamin, das habe ich – ich habe es sogar in die Hand genommen. Wunderschön! Aber mach dir bitte um mich keine Sorgen. Ich habe in meinem Leben schon viele Chamäleons berührt, und mir ist nie etwas passiert. Und natürlich habe ich es wieder zurück auf den Busch gesetzt.»

«Nein, Mr. Malik, ich weiß, dass sie nicht gefährlich sind. Das ist nur dummer Aberglaube. Aber jetzt wird es regnen!»

«Ich hoffe nicht, Benjamin. Ich habe mich eigentlich schon sehr auf unsere Nachtfahrt gefreut.»

Eine Fahrt durch die afrikanische Steppe nach Sonnenuntergang ist ein unvergleichliches Erlebnis. Die Steppe wird kleiner und größer zugleich. Wenn die Sicht sich auf den

Lichtkreis der Taschenlampe oder der Autoscheinwerfer beschränkt, wird die Dunkelheit zum grenzenlosen Unbekannten. Die Tiere, die man nachts zu sehen bekommt, sind ganz anders als die, die man bei Tageslicht beobachten kann. Die meisten Vögel sind zu ihren Schlafplätzen verschwunden – die meisten, aber nicht alle. Mit ein wenig Glück kann man jetzt vielleicht eine kleine Zwergohreule dabei beobachten, wie sie sich auf eine Grille stürzt, oder einen Blassuhu, der auf einen Hasen niederstößt. Mit etwas mehr Glück entdeckt man womöglich eine Nachtschwalbe auf der Mottenjagd – und wer besonders großes Glück hat, sieht vielleicht sogar ein Flaggennachtschwalbenmännchen, das allen Prinzipien vernünftiger Aerodynamik zum Trotz an jedem Flügel eine lange, weiße Feder in doppelter Körperlänge hinter sich herzieht. Was man jedoch vor allen Dingen zu Gesicht bekommt, sind Augen.

Wohin auch immer man den Strahl der Taschenlampe lenkt, leuchten Augenpaare zurück. Im flachen Grasland werden es vor allen Dingen die gelben Augen der Springhasen sein. Diese kleinen Nagetiere leben in Tunneln, bleiben tagsüber unsichtbar und springen nachts zu Hunderten über die Steppe wie Horden von Minikängurus. Auch viele andere Tiere, die in Erdhöhlen leben, kommen nach Sonnenuntergang heraus. Erdferkel und Schuppentiere beginnen ihre nächtliche Suche nach Termiten, Stachelschweine wühlen nach Wurzeln und Knollen, Honigdachse durchstreifen die Steppe, nicht nur auf der Suche nach Honig, sondern auch nach Insekten, Eiern, Fischen und Fröschen, Aas und allem an kleinen Säugetieren bis zur Größe einer jungen Antilope, was sie zwischen die Klauen kriegen können (wenn Sie sich auf Safari in einer Gegend befinden, wo es Honigdachse gibt, sorgen Sie dafür, dass die Abfallbehälter gut verschlossen und robust sind). Mr. Malik hoffte sehr, dieses Jahr ein Schuppentier zu sehen, denn er hatte noch nie ein Schuppentier gesehen.

«Seht mal», sagte Mr. Gopez. «Da kommt ein Wagen. Das muss der Tiger sein.»

«Nein», widersprach Mr. Malik strahlend. «Das ist nicht der Tiger, das ist Petula.»

Sie war, wie er sah, allein gekommen.

Zu behaupten, Petula sei heute Morgen, als sie Salmans SMS las, ein wenig verstimmt gewesen, wäre das Gleiche, als würde man Mrs. Guptarainis Double Dynamite Chilli Chutney als fad bezeichnen. Petula kochte nicht nur vor Wut, sie war rot vor Zorn, ach was, weiß glühend. In der SMS (eine SMS, das muss man sich mal vorstellen, nicht einmal ein Anruf!) hieß es, er schaffe es nicht vor Sonntag, in Nairobi zu sein. Wie lange hatten sie dieses Wochenende bereits geplant? Wie oft hatte sie Salman gesagt, er möge bitte dafür sorgen, dass er am Wochenende freibekommt? (Nur am Wochenende, wohlgemerkt, kein einziger Arbeitstag!) Wie oft hatte sie ihm gesagt, wie wichtig ihr und ihrem Vater das war? Sie hatte ihn unverzüglich zurückgerufen, und nun bestand keinerlei Gefahr mehr, dass Salman Mohammed sich der Tatsache nicht bewusst war, dass er der unzuverlässigste, egoistischste, rücksichtsloseste – LANGWEILIGSTE – Mann war, dem sie jemals über den Weg gelaufen war. Vergeblich versuchte er ihr zu erklären, dass die Zahlen rechtzeitig zum Geschäftsbeginn am Montagmorgen in Sydney sein mussten. Er schaffte den Samstagsflug nicht, da ließ sich nun mal nichts machen. Warum er denn nicht am Sonntag nach Nairobi kommen könnte? Das würde doch sicher auch noch gehen, oder nicht? Unter Aufbietung aller verfügbaren Willenskraft gelang es Petula, sich weit genug unter Kontrolle zu bekommen, um ihm zu erklären, dass die Safari am Montag vorbei wäre, vielen Dank also für das großzügige Angebot, und er wüsste sicher, wohin er sich dieses Angebot schieben könnte. Das Schlimmste an der Sache war, dass sie nichts machen konnte. Sie konnte nicht nach Dubai fliegen und ihn ins nächste Flugzeug zerren. Nein. Es lässt sich wohl sagen, dass Petula Malik Samstagmorgen keine glückliche Verlobte war. Aber sie würde einen Teufel tun und die Safari verpassen!

«Hallo, liebster Daddy!» Sie gab Mr. Malik einen dicken Kuss. «Es tut mir leid, aber Salman hat es nicht geschafft – zu viel zu tun.»

«Oh, das ist schade. Besteht irgendeine Chance, dass er noch nachkommt?»

«Eher nicht, Daddy, und es ist mir auch egal. Mhm! Ist das Ally Dass' gefülltes Hähnchen? Ich bin am Verhungern!»

«Ach, ich hätte so gerne mit ihm über die Vorbereitungen gesprochen.»

«Oh?», sagte Petula, den Mund voll Hähnchen. «Was denn für Vorbereitungen?»

«Für die Hochzeit, weißt du?»

«Hochzeit?», sagte Petula. Sie schluckte den Bissen hinunter und setzte ihr lieblichstes Lächeln auf. «Welche Hochzeit?»

Mr. Malik spürte, wie der erste Regentropfen auf sein unbehütetes Haupt fiel.

18

So wenig, wie der Regen dem Leoparden die Flecken vom Fell wäscht, macht der Wunsch, verschont zu werden, ihm die Zähne stumpf

Was er wirklich brauchte, war ein Regenschirm, dachte Mr. Malik. Er streckte den Kopf zum Zelt hinaus – nein, zwanzig Regenschirme. Der Regenschauer kurz nach dem Mittagessen hatte sich in Dauerregen verwandelt. Mit den Zelten gab es kein Problem. Sie waren solide und wasserdicht – so, wie Godfrey Amin es versprochen hatte. Das Problem war, zwischen den Zelten hin und her zu gelangen. Doch die Leute nahmen das Wetter offenbar gutgelaunt hin. Petula saß mit ein paar anderen Frauen an dem vom Mittagsgeschirr befreiten Tisch und diskutierte mit ihnen über internationale, nationale und lokale Ereignisse. War Mimi Hassan tatsächlich wegen der Hochzeit einer entfernten Cousine nach England geflogen oder doch, weil sie sich schon wieder liften ließ? Wann würde die Stadtverwaltung endlich etwas wegen der schlechten Parkmöglichkeiten am Hauptmarkt unternehmen? Darf man wirklich schon von einem Sari sprechen, wenn man sechs Kangas aneinandergenäht hat? Am anderen Tischende saß der kleine Henry Vanshu mit einem Satz Spielkarten und weihte ein paar andere Kinder in die Feinheiten des Pokerspiels ein. Drüben im siebten Zelt lieferte sich eine Schar lärmender Teenager eine Partie

Mannschaftsbillard. Ein paar von den Mädchen machten sich erstaunlich gut.

Das Schnarchduett, das aus dem Männerzelt herüberklang, ließ darauf schließen, dass das Verdauungsschläfchen der Herren Gopez und Patel eine befriedigende Tiefe erreicht hatte. Kein Wunder, dass Mr. Malik bei diesem Chor und dem Lärm, den der auf das Zeltdach prasselnde Regen verursachte, die Ankunft von Tiger Singhs Range Rover schlicht entgangen war.

«Hallo, Malik!» Tiger Singh schloss den gestreiften Regenschirm und lehnte ihn gegen die Zeltwand. «Ich bin froh, dass ich es vor Einbruch der Nacht geschafft habe. Bei dem Wetter hätte ich keine Lust, im Dunkeln zu fahren. Ich wäre schon längst da gewesen, aber es gab einen Zwischenfall im Club. Was ist das eigentlich für ein Wetter? Die ganze Fahrt über herrschte strahlend blauer Himmel, aber kaum hatte ich Chuka passiert – wusch! Ich dachte, wir haben Trockenzeit.»

«Oh. Hallo, Tiger. Ja, das tut mir leid. Nur ein Sommerschauer, denke ich.»

Mr. Malik lag mit seiner Vermutung nicht ganz falsch. Obwohl das Lager sich knapp achtzig Kilometer vom Mount Kenya entfernt befindet, hat der Berg auch hier durchaus Einfluss aufs Wetter. Selbst in der Trockenzeit sind örtliche Schauer an der Tagesordnung. Einer Theorie zufolge werden sie von warmen, feuchten Winden verursacht, die von Osten kommen und auf die Kaltluft treffen, die von der Bergspitze herunterfällt. Einer anderen Theorie zufolge hätte Mr. Malik das *Juali* nicht anfassen dürfen.

«Setz dich, Tiger, setz dich. Kann ich dir Tee bringen, einen Kaffee oder sonst irgendwas? Was sagtest du übrigens gerade über den Club?»

«Ja. Seltsame Sache. Heute Morgen hat mich der Verwalter angerufen. Ich wollte gerade losfahren. Kannst du das glauben? Der Löwe ist weg!»

«Der Löwe – der Killer von Kima?»

«Ja. Mit Sicherheit nur ein Streich. Sind die Bashu-Jungs eigentlich hier?»

«Nein. Sonny sagte, sie könnten dieses Jahr nicht mitfahren. Irgendwelche wichtigen Angelegenheiten an der Küste, sagte er.»

«Na also – kein Grund, noch weiter zu suchen. Ein Glas Maracujasaft wäre schön und dann vielleicht ein Bier.»

«Bist du gestern Abend im Club gewesen?»

«Rein zufällig. Habe mit Harry Khan was getrunken – wollte mich für ein neues Projekt gewinnen. Er ist gerade dabei, was an Land zu ziehen.»

«Ach ja?»

Er nahm Mr. Malik das Glas ab und leerte es in einem Zug.

«Mhm! Schon besser!»

«Dann wirst du also künftig für Khan Enterprises arbeiten.»

Der Tiger schenkte ihm einen gequälten Blick.

«Nein, nein! Ich habe ihm gesagt, dass ich viel zu beschäftigt bin. Sie müssen sich für den juristischen Bereich jemand anderen suchen. Nicht ganz mein Ding, Einkaufszentren. Ganz und gar nicht mein Ding.»

Mr. Malik reichte ihm eine Flasche Tusker.

«Hast du zufällig eine Runde English Billiards mit ihm gespielt?»

«Ja. Habe ich tatsächlich!»

«Sehr gut! Ich habe neulich leider haushoch gegen ihn verloren, aber du hast ihn bestimmt vernichtend geschlagen.»

«Na ja», sagte der Tiger und schenkte sich ein. «Das würde ich so nicht sagen. Es war ziemlich knapp.» Er spähte hinaus ins Freie. «Sehr knapp, ehrlich gesagt. Was um alles in der Welt geht da drüben vor sich?»

Die Rufe und das Gelächter schallten sogar durch den Regen zum Speisezelt herüber.

«Komm mit und sieh es dir selbst an», sagte Mr. Malik.

Im Schutz von Tigers Golfschirm eilten die beiden Männer hinüber zu dem hell erleuchteten Zelt und schoben die Eingangsklappen auseinander. Entlang der Seitenwände hatte sich eine bunt gemischte Zuschauermenge aus Jung und Alt aufgereiht. Am anderen Ende stand ein junges Mädchen über den grünen Filz des Billardtisches gebeugt und machte sich zum Stoß bereit. Ihr Kinn berührte fast das Queue. Sie setzte ein paarmal neu an und stieß dann fest gegen eine der hellen Kugeln. Der Stoßball schoss die Tischplatte hinauf, touchierte die zweite helle und verschwand im rechten oberen Loch. Jubel brauste auf.

«Vier Punkte», sagte eine Kinderstimme.

«Bitte sehr!» Mr. Malik strahlte. «Meine ganz spezielle Überraschung für die zweiundfünfzigste Asadi-Club-Safari.»

«Na, also ich …»

Sie blieben bis zum Ende der Partie – die Mannschaft der Mädchen gewann – und kehrten danach zurück ins Speisezelt, wo Mr. Patel und Mr. Gopez gut erholt an einem Tisch Platz genommen hatten, zwischen sich zwei Flaschen Tusker.

«Hallo, Tiger», sagte Mr. Gopez. «Keine Ahnung, wie spät es ist, aber wir konnten die Sonne nirgends finden und dachten, es muss wohl Happy Hour sein.»

Mr. Patel deutete hinaus in den Regen. «Hast du uns das mitgebracht?»

«Das war schon hier, als ich gekommen bin», antwortete der Tiger. «Da bin ich mir ganz sicher. Dürfen wir uns zu euch gesellen?»

Stühle wurden herangezogen. Tiger Singh setzte die Runde über die neusten Ereignisse in der Großstadt ins Bild – und alle waren sich einig, dass als Verdächtige für den Löwenraub eigentlich nur die Bashu-Jungs in Frage kamen. Der Neuankömmling wurde ins Bild gesetzt, was die Ereignisse auf der Safari betraf.

«Habt ihr die *Big Five* schon gesichtet?»

Mr. Gopez spreizte eine Hand und zählte ab.

«Löwe ja, Büffel ja, Leopard nein, Elefant nein, Nashorn nein.»

«Interessanterweise», sagte Mr. Patel, «haben wir auf der Fahrt hierher nur über Büffel geredet. Aus irgendeinem Grund ist unser Freund A. B. der Meinung, Büffel seien die gefährlichsten Tiere Afrikas. Ich habe ihm gesagt, das wären die Flusspferde, aber das will er mir einfach nicht glauben.»

«Natürlich die Büffel», sagte Mr. Gopez. «Man muss sich nur mal diese Hörner ansehen!»

«Es geht doch nicht um Hörner. Die Zähne richten den größten Schaden an. Was meinst du dazu, Tiger?»

Tiger Singh nahm einen kleinen Schluck aus seinem Glas.

«Ich kann nicht gerade behaupten, auf diesem Gebiet Experte zu sein, doch ehe diese Diskussion noch weiter geht, meine Herren, dürfte ich darum bitten, die Begriffe klarzustellen? Was genau ist zum Beispiel mit ‹Tier› gemeint? Ist ein Mensch auch ein Tier? In diesem Falle wäre mit Sicherheit der am gefährlichsten. Ist eine Schlange ein Tier? Ich würde vermuten, dass viele Todesfälle auf Schlangenbisse zurückzuführen sind.»

«Ist ein Krokodil ein Tier?», fügte Mr. Malik hinzu. «Oder eine Mücke? Ist das Aidsvirus ein Tier?»

Mr. Patel dachte einen Augenblick lang nach.

«Ich glaube, was ich meinte, war Säugetier, nicht menschlich.»

«Hör mal, Tiger», sagte Mr. Gopez. «Deine juraschnura Korinthenkackerei in Ehren. Wir wissen schon selbst, was wir meinten. Und ich sage, dass in Afrika Büffel mehr Menschen töten als Flusspferde.»

Mr. Malik lag die Frage auf der Zunge, wieso ein Büffel ein Flusspferd töten sollte, doch er beschloss, den Mund zu halten.

«Und ich sage», sagte Mr. Patel und griff zur Brieftasche, «dass sie es nicht tun.»

Der Tiger ließ den Blick von Mr. Patel zu Mr. Gopez und wieder zurück wandern.

«Schlägst du eine Wette vor?»

«Allerdings. Und zwar eine echte Wette diesmal und keine verfluchte Debatte!»

«Was hast du dazu zu sagen, A. B.?»

«Wenn unser Freund hier seinen Worten unbedingt Taten folgen lassen möchte, komme ich seinem Wunsch selbstverständlich mit Freuden nach.»

Mr. Patel zählte einige Geldscheine auf den Tisch.

«Was wollen wir sagen – zehntausend?»

Mr. Malik hob die Hand.

«Meine lieben Freunde, bitte verzeiht, wenn ich mich einmische. Aber ich sehe hier ein Problem. Ich meine, woher nehmen wir die Gewissheit? Wie wollen wir herausfinden, wie viele Menschen von diesen Tieren getötet werden – oder von anderen, wo wir schon dabei sind? Ich bezweifle, dass es hierzu offizielle Statistiken gibt. Und selbst wenn es die gäbe, wie verlässlich wären die?»

«Guter Einwand, Malik», sagte der Tiger. «*Rem acu tetigisti* und so weiter.»

«Aber ich habe es gelesen», sagte Mr. Patel. «Davon spreche ich doch die ganze Zeit. Erst neulich, in der *Evening News*.»

«Zweifellos eine sehr gute Zeitung», sagte Mr. Malik. «Aber wo genau beziehen die ihre Zahlen her?»

«Keine Ahnung – eigene Recherchen wahrscheinlich. Man liest doch die ganze Zeit solche Schlagzeilen: *Suspekter Tod am Lake Naivasha: Flusspferd rückt in den Mittelpunkt der Ermittlungen*.»

«Nein, nein. Malik hat recht», sagte der Tiger. «Wenn es zwischen zwei Mitgliedern des Asadi Clubs zu einer Wette kommt, sind strikte Richtlinien notwendig, um einen fairen Ausgang zu gewähren, und ganz oben auf dieser Liste steht nun mal ein eindeutiger Nachweis. Mir scheint, wir brauchen einen Sachverständigen, jemanden mit Wissen aus erster Hand.»

«Meinst du etwa jemanden, der selbst dabei war?»

«Ich habe den Begriff Sachverständiger in juristischem Sinne gebraucht, A. B. Wir brauchen jemanden, der alles über das Thema weiß, der die Statistiken kennt und so weiter und der bereit ist, das zu bezeugen.»

«Klingt gut, finde ich», sagte Mr. Gopez. «Was meinst du dazu, Patel?»

«Wenn wir so jemanden finden, dann soll es mir recht sein.»

Tiger Singh blickte nach draußen. «Und wer um alles in der Welt sind diese beiden Herren?»

19

Ein hungriger Leopard hat mehr Zähne als ein wohlgenährtes Krokodil

Mr. Malik hatte keine Schwierigkeiten, in dem einen Mann, der eben in einem alten Land Rover vorgefahren war, Dickie Johnson zu erkennen, und auch nicht mit der Schlussfolgerung, dass der andere, dunkelhäutigere Mann – der ziemlich große und gutaussehende und sehr viel jüngere Mann – der Gast sein musste, den er mit seinem Flugzeug in Nairobi abgeholt hatte. Die beiden eilten durch den Regen auf das Zelt zu.

«Ah, Malik. *Chakula* – steht das Angebot noch?»

«Aber gewiss, Mr. Johnson. Wir haben Sie erwartet. Das Abendessen ist beinahe fertig – und das muss Ihr Gast sein.»

«Ja. Darf ich Ihnen Angus Mbikwa vorstellen?»

Mbikwa? Mr. Malik erinnerte sich vage daran, dass Rose Mbikwa einen Sohn hatte. Aber natürlich! Was lag näher, als dass Dickie Johnson als alter Freund von Hilary Fotherington-Thomas auch ein alter Freund von Rose und ihrem Sohn war? Nachdem er dem großen jungen Mann die Hand geschüttelt hatte, machte Mr. Malik die beiden Neuankömmlinge mit seinen Freunden bekannt.

«Ein wunderschönes Fleckchen Erde besitzen Sie hier, Mr. Johnson», sagte Mr. Patel. «Wir fühlen uns alle ausgesprochen wohl hier!»

Der ältere Mann schnaubte kurz.

Der große Mann lächelte.

«Ja, was ganz Besonderes, nicht wahr? Und Onkel Dickie war schon immer sehr großzügig, wenn es darum ging, andere daran teilhaben zu lassen. Ich komme her, seit ich ein kleiner Junge war.»

«Wie Sie vielleicht wissen, ist dies unser erster Besuch hier, Mr. Mbikwa», sagte Mr. Malik.

«Also bei mir ist es auch eine ganze Weile her, Mr. Malik, aber ich darf Ihnen versichern, dass es sich kein bisschen verändert hat. Genauso wenig wie der Besitzer, muss ich sagen.»

Wieder ein Schnauben.

Mr. Malik registrierte, dass seine Tochter vom anderen Ende des Zeltes auf die kleine Gruppe zukam.

«Meine Herren? Darf ich Ihnen meine Tochter Petula vorstellen?»

«Hallo, Mr. Johnson!» Petula gab dem älteren Mann die Hand und streckte sie dann seinem jüngeren Begleiter hin. «Hallo, Angus! Wie schön, dich wiederzusehen.»

«Petula! Was für eine nette Überraschung. Das ist also die Safari, von der du gesprochen hast.»

Mr. Malik hatte sichtlich Schwierigkeiten zu folgen.

«Kennt ihr euch?»

«Ja, liebster Daddy. Angus arbeitet für die CI – er ist der neue Direktor, von dem ich dir erzählt habe. Wir hatten erst Donnerstagabend eine Sitzung im Hilton.»

«Bitte verzeihen Sie, Mr. Mbikwa. Ich dachte, meine Tochter hätte mir erzählt, Sie kämen aus der Schweiz.»

Angus Mbikwa lächelte.

«Ehe ich diese Stelle angetreten habe, habe ich lange in Genf gearbeitet – man könnte also durchaus sagen, dass ich aus der Schweiz komme. Aber ich bin hier geboren. Also, Petula. Lerne ich jetzt endlich auch deinen Verlobten kennen?»

«Salman? Ich fürchte, Salman hat es nicht geschafft.»

«Was für ein Jammer.» Angus wandte sich an ihren Vater. «Sie haben eine wunderbare Tochter, Mr. Malik. Sie leistet für Clarity International ganz wunderbare Arbeit – und für das Land. Sie sind bestimmt sehr stolz auf sie.»

«Allerdings, Mr. Mbikwa. Vielen Dank. Nun, das Essen sollte in etwa einer halben Stunde so weit sein. Darf ich Ihnen beiden etwas zu trinken anbieten?»

Dickie Johnson fand einen Whisky angebracht – aber nur ein Pfützchen, bitte –, während Angus um ein Ginger-Ale bat.

«Und, Mr. Malik?», fragte er. «Haben Sie und Ihre Freunde schon viele Tiere zu sehen bekommen?»

«Na ja – alles zusammengenommen könnte man das schon behaupten. Das war allerdings heute Vormittag, ehe der Regen kam.»

Dickie Johnson gab ein neues Geräusch von sich, diesmal eine Mischung aus Schnauben und Grunzen.

«*Julai Rasha*, nichts weiter. Ein paar Stunden, und dann: weg.»

«Ich hoffe es, Mr. Johnson.»

«Also. Wildtiere? Nicht enttäuscht, Mr. Malik?»

«Kein bisschen, es war genau so, wie Sie es prophezeit haben. Meine Freunde haben Geparden und Löwen gesehen und jede Menge Antilopen und Gazellen und Büffel und was nicht noch alles.»

Mr. Malik registrierte durchaus den verstohlenen Hab-ich-dir-doch-gesagt-Blick von Mr. Gopez an Mr. Patel.

«Ja», sagte er, «wir … äh … wir hatten gerade darüber gesprochen.»

Plötzlich kam ihm eine Idee. «Sie wissen wohl nicht zufällig, Mr. Johnson, welches Tier – welches *Säugetier* – in Afrika die meisten Menschen tötet? Es ist beinahe unmöglich, verlässliche Zahlen zu bekommen.»

Angus lachte.

«Es gibt so gut wie nichts, das Onkel Dickie nicht über die afrikanische Tierwelt weiß, Mr. Malik.»

«Höchst interessant», sagte der Tiger. Er wandte sich dem Gast zu. «Ich frage mich, ob Sie uns behilflich sein könnten, Mr. Johnson. Wissen Sie, zwischen unseren beiden Freunden hier gibt es eine kleine Meinungsverschiedenheit. Der eine sagt, das gefährlichste Tier sei das Flusspferd, der andere sagt, es sei der Büffel. Die beiden gehen sogar so weit, Geld zu verwetten. Ob Sie wohl die Güte hätten, den Sachverhalt für uns aufzuklären?»

Dickie Johnson dachte einen Augenblick nach, dann lächelte er.

«Mit Freuden!»

«Nun, meine Herren, wie es scheint, haben wir unseren Sachverständigen gefunden. Sind beide Parteien einverstanden?»

Mr. Patel und Mr. Gopez wechselten einen Blick. Beide nickten.

«Ausgezeichnet. Doch ehe wir Mr. Johnson um sein Urteil bitten können, wäre es ratsam, sicherzustellen, dass die Einzelheiten dieser Wette eindeutig und unmissverständlich klar sind.»

Tiger Singh zog einen Füller und ein Notizbuch aus dem Jackett und nahm die beiden Beteiligten beiseite. Jahre der

Erfahrung sowohl vor Gericht als auch im Asadi Club hatten ihn gelehrt, dass es bei Disputen aller Art äußerst ratsam ist, sämtliche Einzelheiten schriftlich festzuhalten.

«Und jetzt sag mir, Daddy», wandte Petula sich an Mr. Malik. «Ist denn mit deiner Überraschung alles glattgegangen?»

«Wieso siehst du es dir nicht einfach selbst an?», fragte Mr. Malik. «Unsere Gäste haben vielleicht auch Lust, mitzukommen.»

«Donnerschlag!» Dickie Johnson ließ den Blick über die gesamte Länge des Billardtisches gleiten. «Schon mal davon gehört. Nie gedacht, dass ich mal einen zu Gesicht bekomme!»

«Was meinst du damit, Onkel Dickie?», fragte Angus.

«Churchman's Portable. Schau dir das an!» Er deutete auf die beiden Mahagoniabdeckungen, die an der Zeltwand lehnten. «Abnehmbare Tischplatte – stimmt's, Malik?»

«Absolut und völlig richtig. Dann kennen Sie diese Tische, Mr. Johnson?»

«Londoner Fabrikat, zweiteilige Konstruktion, Stahlrahmen, vier Komma sieben Millimeter walisischer Schiefer, Guttapercha-Puffer. Nur etwa ein Dutzend Stück weltweit. Wo haben Sie den denn aufgetrieben?»

Mr. Malik erzählte, er sei zufällig bei Amin and Sons in Nairobi darauf gestoßen. Offenbar hatte Godfrey Amin den Tisch vor einigen Jahren bei einer Auktion ersteigert, mehr wusste er auch nicht.

«Es scheinen immer noch die Originalkisten zu sein, aber die Etiketten sind so verblichen und zerkratzt, dass man so gut wie nichts mehr entziffern kann. Spielen Sie, Mr. Johnson?»

«Früher mal. Seit Jahren nicht.»

«Nun, vielleicht haben Sie nach dem Essen ja Lust auf eine

Partie. Wo wir gerade beim Thema sind, ich denke, es wird langsam Zeit, ins Speisezelt zurückzugehen. Heute Abend gibt es etwas ganz Besonderes – *Murgh Hariyali*. Ally Dass, unser Koch, legt die Perlhühner ganze zwei Tage lang in Marinade ein.»

«Klingt herrlich! Schön viel Chili? Kann fades Essen auf den Tod nicht ausstehen!»

«Dann werden Sie unser Abendessen mit Sicherheit genießen, Mr. Johnson.»

Mr. Malik hatte sich nicht getäuscht. Schon nach dem ersten Bissen versicherte ihm Mr. Johnson, es sei alles absolut *kizuri* und er habe seit Jahren nicht mehr so köstlich gegessen. Auch Angus Mbikwa, zwischen Mr. Patel und Mr. Gopez platziert, machte einen sehr zufriedenen Eindruck.

Als die Teller abgeräumt und die Gläser neu gefüllt waren, stand Tiger Singh auf und sprach einen Toast auf ihren Gastgeber aus.

«Außerdem, meine Damen und Herren, möchte ich Mr. Johnson meinen Dank für seine Bereitschaft aussprechen, uns in einer Angelegenheit zu unterstützen, welche die Gewohnheiten afrikanischer Tiere betrifft – zweier spezieller Vertreter, um genau zu sein. Mr. Johnson hat sich dank des lebenslangen Studiums der afrikanischen Tierwelt intimste Kenntnisse aneignen können. Wir fühlen uns geehrt, nun von diesem Wissen profitieren zu dürfen. Malik, würdest du bitte näher erläutern?»

Mr. Malik nahm ein Blatt Papier vom Tisch.

«Wie sicher viele von euch wissen, haben zwei unserer Clubmitglieder eine Wette abgeschlossen. Ich habe die Modalitäten vorliegen, so wie sie zu einem früheren Zeitpunkt des heutigen Tages niedergeschrieben wurden. Mr. M. Patel und Mr. A. B. Gopez, beide Mitglieder des Asadi Clubs, schließen folgende Wette ab. Mr. Patel behauptet, das gemeine Flusspferd oder Nilpferd sei zu diesem Zeitpunkt für mehr menschliche Todesfälle in Afrika verantwortlich als jedes andere Säugetier. Mr. Gopez behauptet hingegen, der Afrikanische oder Kaffernbüffel sei für mehr menschliche Todesfälle in Afrika verantwortlich als jedes andere Säugetier. Ein Todesfall wird hier als beabsichtigt oder versehentlich definiert, unmittelbar oder binnen eines Jahres nach erfolgter ursächlicher Verletzung. Der Begriff Säugetier umfasst laut dieser Definition alle Tiere, die ihre Jungen säugen, ob an Land lebend, amphibisch oder im Wasser lebend. Ausgenommen ist der Mensch. Der Wetteinsatz beträgt zehntausend Shilling pro Partei, der Einsatz geht zu einhundert Prozent an den Sieger.»

«Meine Herren», sagte Tiger Singh. «Ich frage Sie nun, ob diese Modalitäten nach wie vor in Ihrem Sinne sind und ob Sie damit einverstanden sind, das Urteil des hier vor Ihnen sitzenden Mr. Johnson als Sachverständigen in dieser Angelegenheit anzuerkennen?» Beide Herren taten nickend ihr Einverständnis kund.

«Dann, Mr. Johnson, möchte ich Sie herzlich darum bitten, diese strittige Frage für uns zu klären.»

Dickie Johnson erhob sich. Er sah erst Mr. Patel an und dann Mr. Gopez.

«Es ist», sagte er mit dem allerwinzigsten Anflug eines Lächelns, «keines von beiden.»

20

Der kluge Frosch zählt keine Krokodilszähne

Obgleich verlässliche Zahlen, wie Mr. Malik bereits vermutete, schwer zu bekommen sind, stammt die Behauptung, Büffel seien die gefährlichsten Tiere Afrikas, hauptsächlich von Leuten, die schon einmal einen Büffel geärgert haben. Eine sehr verlässliche Art, einen Büffel zu ärgern, besteht darin, eine Waffe auf ihn zu richten und zu schießen. Büffel sind gesellige Kreaturen; ärgere einen, und du wirst feststellen, dass du mehr als einen gegen dich aufgebracht hast. Es muss der verwundete Büffel sein, der, häufig unterstützt von mitfühlenden Familienmitgliedern und Freunden, den größten Schaden anrichtet. Trotzdem ist, so weit verbreitet der Afrikanische Büffel in großen Teilen des Kontinentes auch ist, der Tod durch einen Büffel doch ein äußerst seltenes Ereignis. Ich habe, was den Zeitraum über die letzten fünf Jahre betrifft, lediglich einen einzigen bestätigten Bericht auftreiben können, der besagt, dass in Afrika ein Mensch von einem Büffel getötet wurde. Der Mann aus Idaho war mit seiner Frau zu Besuch in Afrika, und – ja – er hat auf den Büffel geschossen.

Flusspferde sind ebenso weit verbreitet wie Büffel, verbringen den Großteil des Tages vor sich hin dümpelnd in afrikanischen Seen und Flüssen und kommen erst nach Sonnenuntergang aus dem Wasser, um Gras, Schilf und dergleichen wohlschmeckende Gewächse mehr zu fressen. Ich selbst habe auf einer Fahrt an den Lake Naivasha mein erstes wild lebendes Flusspferd gesehen. Was mich jedoch weit nachhaltiger beeindruckte als der Anblick des Tieres selbst, wie es da keine fünfzig Meter entfernt vom schwachen Strahl meiner Taschenlampe beleuchtet stand, war das, was dieses Tier tat. Nachdem es sich aus dem Wasser gehievt und sich eine Weile an ein paar Papyrusstängeln gelabt hatte, sah es mich an und regte sich nicht. Ich wusste, was geschehen würde – ich erinnerte mich daran, exakt denselben Gesichtsausdruck vor Jahren bei meinem damals achtzehn Monate alten Neffen gesehen zu haben. Und tatsächlich: Das Flusspferd drehte sich um, wandte mir den Rücken zu und fing an zu scheißen. Was mich dabei vor allem in Erstaunen setzte, war die Rolle, die dem Schwanz des Tieres bei dieser Prozedur zukam. Die meisten Tiere mit Schwanz – selbst mit langen Schwänzen wie Pferde oder Kühe oder größere Kudus – heben den Schwanz beiseite. Flusspferde besitzen einen Stummelschwanz. Doch anstatt ihn anzuheben, fing dieses Flusspferd an, seinen Schwanz wie wild hin und her zu bewegen wie einen verrückt gewordenen Scheibenwischer. Der Dung flog in alle Richtungen, und das ist, wie gesagt, ein Anblick, den man nicht so schnell wieder vergisst. Später erfuhr ich, dass Flusspferde auf diese Weise – in Kombination mit rückwärtsgewandtem Harnlassen – ihr Revier markieren. Und genau darin besteht das Problem. Denn während andere Flusspferde diese Markierungen erkennen und respektieren, tut der Mensch dies im Allgemeinen nicht. Dies trägt viel zu der Erklärung bei, weshalb in Afrika jedes Jahr eine nicht unerhebliche Anzahl Menschen von empörten Flusspferden angegriffen und getötet wird. Doch obwohl ich in der Lage war, insgesamt einundzwanzig zuverlässige Hinweise auf Menschen zu finden, die in den letzten fünf Jahren in Kenia und anderen afrikanischen Ländern von beleidigten Flusspferden getötet wurden, muss ich Dickie Johnson darin zustimmen, dass noch viel, viel mehr Menschen einem ganz anderen Säugetier zum Opfer fallen.

«Hunde?»

Mr. Gopez traten fast die Augen aus dem Kopf.

«Köter?»

Mr. Patel hätte sich beinahe an seinem Bier verschluckt.

«Des Menschen bester Freund?»

«Ja», sagte Dickie Johnson. «Hunde. Dutzende, jedes Jahr, allein in Kenia. Bisse, Infektionen, Tollwut. In ganz Afrika? Hunderte.»

«Das müssen zehnmal mehr sein, als durch Büffel und Flusspferde zusammengenommen ums Leben kommen», sagte Tiger Singh.

«Aber, Tiger … Hunde sind keine …»

«Säugetiere? Doch, sind sie.»

«Aber sie sind –»

«Domestiziert?» Tiger Singh wandte sich an Mr. Malik. «Gehe ich richtig in der Annahme, dass in den Konditionen der Wette nichts über den Ausschluss von Haustieren vermerkt ist?»

Mr. Malik nickte.

«Die Konditionen sind eindeutig.»

«Aber …»

«Aber …»

«Wie Mr. Malik schon sagte, die Konditionen sind eindeutig», sagte Tiger Singh. «Ich sehe keinerlei Grund, Beschwerde einzulegen.» Er leerte das Glas. «Die einzige Frage, die noch zu klären wäre: Was geschieht nun mit dem Wetteinsatz?»

«Die Wette ist null und nichtig.» Mr. Patel streckte die Hand aus. «Hunde! Wenn ich bitte meine zehntausend wiederhaben dürfte, Tiger.»

«Wette annulliert», sagte Mr. Gopez. «Und meine bitte auch.»

«Ich fürchte, meine Herren», widersprach Tiger Singh, «ganz so einfach ist das nicht. Es gab schließlich keinen Regelverstoß. Ihr habt schlicht und einfach beide die Wette verloren.»

«Genau. Komm schon, Tiger, rück's raus.»

«Ich wünschte, das könnte ich, Patel, wirklich», sagte der Tiger. «Aber wir haben es hier mit einer höchst ungewöhnlichen Frage der Moral zu tun.»

«Raus damit, Tiger. Das ist hier schließlich kein vermaledeiter Gerichtshof!»

«Völlig richtig, A. B., aber dabei fällt mir ein: Ich erinnere mich an einen Präzedenzfall. Nicht aus den Annalen des Gesetzes, sondern aus den Annalen einer gleichermaßen erhabenen Institution – des Asadi Clubs.»

«Präzedenzfall?», sagte Mr. Patel.

Der Tiger nickte.

«Erinnert euch bitte zurück an Weihnachten 1992.»

«Ach ja, natürlich!», murmelte Mr. Malik. «Das Tombolafiasko!»

«Genau, Malik, ganz genau das meine ich! Sie werden sich alle daran erinnern, dass auf bis heute ungeklärte Weise die Hälfte der Karten für unsere Weihnachtstombola verschwunden waren.»

«Du meinst, Sanjay Bashu hat sie verloren», sagte Mr. Gopez.

«Es gab in der Tat Anschuldigungen in dieser Richtung, A. B., doch für eine wasserdichte Überführung reichten die Beweise nicht aus. Und es wurde niemals herausgefunden, um wessen Lose es sich handelte.»

«Ja, ich erinnere mich», sagte Mr. Malik. «Der Tombola-Ausschuss konnte das Geld nicht zurückgeben, weil sie nicht wussten, wem sie es hätten geben sollen.»

«Das ist richtig, Malik», sagte Tiger Singh. «Deshalb wurde beschlossen, dass es nur einen Weg gab, um das Problem zu lösen, nämlich alles zusammen – Geld und Preise – zu spenden.»

Mr. Gopez starrte ihn an.

«Machst du uns damit jetzt etwa den Vorschlag, meine zehntausend Shilling – unsere zwanzigtausend – sollen gespendet werden?»

«Genau das, A. B. Im Geiste des Asadi Clubs scheint mir das die am nächsten liegende Lösung zu sein.»

Die beiden Männer sahen erst Tiger Singh und dann einander an.

«Und darf ich weiterhin vorschlagen, es Mr. Mbikwa als unabhängigem Beobachter zu überlassen, an welche Organisation die Spende gehen soll? Was sagt ihr dazu? Patel? A. B.?»

«Ach, also gut!», sagte Mr. Patel.

«Ach, also gut!», sagte Mr. Gopez.

Angus Mbikwa brauchte nicht lange nachzudenken.

«Das Aga Khan Hospital?» Mr. Malik erhob sich. «Eine ausgezeichnete Wahl. Wenn Sie mich jetzt entschuldigen wollen, meine Herren, ich muss dringend –»

«Sag es bitte nicht, Malik», sagte Mr. Gopez. «Sag einfach nichts!»

«– einen Platz am Billardtisch ergattern.»

Als er mit Dickie Johnson das Zelt verließ, hörte er beim Hinausgehen einen seiner Freunde murmeln – welcher es war, ließ sich leider nicht sagen –, dies sei nun wirklich das letzte Mal gewesen, dass er Malik darum gebeten habe, bei einer Wette behilflich zu sein, und Mr. Malik wurde sich lächelnd bewusst, dass dies genau die Worte waren, auf die er im Stillen schon lange gehofft hatte.

«Habe mich gefragt …», sagte Dickie Johnson. Die Rote lag nach einem trickreichen *Long Jenny* ins obere rechte Loch wieder auf ihrem Platz, und er bereitete sich auf einen *Cannon* vor. «Morgen. Ganz früh.» Er stieß seinen Spielball an der Roten und der Weißen vorbei und touchierte dabei beide, ohne sie weit zu bewegen. «Vier Plätze.» Er wiederholte den Stoß in entgegengesetzter Richtung, holte sich mit dem nächsten *Cannon* zwei Punkte und bereitete den dritten vor. «Wollen Sie einen?»

Mr. Malik hatte beim Abendessen gehört, wie Angus Onkel Dickie den Vorschlag machte, am nächsten Tag mit Beryl eine Spritztour zu unternehmen, und auch, wie er Petula überredet hatte, mitzukommen. Nun bot Dickie Johnson ihm offensichtlich an, sie zu begleiten.

Mr. Malik war kein Feigling. Wenn die Pflicht rief, dann war er bereit, diesem Ruf zu folgen. Der Malik'sche Kopf war standhaft, das Malik'sche Herz war stark – doch es muss gesagt werden, der Malik'sche Magen war weder das eine noch das andere. Eine Spritztour in einem einmotorigen Flugzeug – und er hatte das Flugzeug gesehen – galt bei näherer Betrachtung nicht als Pflicht. Aber, vielleicht …

«Das ist äußerst großzügig von Ihnen, Mr. Johnson. Ob

ich Ihr Angebot wohl im Namen eines Freundes annehmen dürfte?»

«Selbstverständlich!» Dickie Johnson punktete mit einem dritten *Cannon* und war bereit für die Stöße auf die Rote, die ihm den Sieg bringen sollten. «In aller Frühe. Ehe es holprig wird.»

«Ich werde meinen Freund Benjamin bitten, sich bei Dämmerung bereitzuhalten.»

Das Tor zur Einfahrt des großen Hauses in Serengeti Gardens öffnete sich, der rote Mercedes rollte langsam über die Auffahrt und blieb vor der Haustür stehen.

«Vielen Dank, Harry», sagte Rose Mbikwa und stieg aus. «Das war ein wundervoller Abend.»

«Mit Ihnen zu tanzen ist immer noch traumhaft, Rose Baby – einfach traumhaft. Das werden wir bald wiederholen, ja?»

«Sehr gerne.»

«Toll. Hey, da kommt mir eine Idee. Was machen Sie nächstes Wochenende?»

«Ich habe noch keine Pläne. Ich bin ja gerade erst zurückgekommen.»

«Ich überlege, ob ich runter an den See fahren soll – mein Cousin hat dort ein Haus. Und am Samstagabend –»

«Spielt die Band etwa immer noch in dem alten Hotel?»

Harry Khan grinste.

«Darauf können Sie wetten. Kommen Sie doch einfach für ein paar Tage mit. Es gibt jede Menge Platz. Ich könnte Sie Freitagnachmittag abholen und Sonntag zurückbringen.»

Rose dachte einen Augenblick nach.

«Nein, eher nicht. Mein Sohn Angus ist gerade erst nach

Nairobi zurückgekommen, weil er hier eine neue Anstellung hat, und ich würde gern ein bisschen Zeit mit ihm verbringen. Er hat während der Woche immer so viel zu tun.»

«Na, dann bringen Sie ihn doch einfach mit! Wie gesagt, es gibt jede Menge Platz.»

«Na ja …»

«Fragen Sie ihn! Ich rufe Sie Donnerstag an.»

Die Haustür war nicht abgeschlossen. Rose betrat das Haus. Sie wollte noch nicht zu Bett gehen. Sie war erst seit drei Tagen zurück, und in Edinburgh war es noch nicht mal neun Uhr abends. Und, wie Harry gesagt hatte, in New York war es vier Uhr nachmittags – da würde er jetzt gerade mal aufstehen. Sie war froh, dass sie zugesagt hatte, als er sie völlig überraschend angerufen und eingeladen hatte. Es hatte Spaß gemacht, genauso viel Spaß wie damals, als sie mit ihm bei seinem letzten Besuch in Nairobi ausgegangen war. Jetzt, wo sie zu Hause war, kamen die glücklichen Erinnerungen an die wunderbaren Zeiten vor so vielen Jahren zurück, als sie ausgelassen mit Joshua durchs Haus getanzt war. Und sie dachte an Mr. Malik und den Tanz damals vor vier Jahren auf dem Hunt-Club-Ball. Sie lächelte. Ach, wie schnell die Zeit verging! Rose schlenderte zum Plattenspieler. Doris Day? Nein, heute nicht. Sie zog eine Plattenhülle aus dem Stapel und legte die Scheibe auf den Plattenteller.

«Is that all there is?», sang Miss Peggy Lee. *«Is that all there is?»*

Rose Mbikwa kuschelte sich auf das Sofa.

«If that's all there is, then let's keep dancing.»

21

Es braucht keine Leine, um den Frosch ans Wasser zu fesseln

«Was war das?», fragte Mr. Gopez. «Da! Hast du das gehört?»

«Was denn gehört, A. B.?»

«Pst! Hör doch!»

Mit den Gästen waren auch die Wolken verschwunden. Die Milchstraße zog sich leuchtend über den afrikanischen Nachthimmel. Weil es inzwischen viel zu spät geworden war, um noch eine Nachtfahrt zu unternehmen, hatte Mr. Patel, ermutigt durch die kühle Nachtluft und die dritte Flasche Tusker, den Tiger zu einer Partie Snooker herausgefordert und lag bereits fünfzig Punkte zurück. Mr. Gopez und Mr. Malik saßen bei einem Verdauungsgläschen Johnnie Walker auf ein paar Hockern am Lagerfeuer, direkt unterm Sternenzelt. Es hat etwas ganz Besonderes an sich, unter Sternen zu sitzen. Man muss kein Astronom sein, man braucht auch keine Religion. In einer klaren kenianischen Nacht zum Himmel emporzublicken bedeutet, sich einer anderen Dimension bewusst zu werden, etwas Weiterem, Größerem. Allerdings gibt es auch in diesem himmlischen Balsam eine Fliege, und das sind die Geräusche.

«Da – hast du gehört? Hyänen, ganz sicher! Und zwar ganz schön nah!» Mr. Gopez sah sich um, spähte jenseits des Scheins von Feuer und Laternen in die Dunkelheit und erschauderte.

Jene von Ihnen, die wie ich auf dem Land aufgewachsen sind – ich bin in Südengland groß geworden –, mögen mit den Geräuschen wilden Getiers bei Nacht vertraut sein. Der langgezogene, traurige Schrei der Schleiereule oder der klagende Ruf des Waldkauzes wird wahrscheinlich nicht mal bis zu Ihrem Bewusstsein vordringen. Der Schrei einer läufigen Füchsin wird Ihr Blut nicht in Wallung bringen, und sicher lässt Sie auch das durchdringend hohe Bellen des Fuchsrüden kalt; das teuflische Schnüffeln des räuberischen Igels lässt Sie weder erbleichen noch zusammenzucken. Doch selbst gestandene Männer aus Buckinghamshire reagieren auf die Geräusche der afrikanischen Nacht alles andere als ruhig. Denn da draußen gibt es Tiere, die einen fressen wollen.

«Hyänen?», fragte Mr. Malik. «Bist du sicher?»

«Ja. Ich habe neulich eine Dokumentation über Hyänen auf dem Discovery Channel gesehen. Sie sind gar nicht so feige, wie alle immer sagen. Sie kauen auch nicht nur auf den Resten rum, die die Löwen ihnen übrig gelassen haben. Sie mögen frisches Fleisch. Und ganz schön schlau sind sie auch.»

Mr. Malik dachte eigentlich, er habe genug Safarierfahrung gesammelt, um das Stimmrepertoire einer Hyäne in all seiner Vielfalt zu kennen. Dieses Geräusch gehörte nicht dazu, aber er war zu klug, um seinem Freund zu widersprechen.

«Ich frage mich, ob es nicht auch etwas anderes sein könnte», sagte er. «Ich weiß, was wir tun. Wir fragen Benjamin.»

Benjamin war natürlich nicht auf dem englischen Land aufgewachsen. Er war in der östlichen Provinz von Kenia geboren und hatte dort seine frühe Kindheit damit verbracht, im Staub oder Schlamm zu spielen, je nach Jahreszeit, und später hatte er dann Verantwortung zuerst für die Hühner und dann für die Ziegen übertragen bekommen (im

Großen und Ganzen waren die Hühner ihm lieber gewesen). Als die Dorfgemeinschaft ihn für alt genug hielt, wurde er zur Schule geschickt. Er lernte, auf Englisch und Suaheli zu lesen und zu schreiben, und hatte während seines fünf Kilometer langen Schulweges noch immer genug Zeit, auf einen Baum zu klettern und in ein Vogelnest zu spähen oder einer Grabwespe dabei zuzusehen, wie sie ein Loch grub und es mit komatösen Raupen füllte, oder um einen Mungo zu ärgern, indem er seinen schnatternden Warnruf nachahmte. Jeden Morgen freute er sich darauf, nachzusehen, welche Tiere in der Nacht die Straße überquert hatten oder an der Straße entlangspaziert waren. Die Spuren vierbeiniger Tiere waren nicht allzu schwer zu lesen, aber den Unterschied zwischen einem Hundertfüßler und einem Tausendfüßler oder einem Python und einer Mamba herauszufinden, war für ihn eine Quelle endloser Faszination. Mr. Malik und Mr. Gopez entdeckten Benjamin im Küchenzelt, wo Ally Dass ihm soeben den Teller mit Reis und Curry belud.

«Sehr gutes Essen, Mr. Malik.»

«Ja, da hast du recht, Benjamin. Ich habe mich gefragt, ob du dieses Geräusch eben auch gehört hast. Wir sind uns nicht ganz sicher, was es gewesen ist.»

Bei Naturforschern ist allgemein bekannt, dass, sobald man jemanden fragt, ob er ein Geräusch hört, der Erzeuger des betreffenden Geräusches verstummt. Der Ochsenfrosch, der seit Morgengrauen unentwegt gequakt hat, um ein Froschfräulein in seine Ecke des Teichs zu locken, wirft einen Blick auf die Armbanduhr und stellt fest, dass es Zeit für eine Kaffeepause ist; die Rohrdommel, die stundenlang in den Binsen vor sich hin gekeckert hat, beschließt auf einmal, die musikalische Bühne zu verlassen und mehrtägige Schweigeexerzitien zu absolvieren. Aus irgendeinem Grund jedoch hielt sich das Tier, das Mr. Gopez gehört hatte, nicht an diese Regel. Sie hörten ein leises Pfeifen, das langsam anschwoll, immer lauter wurde und sich schließlich zu einem Geräusch steigerte, das dem eines achtjährigen Kindes, das langsam erdrosselt wird, nicht unähnlich war.

«Dieses Geräusch?», fragte Benjamin mit vollem Mund.

«Ja, dieses», bestätigte Mr. Malik. «Mein Freund Gopez glaubt, es könnte eine Hyäne gewesen sein.»

«Nein, Mr. Malik. Es ist viel kleiner als eine Hyäne.»

«Ist es ein Schakal?»

«Nein, Mr. Malik, es ist viel kleiner als ein Schakal. Es ist ein Schlieferchen, Sie wissen schon, die wohnen in den Bäumen.»

Dendrohyrax arboreus, in Kenia allgemein als Baumschliefer bekannt, ist ein Säugetier von etwa der Größe einer kleinen Katze – obwohl es ohne seinen Schwanz eher an ein aufgeblasenes Meerschweinchen erinnert. Im Gegensatz zu seinem etwas geselligeren Verwandten, dem Klippschliefer, bevorzugt der Baumschliefer das monogame Leben mit lediglich einem Vertreter des anderen Geschlechts, und während man seine promiskuitiven Cousins auch bei Tage um ihre Höhlen und Löcher herumspringen sieht, kommen die Baumschliefer erst bei Einbruch der Nacht aus ihren Verstecken in hohlen Bäumen hervor. Sie spazieren durch die Nacht, mümmeln Blätter, starren den Mond an und lehren noch den furchtlosesten Helden, der ihre beeindruckenden Tonfolgen nicht kennt, das Fürchten. Bei Sonnenaufgang haben sie sich bereits wieder in ihre Baumhöhlen verkrochen, um zu rasten und zu verdauen. Es sind behäbige und unauffällige Tierchen. Der vielleicht größte Anspruch auf Ruhm, den die Baumschliefer für sich reklamieren können, findet sich in ihrem Stammbaum wieder. Denn wenn man den über fünfzig Millionen Jahre zurückverfolgt, stellt man fest, dass ihr nächster Anverwandter weder die Katze noch das Meerschweinchen ist, sondern der Elefant – eine interessante Tatsache, die Letzterem kaum jemals eine Erwähnung wert ist.

«Ah ja. Vielen Dank, Benjamin. Ach, beinahe hätte ich es vergessen. Hättest du morgen früh wohl Lust auf einen Rundflug? Natürlich nur bei gutem Wetter. Mr. Johnson sagt, er hätte noch einen Platz frei.»

«Mr. Malik!» Benjamin grinste von einem Ohr zum anderen. «Sehr große Lust sogar.» Er dachte einen Augenblick nach. «Mr. Malik …?»

«Ja, Benjamin?»

«Bitte seien Sie besonders vorsichtig. Nur für den Fall. Wenn Sie wieder ein *Juali* sehen, fassen Sie ihn vielleicht lieber nicht an.»

22

Ein Regentropfen hat kein Gedächtnis

Rose Mbikwa rieb sich die Augen. Obwohl es gerade erst hell wurde, saß sie bereits seit einer Stunde vor dem Computer. Sollte sie um diese Uhrzeit nicht eigentlich noch schlafen? Sie lehnte sich zurück und ließ den Blick durchs Wohnzimmer schweifen. Ja. Es hatte sich hier nichts verändert – und doch war vier Jahre nach ihrer Abreise nach Schottland alles anders geworden. Früher war ihr das Leben in Nairobi so einfach vorgekommen. Montags Korrespondenz. Dienstags Vogelwanderung. Mittwochs und donnerstags Führerschulungen im Museum. Freitags einkaufen – in der Begleitung von Elizabeth zum Feilschen und mit Reuben, der ihr beim Tragen half. Aber jetzt?

Der Entschluss, die Führung der Vogelwanderungen nicht wieder zu übernehmen, stand fest. Das hätte sie Jennifer Halutu gegenüber als unfair empfunden – nach allem, was Hilary ihr erzählt hatte, machte Jennifer ihre Sache sehr gut (und obwohl die Teilnehmerzahlen anfänglich gefallen waren, befanden sie sich inzwischen wieder auf stabilem Niveau). Und das Ausbildungsprogramm für Touristenführer, das sie vor über zwanzig Jahren im Nationalmuseum ins Leben gerufen hatte – na ja, das lief eindeutig auch ohne sie sehr gut. Vielleicht war es an der Zeit, etwas Neues zu beginnen. Aber vielleicht, dachte Rose, sollte sie auch einfach einen Gang zurückschalten. Die letzten Monate, in denen sie ihren Vater gepflegt hatte, waren nicht einfach gewesen. Vielleicht war die Zeit gekommen, im Staffellauf des Lebens den Stab dem nächsten Läufer in die Hand zu drücken. Vielleicht war die Zeit gekommen, sich hinzusetzen und die Blumen zu genießen. Sie sah zum Fenster hinaus, betrachtete den hell werdenden Himmel und hatte auf einmal die Stimme ihres Vaters im Ohr. Sie war nicht überrascht, ihn zu hören – er hatte seit seinem Tod schon oft mit ihr gesprochen. Allerdings war Rose einigermaßen überrascht über das, was er ihr zu sagen hatte.

«Zurückschalten?», sagte die breite Tieflandstimme, die sie so sehr liebte, «ach was, Mädel!»

Mr. Malik wurde von einem Geräusch geweckt, das klang wie Regen, der aufs Zeltdach prasselte, was seltsam war, denn er war sich sicher, dass er kein zweites Chamäleon berührt hatte, nicht einmal im Traum. Doch als sein Verstand den Schlaf abgeschüttelt hatte, wurde ihm klar, dass draußen bereits die Dämmerung hereingebrochen war und das Geräusch sich veränderte. Es wurde lauter und kam immer näher. Es war ein Flugzeug. Er streckte gerade noch rechtzeitig den Kopf zum Zelt hinaus, um Beryl mit gewagtem Flügelwackeln vorbeidröhnen zu sehen. Dann war sie wieder aus seinem Blickwinkel verschwunden und hinterließ anstelle von Stille das Kreischkonzert von hundert unsichtbaren, aufgebrachten Buschtieren.

Als die Ausflügler ins Lager zurückkehrten, stand die Sonne bereits hoch am blauen Himmel und präsentierte den Mount Kenya in all seiner majestätischen Pracht. Der Berg wirkte ungleich näher als am Vortag, wo man nur grau verhangene, flüchtige Blicke auf ihn werfen konnte. Die hungrigen Abenteurer begaben sich auf direktem Wege ins Speisezelt, wo Mr. Malik dabei zusehen konnte, wie wieder ein Berg verschwand, als Ally Dass Reis und Linsen auf Benjamins Teller lud. Zwischen den Bissen berichtete Benjamin von seinem aeronautischen Abenteuer – Elefanten, riesengroße Gnuherden, der Leopard, den er ganz oben auf einer Schirmakazie entdeckt hatte.

«Dabei fällt mir was ein. Hast du letzte Nacht zufällig einen Leoparden in der Nähe des Lagers gehört?»

Der Klang eines Leoparden ist, wenn man ihn erst einmal kennt, unverwechselbar – eine Art Mischung aus Knurren, Brüllen und Seufzen.

«Allerdings, Mr. Malik. Aber es waren zwei.»

«Tatsächlich?», sagte Mr. Malik. «Ich habe nur einen gehört.»

«Sie haben recht. Nur einer hat Geräusche gemacht.»

Das ergab in Mr. Maliks Ohren wenig Sinn.

«Äh … bitte verzeih mir die Frage, Benjamin», sagte er und trank einen kleinen Schluck frischen Maracujasaft, «aber woher weißt du, dass es zwei waren, wenn du nur einen gehört hast?»

«Wegen den Pfoten, Mr. Malik.»

«Was? Sie waren so nah, dass du ihre Schritte hören konntest?» Leoparden gelten als äußerst leichtfüßig. «Das erscheint mir ein wenig zu nah.»

«Nein, Mr. Malik. Ich meine, ich habe heute Morgen die *Abdrücke* gesehen. Kommen Sie mit, ich zeige es Ihnen.»

Benjamin stellte den Teller ab und führte Mr. Malik etwa fünfzig Meter den sandigen Pfad hinunter, der noch feucht war vom Regen des Vortages. Auch Mr. Patel und Tiger Singh hatten sich angeschlossen.

«Da, sehen Sie?», sagte Benjamin und deutete auf einige Spuren im Sand. «Vorne geht ein Leopard. Ganz langsam. Dann dahinter ein zweiter, ein bisschen schneller. Der erste eine Frau, der zweite ein Mann. Ich glaube, der Mann war hinter der Frau her.»

Mr. Malik starrte die Spuren im Sand an. Wenn er sich sehr konzentrierte, gelang es ihm tatsächlich, zwei verschiedene Spuren herauszulesen. Aber woran Benjamin festmachen wollte, dass der eine schneller unterwegs gewesen war als der andere, und weshalb er glaubte, sie wären von unterschiedlichem Geschlecht gewesen, war ihm schleierhaft.

Tiger Singh war offensichtlich ebenfalls ratlos.

«Wie um alles in der Welt willst du das wissen?»

«Die erste Spur hier – sehen Sie, Mr. Tiger? Die Abdrücke sind flach – Pfoten, die gehen.» Benjamin deutete auf vier Abdrücke und dann auf weitere vier, die ein regelmäßiges Muster bildeten. «Dann kommt der zweite Leopard anspaziert – hier, sehen Sie? Zweiter Leopard tritt auf Spuren von erstem Leopard.» Er zeigte auf vier Abdrücke, die beim näheren Hinsehen tatsächlich die erste Spur überlagerten. «Bei der zweiten Spur haben die Pfoten den Sand ein bisschen nach hinten gedrückt, und die Abdrücke sind weiter auseinander – Pfoten in Eile. Und, sehen Sie hier, sie sind auch breiter als die ersten. Der erste ist ein Frauenleopard, der zweite ist ein Männerleopard.»

«Ich glaube, jetzt, wo du es uns erklärt hast, sehe ich es auch, Benjamin», sagte Mr. Malik. «Aber weshalb glaubst du, dass das Männchen hinter dem Weibchen her war?»

Benjamin grinste.

«Ich glaube, der Mann ist immer hinter der Frau her – oder etwa nicht, Mr. Malik?»

Mein Freund Kennedy hat mir erzählt, dass er früher öfter einen Massai-Freund in seinem Dorf besuchte und eine Weile dort blieb – irgendwo draußen am Kilimandscharo, glaube ich. Die Massai hegen eine ganz besondere Beziehung zu ihrem Vieh – sie sind wirklich der Meinung, alles Vieh auf Erden gehöre rechtmäßig ihnen. Naturgemäß haben Löwen und Leoparden ihnen diesen Anspruch immer wieder streitig gemacht, und zu jener Zeit hatte ein ganz spezielles wildes Tier regelmäßig für Ärger gesorgt. Immer um Neumond herum schlich es sich nachts in den *Enkang* und machte sich mit einer Ziege oder einem neugeborenen Kalb davon. Ganz gleich, wie sorgfältig die Männer den Zaun auch webten, ganz gleich, wie viele Feuer sie nachts brennen ließen, der gewiefte Eindringling fand stets die Schwachstelle im Zaun, kroch herein und verschwand mit seiner Beute, ohne gesehen zu werden. Am nächsten Morgen war das Verbrechen zwar offensichtlich, doch gab es so gut wie nie irgendwelche Pfotenabdrücke. Was auch immer für ein Tier durch die geheimnisvolle Schwachstelle in den *Enkang* eindrang und ihn, die Beute hinter sich herzerrend, auf gleichem Wege wieder verließ, es verwischte auf diese Weise sämtliche Spuren seiner Identität. Viele Monate lang blieben alle Versuche, den Plünderer abzuhalten oder zu erwischen, vergebens. Es machten bereits Gerüchte die Runde, die von übernatürlichen Kräften sprachen. Trotz seiner irischen Abstammung vertritt mein Freund Kennedy absolut rationale Ansichten. Könnte es womöglich sein, fragte er seinen Freund, dass der Kälbchenmörder weder Löwe noch Leopard noch Kobold war, sondern ein Mensch?

Und tatsächlich! Zwei Nächte später wurde ein Tölpel aus dem Nachbardorf in flagranti mit einer der jüngeren Cousinen seines Freundes ertappt. Der junge Mann gab bald zu, dass er nach jedem heimlichen Besuch neben süßen Erinnerungen an eine Liebesnacht auch ein kleines Exemplar tragbaren Nutzviehs mitgenommen hatte, um seine Spuren zu verwischen. Der junge Mann wurde gebührend gezüchtigt, Wiedergutmachung wurde vereinbart und die Hochzeit arrangiert. Meinem Freund Kennedy als Held der Stunde wurde die traditionelle Massai-Ehre einer Schale frisch gemolkener Milch, vermischt mit Rinderblut, zuteil und zudem die nächtliche Gesellschaft der Frau seines Gastgebers. Er hat mir erzählt, dass er sich, weil ihm so viel Ehre für eine derart unbedeutende Gefälligkeit unangemessen schien, nur in der Lage sah, eine der beiden Ehrungen anzunehmen – welche, hat er mir allerdings nie erzählt.

Die beiden Leoparden waren anscheinend nicht die einzigen Tiere, die nachts ums Lager geschlichen waren. Benjamin konnte die Spuren eines Kudu identifizieren, einiger Dikdiks, einer Familie Buschschweine und die Spuren einer Horde Affen. «*Tumbili*, glaube ich. Die Pfoten von *Mbega* sehen zwar genauso aus, aber sie würden durch die Bäume gehen, nicht auf dem Boden.»

Mr. Patel deutete auf eine Spur, die er für die eines weiteren Leoparden hielt.

«Nein. Das ist ein kleiner Leopard, ein *Mondo*.»

Benjamin folgte der Spur bis zu der Stelle, wo sie abrupt endete.

«Was ist passiert?», fragte Mr. Patel.

Benjamin schlich mit prüfendem Blick um ein Grasbüschel herum. In knapp drei Metern Entfernung hob er eine Feder vom Boden auf und kehrte zu den anderen zurück, die noch immer an der Stelle standen, wo sich das Tier offenbar plötzlich in Luft aufgelöst hatte.

«Hier. Sehen Sie die tiefen Abdrücke und die Krallenspuren?» Er ging in die Hocke und deutete auf zwei Abdrücke. «*Mondo* geht langsam. Dann hört er was, da drüben. Er dreht sich um. Er springt. Da drüben landet er. Direkt auf einem Vogel.»

«Und was für ein Vogel, Benjamin?», fragte Mr. Malik.

Benjamin drehte die blassgraue Feder zwischen Daumen und Zeigefinger hin und her.

«Mit Vögeln kennen Sie sich bestimmt besser aus als ich, Mr. Malik. Vielleicht ein Kiebitz?»

Mr. Malik nahm ihm die Feder aus der Hand.

«Damit hast du sicher recht, Benjamin.»

Auf dem Rückweg ins Lager machte Benjamin sie auf weitere, kleinere Spuren aufmerksam. Hier die Spur eines eifrigen Käfers, da die kreuz und quer verlaufenden winzigen Sträußchen von jeweils vier Mausepfoten. Sie sahen die gewundene Spur einer Schlange, die, wie Benjamin sagte, ganz frisch sein musste. Sie zog sich über die Fußabdrücke, die sie selbst erst vor wenigen Minuten hinterlassen hatten.

Als sie wieder im Lager waren, berichtete Petula weitere Einzelheiten des frühmorgendlichen Rundfluges. Beryl hatte sie bis zum Mount Kenya gebracht.

«Aber nicht bis zum Gipfel. Dickie – Mr. Johnson – sagt, das ist für ein Flugzeug ohne Druckausgleich zu hoch. Aber wir haben den Berg umrundet. Und weil wir so tief flogen, haben wir jede Menge gesehen. Eine Elefantenfamilie mit zwei Jungen – das kleinere war höchstens ein paar Wochen alt. Sie waren am Fluss zur Tränke. Und wir haben ein schwarzes und zwei weiße Nashörner gesehen und ein Straußenweibchen auf seinem Nest. Dann ist eine Riesenschar

Pelikane den Tana entlanggeflogen, nur ein paar Meter über dem Wasser, und die Sonne hat sie von oben beschienen. Sie waren wunderschön!»

Für eine Frau, die gerade eine dreijährige Verlobung gelöst hatte, wirkte Petula erstaunlich fröhlich.

«Ich glaube», sagte Mr. Malik, «bei den Straußen bewacht das Männchen das Nest. Aber es muss tatsächlich wunderschön sein, das alles von oben zu sehen. Und wo ist Mr. Johnson jetzt – hast du ihn denn nicht gebeten, mit uns zu frühstücken?»

«Onkel Dickie bringt Beryl zu Bett», sagte Angus Mbikwa.

Petula lachte.

«Ja. Er sagt, sie wird immer müde, wenn sie so früh rausmuss. Ach, und auf einem Baum haben wir einen Leoparden gesehen – oh, das hat Benjamin dir ja schon erzählt – und eine Warzenschweinfamilie in einer Reihe hintereinander und Tausende Zebras und … Angus, was haben wir noch gesehen?»

«Oh … noch viel, viel mehr. Aber ich finde auch, dass die Rötelpelikane etwas ganz Besonderes waren, so tief unten im Morgenlicht. Den Anblick werde ich sicher nie vergessen.»

Mr. Malik lächelte. Natürlich konnte ein Sohn von Rose Mbikwa einen Rötel- von einem Rosapelikan unterscheiden, selbst aus einhundert Metern Entfernung.

23

Wenn du einem Affen Wasser gibst, erwarte nicht, deine Kokosnussschale wiederzusehen

Sind wir wie die Affen, fragte sich Mr. Malik, oder sind die Affen wie wir? Wie Hilary Fotherington-Thomas bereits im Vorfeld erzählt hatte, war in der alten, verlassenen Farm unten am Fluss eine Horde Paviane eingezogen. Mr. Malik hatte den Fahrer des Safaribusses gebeten, dort haltzumachen. Die meisten Paviane hatten es sich im Schatten der alten Veranda gemütlich gemacht – Pärchen gaben sich der Fellpflege hin, Mütter säugten ihre Kinder, junge Paviane tollten paarweise oder in Gruppen herum. Es waren die jüngeren, die womöglich am menschlichsten wirkten. Sie jagten einander und zankten sich wie Kinder auf einem Spielplatz. Auf dem Verandadach thronte das alte Pavianmännchen. Obwohl Mr. Malik seine unter buschigen Brauen verborgenen Augen nicht sehen konnte, spürte er doch, wie der Alte ihn beobachtete. Ihm entging nichts. Die Safarigruppe blieb mindestens eine halbe Stunde – keiner wollte weiterfahren –, bis aus der Ferne ein lautes Hicksen erklang.

«Ein Zebra!», flüsterte Benjamin. «Ein Warnruf. Mr. Malik, wollen wir mal nachsehen?»

Mr. Malik bedeutete dem Fahrer, den Motor zu starten.

Am Flussufer stießen sie auf eine kleine Zebraherde, nicht einmal einhundert Meter von ihnen entfernt. Die Tiere wirkten nervös. Eines von ihnen, ein Hengst, hielt den Blick starr auf ein paar Büsche geheftet. Der Fahrer hielt an. Einige Minuten darauf schien der Hengst sich zu entspannen und senkte den Kopf, um mit den anderen Zebras weiterzugrasen. Aus dem Augenwinkel bemerkte Mr. Malik eine Bewegung im Gebüsch. Es war eine Löwin. Tief geduckt kroch sie, langsam ein Bein vor das andere setzend, aus dem Busch und ging direkt hinter dem Bus in Deckung.

«Sie benutzt uns, um sich zu verstecken, Mr. Malik!», flüsterte Benjamin, «vor den Zebras.»

So seltsam es klingt, aber während noch der kleinste Mensch zu Fuß jedes Zebra und jeden Löwen im Umkreis einer halben Meile sofort dazu bringt, die Hufe respektive Pfoten zu schwingen und Reißaus zu nehmen, erregen zehn Menschen in einem Minibus offensichtlich nicht den leisesten Verdacht. Das ansässige Wild hält die Menschen in der Blechkiste wohl für einen großen, aber harmlosen Mitbewohner. Eine Minute später trafen auch die anderen beiden Busse ein. Weder die Zebras noch die Löwin nahmen Notiz von ihnen. Die Löwin hatte sich inzwischen bis auf einen knappen Meter an die Stelle herangepirscht, wo Mr. Malik auf seinem Sitz saß. Sie war so nah, dass er die Atembewegung an ihrer linken Flanke sehen konnte. Dann, wie ein Rennpferd nach dem Startschuss, war sie weg. Ehe die Zebras auch nur daran denken konnten, zu reagieren, hatte die Löwin bereits die halbe Strecke hinter sich gebracht. Schnaubend und wiehernd stoben sie auseinander.

Die Löwin hatte sich ihr Opfer schon im Vorfeld ausgesucht. Das geduldige Beobachten hatte dazu gedient, herauszufinden, welches das jüngste oder älteste oder schwächste Tier der Herde war – also welches das leichteste

Opfer war. Die Safariteilnehmer sahen gebannt zu, wie sie einem bestimmten Tier nachjagte und ihm mit jeder Sekunde näher kam. Das Zebra rannte auf den Fluss zu. Dann verschwanden beide Tiere hinter einem dichten Merubusch, das Zebra war der Wildkatze nur noch einige Zentimeter voraus. In drei Minibussen hielten achtundzwanzig Leute den Atem an.

«Da!»

Benjamin zeigte auf einen dunklen Schatten auf der anderen Seite des Gebüschs. Es war der Kopf des Zebras. Die Augen waren weit aufgerissen, die Zunge hing aus dem geöffneten Kiefer. Es war tot. Dann erschien der Kopf der Löwin. Mit dem Maul hielt sie die Kehle des Zebras umklammert, dort, wo sie, sobald sie ihre Beute zu Boden gerissen hatte, die Zähne hineingeschlagen und dem Tier damit die Luftzufuhr abgeschnitten hatte. Aus den drei Bussen war Keuchen zu hören, vor Schreck angesichts des Todeskampfes, der sich fast direkt vor den Augen der Zuschauer ereignet hatte, und angesichts der großartigen Kraft der Löwin, die ein Tier an seinem Hals gepackt hielt, das – mindestens – doppelt so schwer war wie sie selbst, als trüge sie einen Einkaufskorb nach Hause.

«Wenn sie ihre Beute mitnimmt, hat sie Junge», sagte Benjamin. «Sonst würde sie es hier fressen.»

Und tatsächlich, als die Löwin ihre Beute noch ein paar Meter weiter gezerrt hatte, tauchten aus einem anderen niedrigen Busch zwei Löwenjunge auf, beide mit dem grau gefleckten Fell von Säuglingen.

«Und wo ist das übrige Rudel?», wollte Mr. Gopez wissen.

«Wenn eine Löwin Junge hat, verlässt sie das Rudel, Mr. A. B. Meistens nur für ein paar Wochen, aber manchmal auch für immer.»

«Aber diese Jungen sind doch noch viel zu klein, um das Zebra zu fressen, oder?»

«Ja, sie trinken noch die Milch ihrer Mutter. Aber ich glaube, so kann sie leichter aufpassen. Sie kann selbst fressen, ihre Jungen füttern und sich andere Tiere vom Leib halten.»

Nachdem die Löwin ihre Kleinen mit einem leisen, aber zweifellos zärtlichen Knurren begrüßt hatte, legte sie sich neben das tote Zebra und fing an, sie zu säugen.

Mir ist natürlich völlig klar, wie die Frage lautet, die Ihnen wie wohl den meisten Lesern jetzt im Kopf umgeht. An welchem Zebra genau labt sich unsere Löwin hier wohl gerade? Von den beiden in Kenia beheimateten Arten würde ich mein Geld auf das Burchell-Zebra setzen, *Equus quagga*, Unterart *burchellii*. Größe und Standort der Herde und die Tatsache, dass ein Hengst statt einer Stute der Chef zu sein scheint, lässt eher auf diese Art schließen als auf ein Grevyzebra, *Equus Grevyi*. Wüssten wir, ob das getötete Zebra weiß mit schwarzen Streifen oder schwarz mit weißen Streifen war, wären natürlich alle Zweifel beseitigt. Ohne diesen entscheidenden Hinweis ist es jedoch unmöglich, eine sichere Aussage zu treffen.

Ein Stückchen weiter flussaufwärts bot sich den Safariteilnehmern ein großartiger Ausblick auf eine Horde schwarzweißer Stummelaffen, die von den Bäumen gekommen waren, um zu trinken. Nach Benjamins Aussage war dies höchst ungewöhnlich – diese Affen decken ihren Wasserbedarf normalerweise über die Früchte und Blätter, die sie fressen, und wenn sie trotzdem Durst bekommen, suchen sie in Baumhöhlen nach Wasser. Diese spezielle Horde jedoch schien sich auf ebener Erde keineswegs unwohl zu fühlen. Mit viel Gebrüll und unter krachenden Ästen folgten sie einander in einem wirren schwarzweißen Durcheinander auf die Erde. Einige kleinere und vermutlich auch jüngere Exemplare hielten es offensichtlich für einen großen Spaß, sich von der Spitze eines Astes in knapp zwanzig Metern Höhe in einen niedrigen Busch fallen zu lassen, aus dem sie kurz darauf völlig unversehrt wieder zum Vorschein kamen.

«Was meint ihr? Ob die schwimmen können?», fragte Mr. Patel.

Wie zur Antwort rannte einer der jüngeren Stummelaffen mit voller Geschwindigkeit einen kleinen Felsen am Flussufer hinauf wie auf eine Rampe, warf sich in die Luft und landete mit einem befriedigten Platscher mitten im Wasser. Sobald er wieder ans Ufer geschwommen war, machte er sich bereit, die Übung zu wiederholen, genau wie ein übermütiger Teenager im Freibad. Diesmal folgte ihm ein zweiter junger Affe nach. Beide schwammen ans Ufer und trieben einander neckend in den Schatten.

«Mein Gott!», sagte Mr. Gopez. «Seht mal da drüben – ist das etwa ein Krokodil?»

Gut zehn Meter von den jungen Affen entfernt bewegte sich etwas durchs Wasser – und, ja, diese Augen, diese Nüstern waren unverkennbar.

Ein ausgewachsenes Nilkrokodil kann ein Zebra und sogar einen Büffel töten. Obgleich dieses Exemplar einer solchen Herausforderung nicht ganz gewachsen gewesen wäre, so war es doch zweifelsohne groß genug, um einen jungen Stummelaffen mit einem einzigen Happs zu verspeisen. Ein erwachsener Affe richtete sich auf und stieß einen Schrei aus. Doch statt davonzulaufen, nahmen die jungen Affen ein paar Steine und fingen an, das Krokodil damit zu bewerfen. Sekunden später stand die ganze Affenbande am Ufer und ließ Steine ins Wasser regnen. Die Insassen der Safaribusse beobachteten, wie das Krokodil zu schwimmen aufhörte. Vielleicht kam ihm in seinem sehr langsamen, trägen Reptilienhirn der Gedanke, dass an Affen heutzutage eigentlich auch kaum mehr was dran ist, jedenfalls machte es kehrt und schwamm davon.

Affenfleisch zeichnete sich bei der Rückkehr ins Lager allenfalls durch Abwesenheit auf der Speisekarte aus. Die hungrigen Ausflügler nahmen gern mit einer schlichten Auswahl an frisch gekochten *Pakoras* vorlieb, gefolgt von würzigem *Murgh Masala*, einer großen Schüssel *Mattar Paneer* und einem cremigen *Koya Gobi Mattar* mit Blumenkohl und Pilzen. Dazu gab es den guten alten Navratanreis. Als das Geschirr abgeräumt und gespült war, war der Zeitpunkt zum Aufbruch gekommen.

Der Churchman's-Portable-Billardtisch war zweifelsohne ein durchschlagender Erfolg gewesen. Was für eine durch und durch erstaunliche Erfindung, dachte Mr. Malik, als er Benjamin dabei zur Hand ging, den Tisch wieder zusammenzupacken. In aufgebautem Zustand war die Fuge zwischen den beiden Tischhälften kaum zu erkennen, aber nach ein paar Drehungen der Zugstangen gegen den Uhrzeigersinn lösten sich die Hälften voneinander, während ein zweiter Mechanismus dafür sorgte, dass sich die Füße einklappten, die auf kleinen Rollen in einer Schiene liefen, die fest in die jeweilig zugehörige Kiste montiert waren. Als beide Hälften flach in ihrer Kiste lagen, legten Mr. Malik und Benjamin die Mahagoniplatten obenauf und hoben die Deckel auf die Kisten. Die Kisten waren von der gleichen Qualität wie der Tisch selbst. Dicker Filz und perfekter Sitz sorgten dafür, dass der

Inhalt auf dem Rücktransport nach Nairobi bestens geschützt war. Um ein Uhr erschien wie verabredet der Reisebus.

Tiger Singh bot Angus Mbikwa an, in seinem Range Rover mit ihm zurückzufahren.

«Vielen Dank, Mr. Singh, aber ich bin bestens versorgt.»

«Ach, natürlich – Sie fliegen sicher mit Mr. Johnson zurück.»

«Nein, Miss Malik fährt mich nach Hause.»

«Oh, bitte», sagte Petula, «vielleicht möchtest du doch lieber bei Mr. Singh mitfahren? Sein Range Rover ist sicher sehr viel bequemer.»

«Aber Petula, wir müssen doch noch die Termine für nächste Woche abstimmen. Also, vielen Dank, Mr. Singh, ich fahre bei Miss Malik mit.»

«Nettes Kerlchen», sagte Mr. Patel und stellte sich neben Mr. Malik, um zu winken, als die beiden in Petulas kleinem Suzuki davonfuhren. «Ich habe gestern beim Abendessen ein bisschen mit ihm geplaudert. Hat mir von seinem neuen Posten erzählt, und da habe ich ihn gebeten, doch nächsten Dienstag bei uns im Club einen Vortrag zu halten. Er hat gesagt, es wäre ihm ein Vergnügen. Weißt du irgendwas von dieser Aufklärungs-Nummer?»

«Clarity International? Ja, die wollen sich darum kümmern, dass Regierungen sauber arbeiten. Petula sitzt im örtlichen Vorstand. Da hat sie ihn auch kennengelernt, weißt du?»

«Ach, und ich dachte, die kennen sich über seine Mutter. Ist doch eine Freundin von dir, oder täusche ich mich?»

Mr. Patel war nicht der Einzige gewesen, der sich vor vier Jahren auf dem Nairobi-Hunt-Club-Ball gewundert hatte, Mr. Malik auf der Tanzfläche zu sehen. Und wie alle anderen auch hatte er Mr. Maliks Tanzpartnerin bemerkt. Der Anblick, wie der kleine, runde Mr. Malik mit der reizenden Rose Mbikwa im Walzertakt quer durch den Ballsaal des Suffolk Hotels pflügte, hatte zu so manchem Tratsch Anlass gegeben – und zwar noch mehrere Wochen nach dem Ereignis.

«Na ja, könnte man wohl so sagen», antwortete Mr. Malik. «Allerdings habe ich sie eine ganze Weile nicht mehr gesehen. Sie war in Schottland, um ihren Vater zu pflegen. Aber ich habe gehört, dass sie zurück ist.»

«Apropos zurück», sagte Tiger Singh, «hätte einer von euch Lust, mit mir zurückzufahren? Das geht schneller als mit dem Bus. Vielleicht bleibt uns sogar noch Zeit für eine kleine Partie im Club, ehe die anderen kommen.»

«Nein danke, Tiger», sagte Mr. Patel. «Ich … äh … ich habe Imran versprochen, auf der Rückfahrt bei den Hausaufgaben zu helfen.»

«Nett von dir, Tiger», sagte Mr. Gopez, «aber ich glaube, ich lege mich lieber in den Bus und halte ein Schläfchen. Fahr du doch bei ihm mit, Malik.»

«Mit Freuden», sagte Mr. Malik. Er wunderte sich zwar ein wenig über die beinahe überstürzte Hast, mit der seine beiden Freunde das Angebot ausgeschlagen hatten, doch vielleicht hatte er so die Gelegenheit, sich mit dem Tiger über ein paar Dinge zu unterhalten, die ihm durch den Kopf gegangen waren. Wie schätzte er die Chancen ein, dass das Clubmaskottchen wieder auftauchte, und was hielt er eigentlich von A. B.s Theorie zum Fall Lord Erroll? Vielleicht hatte der Tiger sogar einen Ratschlag hinsichtlich der Auflösung einer Verlobung für ihn. «Aber wäre es möglich, Benjamin unterwegs abzusetzen? Er fährt für ein paar Tage zu seiner Familie.»

Mr. Malik war noch nie bei Tiger Singh mitgefahren. Und er wollte danach auch niemals mehr in seinem Leben bei ihm mitfahren. Wenn ich Ihnen erzähle, dass die beiden trotz des Umweges über die B6 und nachdem sie Benjamin in Embu an der Bushaltestelle abgesetzt hatten, in weniger als fünf Stunden in Nairobi waren, bekommen Sie eine ziemlich gute Vorstellung davon, wie viele Lastwagen an unübersichtlichen Stellen überholt wurden, wie viele Dorfhunde dem Tod nur um Schnurrhaarlänge entkamen und wie viele Hühner nur um Schnabelbreite überlebten. Als sie im Club ankamen, stand eine Partie Billard jedenfalls nicht zur Debatte – alles, was Mr. Maliks zitternde Hände halten konnten, war ein Glas, und auch das nur mit Mühe.

Er hatte beim Betreten der Eingangshalle sofort bemerkt, dass der Killer von Kima fehlte. Als er das zweite Glas zur Hälfte geleert hatte und spürte, dass sowohl sein Herzschlag als auch der Adrenalinspiegel im Blut langsam wieder unter die kritische Marke rutschten, bat er Tiger Singh, mit ihm noch einmal die Einzelheiten jenes Abends durchzugehen, an dem das Clubmaskottchen verschwunden war. Der Tiger war Freitagabend hier gewesen. Harry Khan hatte ihn aus der Stadt mitgenommen und war auf eine Partie geblieben. Sie beide waren an besagtem Abend als Letzte gegangen.

«Kannst du dich noch daran erinnern, wer an dem Abend sonst noch hier gewesen ist?»

Tiger Singh dachte angestrengt nach.

«Im Billardzimmer war außer uns jedenfalls niemand – ich weiß noch, wie Harry Khan eine Bemerkung darüber machte –, aber ich glaube, in der Bar saßen, als wir kamen, noch ein paar Leute. Ob im Speisesaal oder in einem der anderen Räume noch jemand war, kann ich nicht sagen. Aber als wir gingen, war definitiv niemand mehr da – bis auf den Verwalter natürlich. Das mit der versehentlich zugezogenen Vordertür hatte ich dir ja erzählt, oder nicht? Harry hatte seine Schlüssel im Club vergessen – soweit ich weiß, in seinem Aktenkoffer. Er ging also zurück, um den Koffer aus der Bar zu holen, zog die Tür hinter sich zu und sperrte uns alle aus. Was nicht weiter schlimm war, denn ich hatte noch einen Ersatzschlüssel bei mir zu Hause, und den brachte Harry dem Verwalter, nachdem er mich zu Hause abgesetzt hatte.»

«Wenn das tatsächlich die Bashu-Jungs waren, müssen sie sich irgendwo im Club versteckt haben.»

«Aber selbst wenn. Wie hätten sie denn unbemerkt mit dem Löwen verschwinden sollen? Der lässt sich schließlich nicht unter dem Hut verstecken.»

Und auch nicht in einem Aktenkoffer, dachte Mr. Malik. Wie auch immer, im Augenblick waren sie in dieser Angelegenheit jedenfalls machtlos. Tiger Singh gelang es schließlich doch, Mr. Malik von der entspannenden Wirkung einer Partie English Billiards zu überzeugen, und hatte Gelegenheit, ein paar Runden zu gewinnen, ehe der Bus mit der übrigen Reisegesellschaft eintraf.

«Dieser Club ist nicht mehr der gleiche ohne ihn», sagte Mr. Gopez, als er sich zu ihnen an die Bar gesellte. «Weiß man schon, wie sie es gemacht haben?»

Als Mr. Malik den Kopf schüttelte, fiel sein Blick auf einen blassen Fleck an der Wand.

«Das ist ja seltsam», sagte er. «Hängt da normalerweise nicht unsere Registrierungsurkunde?»

24

Der Affe, den die Schlange biss, hat Angst vor einer Liane

Mr. Malik wachte mit einem großen Schrecken auf. Oh mein Gott, was ist mit den Toiletten? Der Garten mochte ja hundertsiebzig Leute fassen, doch er hatte nur eine Toilette – zwei, falls Benjamin nichts dagegen hatte, dass die Gäste auch seine benutzten. Moment, wozu machte er sich eigentlich noch Gedanken? Es fand ja gar keine Hochzeit statt. Meine Güte, meine Güte, meine Güte! Nicht mal der Tiger hatte eine Idee gehabt, wie man Petula und Salman wieder zusammenbringen konnte. Mr. Malik setzte sich auf und schüttelte den Kopf. Er nahm an, dass Petula wusste, was sie tat. Ihm entfuhr ein tiefer Seufzer. Das war ihm alles viel zu kompliziert. Er griff nach einem Buch von dem Stapel auf seinem Nachttisch.

Auf dem Titel war ein Weißer in kurzärmeligem Hemd und lässiger Haltung abgebildet, der müßig auf einer zu einem Gewässer hin abfallenden Wiese im Gras saß. Neben ihm lag ein riesiger Irischer Wolfshund. Es war ein Foto von Lord Erroll, aufgenommen irgendwann in den dreißiger Jahren am Lake Naivasha. Mr. Malik nahm ein zweites Buch zur Hand. Eine junge Frau in Shorts und kurzärmeliger Bluse blickte ihm entgegen. Sie lag unter ein paar Bäumen auf der nackten Erde. Neben ihr saß ein Gepard, den Kopf in ihre

Hand gelegt. Auf der Schwarzweißaufnahme war die junge Frau etwa sechzehn Jahre alt. Dies war das Mädchen, das behauptete, Sir Jack Delves Broughton hätte ihr den Mord an seinem Rivalen Lord Erroll gestanden. Hatte A. B. doch recht? War es möglich, dass Juanita Carberry die Mörderin war? Sein Freund hatte da zweifellos den Finger in eine Wunde gelegt. Denn der Zeitpunkt ihrer Enthüllung so lange nach den Ereignissen war tatsächlich ein wenig seltsam. Wenn sie damals beschlossen hatte, zu schweigen, weshalb hatte sie es sich später doch anders überlegt, und warum ausgerechnet dann? Und da waren außerdem die Widersprüche in ihren eigenen Darstellungen. War sie zum Zeitpunkt des Mordes in Nairobi gewesen oder nicht?

Trotzdem hatte Mr. Malik mit A. B.s Theorie seine Schwierigkeiten. Wenn Juanita Lord Erroll tatsächlich erschossen hatte, wie war es ihr dann gelungen, seinen Wagen in den Graben zu fahren, und wie hatte sie ganz allein den Leichnam in den Fußraum bugsieren können? Auch die Position des Wagens war seltsam. Wenn der Mörder – wer auch immer es gewesen war – abgewartet hatte, bis der Wagen unten an der Kreuzung abbremste, weshalb stand er dann knapp 150 Meter hinter der Kreuzung an der Nairobi Road, als die Milchfahrer ihn fanden? Irgendetwas stimmte daran nicht. Aber weshalb, dachte Mr. Malik, verschwendete er seine Zeit mit Grübeleien über den Erroll-Fall? Es war aus und vorbei, es war Vergangenheit. Genau wie die Hochzeit.

Er legte die Bücher zurück auf den Stapel neben dem Bett und warf einen Blick auf die Uhr. Er hörte Geräusche aus der Küche, das musste Petula sein. Zeit, aufzustehen. Es gab viel zu tun.

«Ah, da bist du ja, Liebling.» Mit einem Teelöffel hebelte Mr. Malik den Deckel von der Dose Nescafé. «Wie war die Heimfahrt?»

«Schön», sagte Petula und nahm einen Krug mit Maracujasaft aus dem Kühlschrank. «Warst du das etwa in Mr. Singhs Wagen?»

«Ja, richtig, er hat mich mit zurückgenommen.» Mr. Malik löffelte exakt die richtige Menge Kaffeepulver in seine Tasse, gab einen Spritzer Wasser aus dem Hahn dazu und rührte um. Er war der Meinung, dass der Kaffee besser schmeckte, wenn man ihn vor dem Aufbrühen mit etwas kaltem Wasser anrührte. «Ich habe euch gar nicht gesehen.»

«Ihr habt uns und ein paar andere Autos überholt, ziemlich schnell, auf dem Hügel direkt hinter Muranga. Soweit ich das erkennen konnte, hattest du die Augen zu.»

«Tatsächlich?», sagte Mr. Malik und goss heißes Wasser aus dem Kessel in die Tasse. «Da sind mir zwischendurch wohl mal kurz die Augen zugefallen.» Mr. Malik trank ein Schlückchen Kaffee. «Liebling, wegen der Hochzeit …»

«Daddy, Liebster – die Hochzeit findet statt.»

Mr. Malik setzte die Tasse ab.

«Wirklich! Das freut mich aber!»

«Weißt du, Angus hat gesagt, dass du das sagen würdest. Es war gut, darüber reden zu können – mit einem Außenstehenden, wenn du weißt, was ich meine.»

«Dann habt ihr euch also nicht die ganze Heimfahrt lang über Clarity International unterhalten?»

«Wir haben über alles Mögliche gesprochen – sogar ein bisschen über dich. Und er hat mir die Augen geöffnet, dass ich zu Salman womöglich ein wenig zu hart gewesen bin. Er bekommt eine zweite Chance von mir.»

Mr. Malik dachte an seine Arbeit und an seine eigene Ehe zurück. Wie oft musste seine geliebte Frau abends oder am Wochenende allein ausharren, weil es in der Fabrik so viel zu tun gab? Allzu oft. Sie hatte sich nie darüber beklagt. Mr. Malik wusste, dass er all die Fehler, die er in seinem Leben begangen hatte, nicht wieder ungeschehen machen konnte, aber er wünschte manchmal trotzdem, er hätte manche Dinge anders gemacht.

«Arbeit ist nicht alles im Leben – aber vielleicht bist du tatsächlich ein bisschen zu hart gewesen. Dann muss ich das Partyzelt also nicht abbestellen und auch die Gäste nicht wieder ausladen?»

Zur Antwort bekam er einen kleinen Kuss auf die Wange. Das Telefon klingelte.

«Der Tiger hat euch auch angerufen, nicht wahr? Ihr wisst also, worum es geht?»

«Mir hat er nur irgendwas von einem Brief erzählt, A. B.», sagte Mr. Patel. «Hat er dir mehr verraten, Malik?»

«Nein. Aber er klang besorgt – und den Tiger erlebt man nur selten besorgt.»

Als Tiger Singh ein paar Augenblicke später im Club aufkreuzte, war die Furche zwischen seinen Augenbrauen tatsächlich ungewöhnlich tief.

«Ah, da seid ihr ja. Malik, A. B., Patel. Gut!» Er entnahm seiner Aktentasche ein einzelnes Blatt Papier. «Ich komme direkt zur Sache, meine Herren. Heute Morgen habe ich vom Büro des Innenministers per Kurier diesen Brief hier erhalten. Er ist kurz und präzise und macht mich als den Vorsitzenden des Asadi Clubs auf Paragraph 232 der Statuten für das Britisch-Ostafrikanische Protektorat von 1901 aufmerksam, welches später bei der kenianischen Unabhängigkeit *sine legislatio* in Recht und Gesetz überging.»

«Ministerium?», fragte Mr. Malik.

«Statuten?», fragte Mr. Patel.

«Tut mir leid, alter Knabe», sagte Mr. Gopez kopfschüttelnd. «Aber ich verstehe nur Bahnhof.»

Der Tiger legte den Brief vor sich auf den Tisch.

«Besagter Paragraph bezieht sich auf die Bestimmung, dass alle nicht behördlichen und nicht religiösen Organisationen binnen einer Frist von drei Monaten nach Gründung bei der zuständigen Behörde zu registrieren sind. All jene Organisationen, welche die Registrierung versäumen, werden als illegal betrachtet, und der Staat ist berechtigt, sämtliches Vermögen zu beschlagnahmen.»

«Registrierung?», fragte Mr. Malik.

«Zuständige Behörde?», fragte Mr. Patel.

«Vermögen beschlagnahmen? Tut mir leid, Tiger», sagte Mr. Patel. «Ich kapiere immer noch nichts.»

«Es ist im Grunde ganz einfach, meine Herren», sagte Tiger Singh. «Sie versuchen, den Asadi Club in ihre Pfoten zu kriegen.»

Mr. Gopez stöhnte. «Nicht schon wieder!»

«Aber das können sie nicht», sagte Mr. Patel. «Ich meine, er gehört uns, den Mitgliedern.»

«Sie sagen, das müssen wir beweisen.»

«Aber das können wir doch beweisen», sagte Mr. Gopez. «Großer Gott, der Club steht seit hundert Jahren hier!»

«Seit einhundertundsieben, um genau zu sein», sagte Mr. Malik. Er wandte sich an den Tiger. «Das hat etwas mit der Urkunde zu tun, habe ich recht? Die Registrierungsurkunde, die auf einmal nicht mehr da ist.»

«Ich vermute, zwischen den beiden Ereignissen – dem Verschwinden der Urkunde und dem Eingang des Briefes – besteht ein Zusammenhang.»

«Und der Löwe, natürlich», sagte Mr. Malik.

«Vergiss den Löwen», sagte Mr. Patel, «wenn es nur um eine Registrierungsurkunde geht, dann muss es ja wohl irgendwo eine Kopie davon geben, in einem Archiv oder so.»

«Sollte man meinen», sagte der Tiger, «und ich habe den halben Vormittag mit Nachforschungen zugebracht. Sämtliche Kontakte im Innenministerium, beim Grundbuchamt und in der Stadtverwaltung haben mir versichert, dass eine solche Kopie nicht existiert.»

«Natürlich!», sagte Mr. Malik. «Das Feuer!»

«Feuer? Malik, wovon redest du?»

«Von dem Feuer, A. B. – das Feuer in Errolls Amtsstube.»

Der Tiger nickte.

«Genau. Am Dienstag, den elften September 1940 brach in der Amtsstube des damaligen Militärattachés Lord Erroll ein Feuer aus und zerstörte einen Großteil der Unterlagen des kenianischen Protektorates.»

«Ja, ich habe erst heute Morgen darüber gelesen.»

«Das Buch von der Frau, die glaubt, der britische Geheimdienst hätte ihn um die Ecke gebracht?», fragte Mr. Gopez.

«Genau», antwortete Mr. Malik. «Ihrer Ansicht nach hat Erroll das Feuer selbst gelegt – um belastende Beweise zu vernichten.»

«Das ist doch Unsinn!»

«So wie die Theorie, dass er von Juanita Carberry ermordet wurde?», fragte Mr. Patel lächelnd.

Tiger Singh erhob die Hand.

«Meine Herren, ich fürchte, wir müssen uns mit aller Kraft

auf das gegenwärtige Problem konzentrieren. Ganz egal, wie es dazu kam, es ist so gut wie sicher, dass sich unter den Dokumenten, die in dem Feuer vernichtet wurden, auch die Originalakten betreffend Paragraph 232 befanden. Das bedeutet, die Urkunde, die noch bis letzten Freitag an der Wand dieses Clubs hing, ist der alleinige heute noch existierende Beweis für die rechtmäßige Registrierung des Asadi Clubs. Die einzige Möglichkeit, zu beweisen, dass wir registriert sind, ist die Vorlage dieser Urkunde. Ich habe heute Nachmittag mit dem Sekretariat des Ministers gesprochen, genauer gesagt mit seinem Privatsekretär Jonah Litumana. Er hat mich mit aller gebotenen Höflichkeit darauf hingewiesen, dass Regeln nun mal Regeln sind. Uns bleiben vierzehn – nein, dreizehn – Tage, um die Urkunde zu finden.»

25

Eine Schlange kann ihre Haut abstreifen, aber nicht ihre Seele

Ich glaube, von dem großen niederländischen Philosophen des siebzehnten Jahrhunderts, Baruch de Spinoza, stammt der Ausspruch, die Suche nach dem Sinn des Lebens sei wie die Suche nach dem Zweck des menschlichen Ohrläppchens – vielleicht stammt er aber auch von meinem Freund Kennedy. An diesem wolkenverhangenen Nachmittag saß Rose Mbikwa oben vor ihrem Computer und dachte über ihre Vergangenheit, ihre Gegenwart und ihre Zukunft nach. Ihr war klar, dass die Pflege eines alten Vaters Sinn hatte. Ihr war klar, dass ein Kind großzuziehen Sinn hatte. Aber was war mit ihrem jetzigen Leben? Was war mit dem Leben im Allgemeinen? Sie dachte an letzten Samstagabend zurück. Sie hatte sich so sehr mit Harry Khan amüsiert – sie konnte sich gar nicht mehr daran erinnern, wann sie zuletzt so gelacht hatte. Daran, sich zu amüsieren, konnte doch nichts falsch sein? An Gelächter konnte doch nichts falsch sein? Und doch ... und doch. Vom Fenster schallte Gelächter herein und riss Rose aus ihren Gedanken. Rose lächelte – der Klang von Kinderlachen brachte sie immer zum Lächeln. Die jüngsten Enkelkinder von Elizabeth und Reuben waren für ein paar Tage zu Besuch. Seit ihre beiden Eltern gestorben waren, kamen sie oft nach Nairobi. Es verschaffte ihnen Abwechslung von der Hitze und dem

Staub der großen Ebene, in der sie aufgewachsen waren und jetzt zur Schule gingen. Und es verschaffte ihrer Großtante, Elizabeths Schwester, eine Atempause davon, sich um drei derart lebhafte und ungestüme junge Dinger zu kümmern.

Das Haus von Rose Mbikwa war kleiner als die meisten anderen in Serengeti Gardens, doch es besaß einen großen Garten und eine geräumige Personalwohnung – das Zuhause von Elizabeth und Reuben Mahugu. Sie waren kurz nach der Hochzeit von Rose und Joshua in den Dienst der Familie getreten. Rose hatte sich anfangs geweigert, Personal einzustellen. Sie lebte schließlich im zwanzigsten Jahrhundert – sie war eine moderne Frau, die es gewohnt und durchaus in der Lage war, sich um sich selbst zu kümmern, vielen Dank! Glaubte ihr Ehemann etwa, sie befänden sich immer noch in Zeiten des British Empire? Joshua hatte mehrere Wochen benötigt – Wochen, in denen die große Personalwohnung leer und ungenutzt blieb –, um Rose davon zu überzeugen, doch wenigstens zweien der Zehntausende von Arbeitslosen in Nairobi Arbeit und ein ordentliches Dach über dem Kopf zu verschaffen. Nach Joshuas Tod hatte es durchaus Zeiten gegeben, wo das Geld knapp gewesen war und Rose darüber nachgedacht hatte, Elizabeth und Reuben zu entlassen. Aber wohin hätten sie gehen sollen? Und was hätten sie tun sollen? Auch Elizabeths unübertroffene Kochkünste, ihr haushälterisches Geschick und Reubens magische Fähigkeiten, Pflanzen wachsen zu lassen (und den uralten Rasenmäher, der schon lange hätte ersetzt werden müssen, immer wieder dazu zu bringen, seine allwöchentliche Pflicht zu tun), konnten nichts gegen die Tatsache ausrichten, dass die Arbeitsaussichten in Nairobi schon immer schlecht gewesen waren, weil auch heute noch tagtäglich Hunderte von Menschen aus dem ganzen Land mit nichts als Hoffnung im Gepäck in der Hauptstadt eintrafen. Rose hatte im Grunde keinen Bedarf mehr an Hauspersonal. Vielleicht konnten sie in Rente gehen. Mit dem Geld aus dem Verkauf ihres Elternhauses wäre Rose in der Lage, den beiden eine anständige Pension zu bezahlen.

Und vielleicht wurde es auch Zeit, dass sie selbst umzog – sich etwas Kleineres suchte, etwas, das leichter zu handhaben war. Es kam ihr irgendwie falsch vor, dass ein einziger Mensch ein derart großes Haus mit Garten für sich ganz alleine hatte. Na ja, nicht ganz allein. Rose sah zum Fenster hinaus. Die älteren zwei Kinder halfen dem kleinsten, den untersten Ast des Palisanderholzbaums zu erklimmen. Angus' Spielsachen müssten doch eigentlich noch irgendwo sein. Sie sollte sie suchen gehen.

Es klopfte leise an die Tür.

Elizabeth wollte wissen, ob es ihr was ausmachte, wenn die Kinder noch zwei Tage blieben.

«Nein, nein, gar nicht! Ich habe gerade darüber nachgedacht, wie schön es ist, im Garten endlich einmal wieder Kinderlachen zu hören.» Sie erhob sich. Es gab zu tun. «Und würdest du Reuben bitte sagen, er möchte zu mir kommen, wenn er eine Minute Zeit hat – und er soll die kleine Leiter mitbringen. Ich möchte auf den Speicher gehen.»

«Sag schon, Tiger», sagte Mr. Gopez und setzte das Tablett mit den Getränken an dem angestammten Tisch am Fenster ab. «So schlimm kann es doch wohl nicht sein, oder?»

«Ich fürchte doch», sagte der Tiger. «Sie sind seit Jahren hinter diesem Grundstück her – und jetzt denken sie, sie haben endlich einen Weg gefunden, es sich unter den Nagel zu reißen.»

Er nahm sich ein Glas. Wer *sie* waren, bedurfte keiner weiteren Erklärung.

«Dann», sagte Mr. Gopez, «denken sie aber falsch.»

«Deinen Optimismus in Ehren, A. B., es bleibt die Tatsache, dass dieser Club ohne die Urkunde – und nach geltendem Recht – nicht nachweisen kann, rechtmäßig registriert worden zu sein. Damit gilt er als illegal – wie mir Jonah Litumana, der Privatsekretär des Ministers, mit sichtlicher Freude mitteilte.»

«Wie viel Zeit, sagst du, bleibt uns noch?»

«Bis Montag in einer Woche. So steht es in dem Brief.»

«Aber warum wir? Wieso nicht der Nairobi Club oder der Muthaiga?»

«Ich habe heute Vormittag mit Pongo Hepplewhite telefoniert. Er sagte, es würde ihn nicht überraschen – hinter dem Muthaiga Club sind sie auch schon seit Jahren her. Als ich ihm von der Registrierungsurkunde erzählte, hat er die seines Clubs sofort von der Wand genommen und in ein Bankschließfach gebracht.»

«Aber wir sind schon viel länger hier als die!», sagte Mr. Gopez. «Das muss doch auch was wert sein, oder? Erstgeburtsrecht oder wie auch immer ihr Jura-Fuzzis dazu sagt.»

Tiger Singh schüttelte den Kopf.

«Mein lieber A. B., während das Prinzip der Primogenitur – sei es nun patrilinear, geschlechtsunabhängig oder absolut – hervorragende Arbeit geleistet hat, die Erbfolge und den Fortbestand unzähliger Königshäuser in Europa und anderswo zu sichern, fürchte ich doch, dass es auf die gegenwärtige Situation nicht anzuwenden ist. Wir müssen dem Ministerium beweisen, dass wir registriert sind. Ohne das Originaldokument sind wir dazu nicht in der Lage. Demzufolge sind wir illegal, und demzufolge können sie uns dichtmachen.»

«Tja», sagte Mr. Patel. «Dann müssen wir eben zahlen.»

«Als Jurist habe ich das jetzt nicht gehört, mein lieber Patel. Außerdem bräuchten wir Millionen von Shilling – zig Millionen sogar. Hast du in letzter Zeit mal einen Blick in unsere Bücher geworfen?»

«Könnten wir nicht alle einen kleinen Beitrag leisten?», sagte Mr. Malik.

«Ein edler Gedanke, Malik. Der Asadi Club hat derzeit zweihundertunddreiundvierzig vollwertige Mitglieder, dazu kommen in etwa dreißig Gastmitgliedschaften von außerhalb. Der ein oder andere von uns wäre wohl in der Lage, ein paar Pennys zusammenzukratzen, aber die meisten haben nicht so viel auf der hohen Kante.»

«Jetzt warte doch mal, Tiger», sagte Mr. Gopez. «Das grundlegende Rechtsprinzip lautet doch wohl, dass jemand so lange als unschuldig gilt, bis man ihm das Gegenteil beweist! Wir können vielleicht nicht beweisen, dass der Club registriert ist, aber hieße es dann vor dem Gesetz nicht wenigstens im Zweifel für den Angeklagten, sozusagen?»

«Ein sehr guter Einwand, A. B., aber ich fürchte, besagtes Rechtsprinzip bezieht sich auf strafrechtlich relevante Angelegenheiten», sagte Tiger Singh. «Unglücklicherweise fällt unser Fall jedoch ins Zivilrecht.»

«Aber wenn dieser verfluchte Diebstahl nicht kriminell war, was denn dann?»

«Ich vermute, du hast nicht ganz unrecht!», sagte der Tiger. «Du sagst also, dass, falls wir, obgleich der Nachweis der Registrierung gesetzlich dem Beklagten obliegt, den Beweis erbringen können, dass besagter Nachweis zerstört, entfernt oder auf andere Weise durch eine Straftat unerreichbar gemacht wurde, ebenjener Nachweis dem Zivilgesetz gemäß als erbracht vorausgesetzt werden muss. So ungefähr?»

«Mit einfachen Worten, ja.»

«Darüber müsste ich in der Tat gründlich nachdenken. Hat sonst noch jemand eine Idee?»

«Ich finde», sagte Mr. Malik, «wir sollten erwägen, in dieser Angelegenheit an zwei Fronten gleichzeitig zu kämpfen. Erstens: die rechtliche Seite. A. B.s Idee ist sehr gut, und vielleicht gelingt es uns, die Registrierung auf andere Weise nachzuweisen oder die Verordnung selbst in Zweifel zu ziehen, oder –»

«Oder sie in so viel rosarotes Geschenkband einzuwickeln, dass sie nicht mehr in der Lage sind, auch nur einen juristischen Finger zu rühren.» Zum ersten Mal an diesem Abend erschien ein Lächeln auf dem Gesicht des Tigers. «Ich werde sehen, was sich hier machen lässt. Und die zweite Front?»

«Wir müssen alles, was in unserer Macht steht, daransetzen, die verschwundene Urkunde aufzutreiben.»

«Falls sie noch existiert», sagte Mr. Patel. «Womöglich haben die dunklen Mächte sie bereits zerstört.»

«Gut möglich, alter Knabe», sagte Mr. Gopez. «Wenn sie die Urkunde tatsächlich gestohlen haben, wäre es nur vernünftig, sie so schnell wie möglich zu zerstören. Trotzdem sollte der Versuch, das verfluchte Ding zurückzukriegen, oberste Priorität haben. Vielleicht könnten wir der Polizei ein bisschen in den Allerwertesten treten, sie zu ordentlichen Ermittlungen bewegen.»

Der Tiger schüttelte den Kopf.

«In den Augen der Polizei wurden lediglich ein alter ausgestopfter Löwe und eine gerahmte Urkunde gestohlen – keins von beiden besitzt großen materiellen Wert.»

«Und wenn wir eine Belohnung aussetzen?»

Der Tiger schüttelte wieder den Kopf.

«Das ist unter den gegebenen Umständen wenig hilfreich, A. B. Es gibt erschwerende Faktoren. Ich weiß zufällig, dass der Polizeipräsident eng mit dem Innenminister befreundet ist. Sie spielen zusammen Golf – ich habe sie im Sandringham gesehen. Was auch immer wir unternehmen, auf Hilfe von offizieller Seite können wir nicht bauen.»

«Ich würde mich gerne noch einmal mit unserem Verwalter unterhalten», sagte Mr. Malik. «Vielleicht haben wir etwas übersehen.»

Der Verwalter wurde an den Tisch gerufen und bestätigte, dass der Tiger und Harry Khan am Freitagabend als Letzte den Club verlassen hatten. Auch den Vorfall mit der versehentlich geschlossenen Eingangstür schilderte er noch einmal.

«Aber Mr. Khan hat mir sofort den Ersatzschlüssel von Mr. Singh gebracht.»

«Und Sie sind sich ganz sicher, dass der Löwe noch da war, als Sie abgeschlossen haben – und auch die Urkunde, soweit Sie wissen?»

«Soweit ich mich erinnern kann, ja, Mr. Malik. Ich habe genauso abgeschlossen wie immer. Es ist Gewohnheit. Ich hatte bereits alle Fenster überprüft, als Mr. Singh und Mr. Khan noch im Billardzimmer waren – die meisten Mitglieder waren ja auf Safari, und so war es ein recht ruhiger Abend. Nachdem Mr. Khan mir die Schlüssel gebracht hatte, ging ich wieder hinein, machte Kassensturz und legte das Geld in den Tresor in meinem Büro. Ich überprüfte, dass dort alle Schlüssel an ihrem Platz am Brett hingen, und schaltete die Alarmanlage ein. Danach verließ ich den Club durch die Hintertür. Wenn der Alarm scharf ist, bleiben dreißig Sekunden Zeit, um hinauszugelangen.»

«Und was war mit der Eingangstür? Haben Sie die auch zugeschlossen?»

«Sie war ja schon zu, Sir. Mr. Khan –»

«Ach ja, natürlich. Mr. Khan hatte die Tür hinter sich zugezogen. Also mussten sie nicht noch einmal nachsehen, ob die Tür zu war.»

«Nein, Sir. Außerdem haben wir ja die Alarmtafel – darauf sind sämtliche Fenster- und Türschlösser zu sehen. Es fällt sofort auf, wenn irgendwas offen steht.»

«Schließen Sie Ihr Büro ab?»

«Nein, Sir, das ist nicht nötig. Die Türen im Haus sind nicht gesichert – aber, wie ich schon sagte, ehe ich gehe, überprüfe ich immer noch mal das Schlüsselbrett in meinem Büro. Kein Schlüssel fehlte, und auch am nächsten Morgen waren ganz sicher alle Schlüssel noch an ihrem Platz.»

«Damit ist ziemlich klar, was passiert sein muss», sagte Mr. Gopez.

«Findest du?»

«Jemand muss sich im Gebäude versteckt haben – bis alle anderen gegangen waren.»

«Oder er hat sich durch die Hintertür reingeschlichen», sagte Mr. Patel, «während die anderen vorne auf dem Parkplatz waren.»

«Ja», sagte Tiger Singh. «Ich vermute, dass beides möglich ist. Und nachdem unser sorgfältiger Verwalter abgeschlossen hatte, hatte er, oder sie, den ganzen Club für sich allein.»

«Das ist ja alles schön und gut», sagte Mr. Patel. «Aber wozu den Löwen klauen? Und wie sind die Diebe wieder rausgekommen? Die Türen und Fenster waren alarmgesichert. Und wieso haben sie die Urkunde mitgenommen?»

«Na ja, also das ist ja wohl nicht so schwer zu erraten», sagte Mr. Gopez. «Vergessen wir nicht, dass zwei Tage später dieser Brief ins Haus flattert. Wie der Tiger schon sagte, das muss miteinander in Zusammenhang stehen.»

Seit Mr. Malik sämtliche Berichte über den Fall Erroll noch einmal gelesen hatte, dachte er viel über Zusammenhänge nach. Jedermann ging davon aus, dass alles, was mit dem Fall zu tun hatte – die Position des Wagens, die Lage der Leiche, die Blutspuren und die weißen Striemen auf der Rücksitzbank, sogar die Ungereimtheiten in den Schilderungen von Juanita Carberry –, miteinander in Zusammenhang stand. Aber was, wenn das überhaupt nicht stimmte?

«Es kann allerdings auch sein», sagte er, «dass die beiden Dinge keineswegs miteinander in Zusammenhang stehen. Ich meine, der oder die Löwendiebe müssen nicht zwingend auch die Urkunde gestohlen haben.»

«Mag sein, Malik, dass du die Logik auf deiner Seite hast», sagte der Tiger, «ich fürchte, die Umstände sind es nicht.»

«Der Tiger hat recht, Malik», sagte Mr. Patel. «Das hieße, den Zufall ein wenig zu sehr zu strapazieren.»

«Nun. Einfach hier herumzusitzen, führt uns jedenfalls nicht weiter», sagte Mr. Gopez. «Ich werde etwas unternehmen, oh ja! Erstens – Befragung der Nachbarschaft. Vielleicht hat doch jemand etwas gesehen.»

«Und ich rede noch einmal mit dem Personal», sagte Mr. Patel. «Vielleicht erinnert sich doch jemand an irgendetwas.»

«Und ich», sagte der Tiger, «berufe für morgen eine außerordentliche Mitgliederversammlung ein.»

«Ausgezeichnete Idee», sagte Mr. Patel.

«Ach übrigens, Sir», sagte der Verwalter. «Ich habe zwei Angebote für die Renovierung eingeholt. Was soll ich weiter damit tun?»

«Nichts», sagte Tiger Singh. «So wie die Dinge im Augenblick liegen, benötigt unser Club vielleicht keine Renovierung mehr.»

26

Der Wurm ist für den Frosch, was der Frosch für die Schlange, die Schlange für das Schwein, das Schwein für den Menschen und der Mensch für den Wurm ist

Man sollte meinen, dass Mr. Malik mit der Bedrohung für seinen geliebten Asadi Club, der unmittelbar ins Haus stehenden Einstellung der *Evening News* und der in Kürze stattfindenden Hochzeit seiner Tochter schon genug Sorgen hatte. Doch als er so auf seiner Veranda saß und selbstvergessen eine Banane schälte, war er in Gedanken ganz woanders. Es war Dienstag. In einer halben Stunde würde er das Haus verlassen und mit dem Auto die anderthalb Kilometer zum Museum fahren. Er würde seine Freunde treffen – und vielleicht wäre Rose Mbikwa da. Er würde Thomas Nyambe in seinem Wagen mitnehmen und dazu noch so viele andere Vogelfreunde, wie auf der Rückbank seines alten Mercedes Platz fanden, wo auch immer die heutige Vogelwanderung stattfinden würde. Nach der Vogelwanderung würde er nach Hause fahren und seine Kolumne «Von einem Schlag» schreiben. Er würde sie wie immer in einen braunen Umschlag stecken und diesen an der Ecke Garden Lane und Parklands Drive in den Briefkasten werfen. Danach würde er zum Aga Khan Hospital hinüberfahren – wie so oft in letzter Zeit. In einem separaten Bau hinter dem Haupthaus befindet sich ein großer Krankensaal mit Patienten, die nur selten Besuch bekommen. Das war die Aids-Station, und dort starb – vor acht Jahren und ohne dass Mr. Malik damals etwas davon wusste – Raj, sein Sohn Raj.

Als Raj ihm drei Jahre zuvor gestanden hatte, dass er homosexuell war, hatte Mr. Malik getobt, und Mr. Malik hatte geschrien. «Raus aus meinem Haus!», hatte er gebrüllt, «raus mit dir und deiner abartigen Perversion.» Wie heilig Mr. Maliks Zorn gewesen war, wie rechtschaffen seine Empörung! Und so war Raj gegangen, und er war gestorben, von seinem Vater verstoßen und ohne seine Zuneigung, seine Liebe und sein Wohlwollen. Erst, als Mr. Malik erfuhr, dass Raj gestorben war, kehrte die Liebe zu seinem Sohn in sein Herz zurück wie eine Flutwelle, doch der Fehler, den er gemacht, und die Sünde, die er begangen hatte, ließen sich durch nichts und niemanden wiedergutmachen. Es war zu spät, den Schaden zu beheben. Doch eine Kleinigkeit gab es, die er doch tun konnte. Er konnte dafür sorgen, dass die Söhne und Töchter anderer Menschen nicht allein und ungeliebt starben. Und so war Mr. Malik den Menschen im Bau hinter dem Krankenhaus seit einigen Jahren ein vertrauter Anblick. Dort saß er bei den Kranken und Sterbenden. Er sprach, oder er schwieg mit ihnen, und er brachte ihnen Trost.

Ein leises Geräusch hinter ihm riss ihn aus den Gedanken.

«Oh, hallo, Liebling.»

«Guten Morgen, liebster Daddy. Woran hast du gedacht – an die Hochzeit?»

«Gewissermaßen. Ich habe gerade an Raj gedacht. Wie gern er nächsten Samstag dabei gewesen wäre. Er hatte seine kleine Schwester so gern, war immer so stolz auf sie.»

Petula trat zu ihm und legte ihm die Hand auf die Schulter. «Und ich war stolz auf ihn. Bin ich immer noch.»

«Weißt du …», sagte Mr. Malik.

«Ja», sagte Petula. «Ich weiß.»

Sie blickten gemeinsam in den Garten. Die Bougainvillea blühte in einem Feuerwerk aus Gelb und Rosarot, und Malve und Blumenrohr standen als leuchtend orangerote Farbkleckse vor dem Grün der Kamelien und dem Hibiskus.

Eine ganze Minute verging, ehe Mr. Malik weitersprach.

«Und ist auch wirklich alles in Ordnung?»

«Ja, Daddy. Salman kommt morgen. Ich hole ihn vom Flughafen ab. Es gibt zwischen uns noch einiges zu besprechen.»

«Das nehme ich auch an», sagte Mr. Malik.

Es klopfte an der Haustür.

«Ich gehe schon, Daddy.»

Petula kam mit einem strahlenden Lächeln auf dem Gesicht und einem mit einer großen roten Schleife gebundenen Riesenstrauß roter Rosen im Arm auf die Veranda zurück. Mr. Malik beobachtete, wie sie fröhlich summend die Rosen in eine Vase stellte. Salman lernte offensichtlich dazu.

«Bei mir wird es heute Abend sicher etwas später werden, Liebling. Wir haben im Club eine außerordentliche Mitgliederversammlung.»

«Das macht nichts, Daddy. Ich komme auch später. CI-Meeting.»

Mr. Malik sah auf die Uhr. Er hatte noch Zeit für eine zweite Banane, ehe er sich auf den Weg zur Vogelwanderung machte.

Es hatte sich eigenartig angefühlt, sich wieder hinters Steuer des alten Peugeot 504 zu setzen, eigenartig, sich wieder dem hektischen Verkehr von Nairobi auszuliefern, eigenartig, vor dem Museum vorzufahren und von einer aufgeregten Traube alter Freunde begrüßt zu werden. Mit einer derart großen Versammlung hatte Rose nicht gerechnet – die meisten, das wurde schnell klar, waren eigens gekommen, um sie willkommen zu heißen. Es gab zwar einige neue junge Studenten, doch Rose entdeckte auch viele bekannte Gesichter. Hilary war da, natürlich, und der alte Tom Turnbull. Er selbst hatte sich kein bisschen verändert, nur den alten Morris Minor hatte er inzwischen gegen einen schicken kleinen Hyundai eingetauscht. Auch Patsy King und Jonathan Evans waren gekommen. Ob die beiden immer noch ihre kleine Dienstagvormittagsaffäre hatten? Ein wenig abseits der Menge entdeckte sie Mr. Malik. Er unterhielt sich mit seinem alten Freund – wie hieß er noch gleich? Mr. Nyambe, genau. Thomas Nyambe.

Vielleicht lag es an der Nachricht von Roses Rückkehr, jedenfalls waren mehr Menschen gekommen, als sich in den verschiedenen Autos unterbringen ließen. Es wurde beschlossen, den Baumgarten zu besuchen. Dieser schattige Park voller Bäume und Wiesen lag nur etwa zwanzig Minuten zu Fuß vom Museum entfernt. Mr. Malik ließ den alten grünen Mercedes auf dem Parkplatz des Museums stehen und machte sich in Begleitung seines guten Freundes Thomas Nyambe auf den Weg.

Es wurde jedoch keineswegs der ganze Vormittag damit verbracht, Thomas Nyambes Geschichten zu lauschen. Der Baumgarten ist Heimat für Bäume aus aller Welt, und heute war es an Australien, zu blühen. Die Gruppe nach Zitrone duftender Gummibäume direkt am Flussufer stand in voller Blüte. Bienen summten, Nektarvögel sirrten durch die Luft, und zwanzig Meter über ihnen hockte ein grünes Meerkatzenmännchen – selbst auf diese Entfernung leicht zu erkennen – im Baum und pflückte die Blüten, um den Nektar herauszusaugen.

«Mr. Malik, haben Sie schon die Sache mit der *Evening News* gehört?»

«Dass die Zeitung eingestellt werden soll? Ja, gerüchteweise, aber ich war mir nicht ganz sicher, ob ich den Gerüchten Glauben schenken soll.»

«Ich fürchte, es stimmt. Was der Regierung durch Drohungen nicht gelungen ist, schafft sie jetzt mit Bürokratie und Bestimmungen. Der Zeitung bleibt nur noch eine Woche, um irgendwelche verschwundenen Unterlagen aufzutreiben.»

«Dann erscheint morgen vielleicht die letzte ‹Von einem Schlag›-Kolumne, Mr. Nyambe.» Mr. Malik steckte Füller und Notizbuch weg. «Ich werde mir Mühe geben.»

Als es Zeit wurde, sich zu verabschieden, hatte Mr. Malik drei weitere Säugetierarten notiert sowie einunddreißig verschiedene Vogelarten – und genug Regierungsklatsch, um mehrere Seiten damit zu füllen. Mit Rose Mbikwa hatte er kein einziges Wort gewechselt. Sie hatte mit all ihren anderen Freunden so viel zu besprechen gehabt, dass er sich nicht aufdrängen wollte.

Der Parkplatz vor dem Asadi Club war bereits um sechs Uhr abends gesteckt voll. Um sämtliche Mitglieder per Rundschreiben zu der außerordentlichen Versammlung einzuladen, hatte die Zeit nicht gereicht, doch der Tiger hatte alle Kommunikationshebel gezogen, um die Nachricht zu verbreiten. Anrufe, E-Mails und Mund-zu-Mund-Propaganda hatten für einen Mitgliederauflauf gesorgt, wie Mr. Malik ihn noch nicht erlebt hatte – selbst drei oder vier Gastmitglieder von außerhalb hatten es geschafft, in die Stadt zu kommen. Gut möglich, dachte er, dass diese Versammlung größer war als das legendäre Mitgliedertreffen vom Oktober 1936, das damals einberufen wurde, um über die «Ranamurka-Affäre» zu diskutieren, die schließlich zum Ausschluss von Frauen aus dem Club geführt hatte – ein Ausschluss, der über vierzig Jahre lang Bestand hatte. Als er merkte, dass die Bar zu klein war, hatte der Verwalter die Falttüren zum Speisesaal geöffnet – trotzdem gab es, als Tiger Singh sich erhob, nur noch Stehplätze.

«Sehr geehrte Mitglieder, meine Herren.» Tiger Singh ließ den Blick über die Menge schweifen. «Sie haben sicher alle gehört, dass diese Versammlung einberufen wurde, um über die drohende, unmittelbar bevorstehende Schließung unseres Asadi Clubs zu diskutieren. Wie viele von Ihnen wissen werden, kam es letzte Woche hier im Club zu einem Diebstahl. Zwei Gegenstände wurden entwendet – das Clubmaskottchen und unsere Registrierungsurkunde.»

Murmeln erhob sich, und Mr. Malik vermeinte die Namen zweier Mitglieder herauszuhören, die heute Abend beide abwesend waren. Der Tiger setzte seine zunehmend empörte Zuhörerschaft über den Stand der Dinge in Kenntnis.

«Sie haben uns wortwörtlich in der Zange. Uns bleiben zwölf Tage, um die Urkunde beizubringen. Gelingt das nicht, wird der Asadi Club Vergangenheit sein.»

Nach einiger Diskussion, die zu nichts Nennenswertem führte, wurde die Versammlung beendet. Die vier Freunde zogen sich an die Bar zurück, wo Mr. Gopez berichtete, dass seine eigenen Ermittlungen bis jetzt ins Leere liefen. Auch Mr. Patels erneute Befragung der Angestellten hatte nichts Neues zutage gefördert.

«Niemand hat irgendwas gesehen – na ja, zumindest von denen, die überhaupt hier waren. Der Großteil des Küchen- und Servicepersonals war ja mit uns auf Safari. Freitagabend war es hier offensichtlich wirklich ungewöhnlich ruhig. Der Barmann ging früher nach Hause, damit bleiben nur noch der Gärtner und der Askari. Der Tiger und Harry Khan verließen als Letzte den Club. Zur mutmaßlichen Tatzeit schlief der Gärtner in seinem Zimmer. Der Askari schlief wahrscheinlich auch, jedenfalls schwört er, dass er nichts gesehen hat. Und, wie der Verwalter bereits sagte, er bemerkte den Diebstahl gleich, als er am nächsten Morgen aufsperrte.»

Tiger Singh machte ein niedergeschlagenes Gesicht.

«Ich habe sämtliche juristischen Fachbücher gewälzt und mir jeden Präzedenzfall angesehen, den ich finden konnte. Bitte verzeihen Sie mir die gemischtsportliche Metapher, meine Herren, aber der Ball ist in unserer Hälfte, und die haben sämtliche Trümpfe in der Hand.»

«Tiger», sagte Mr. Malik, «ich finde, du hast großartige Arbeit geleistet. Ihr seid alle zu beglückwünschen. Uns wird schon noch etwas einfallen.»

«Ich wünsche mir ausnahmsweise wirklich, dass du recht behältst», sagte Mr. Patel.

Mr. Gopez stieß einen gedehnten Seufzer aus.

«Falls es euch tröstet», sagte Mr. Malik, «wir sind offensichtlich nicht die Einzigen.» Ich habe heute Vormittag auf der Vogelwanderung von einem Freund erfahren, dass sie bei der *Evening News* denselben Trick abziehen – nur dass sie es dort nicht auf das Grundstück abgesehen haben, sondern die Zeitung dichtmachen wollen.»

«Willst du damit sagen, dass deren Registrierungsurkunde auch verschwunden ist?»

Mr. Malik nickte. Doch selbst wenn das, was er von Thomas Nyambe heute Vormittag erfahren hatte, stimmte und die Kolumne, die er an diesem Nachmittag geschrieben hatte, tatsächlich seine letzte war, blieb ihm wenigstens die Genugtuung, dass «Von einem Schlag» mit einem Paukenschlag enden würde. Seine Leserschaft würde nicht nur erfahren, dass der Wagen, den die Frau des Vorsitzenden des parlamentarischen Antikorruptionsausschusses fuhr, vom Besitzer der privaten Baufirma bezahlt worden war, die soeben den Zuschlag für den neuen Flughafenterminal erhalten hatte, sondern auch, dass der leitende Direktor der Hafenbehörde von Mombasa, der seit Jahren ein beträchtliches Honorar kassierte, noch nie in seinem Leben in Mombasa gewesen war. Es war ein Jammer, dachte Mr. Malik, dass Thomas Nyambe ihm nichts hatte erzählen können, mit dem man den neuen Innenminister hätte festnageln können. Vielleicht hätte er es dazu verwenden können, den Asadi Club zu retten. Er stand auf.

«Na kommt, Freunde. Herumzusitzen und Trübsal zu blasen, bringt uns auch nicht weiter. Wer hat Lust auf eine Partie?»

«He!», sagte eine Stimme hinter ihm. «Wenn irgendjemand mit Jack eine Runde English Billiards spielt, dann ja wohl ich!»

27

Der Wurm wird ins Wasser gelangen

Von den vielen Redensarten, die es im Englischen gibt, haben mich besonders zwei sehr lange beschäftigt. Die erste lautet «Die Ausnahme bestätigt die Regel», und letztes Jahr dachte ich dann, ich hätte es endlich begriffen. Wenn etwas als Ausnahme betrachtet wird, dann muss es eine Ausnahme *von* etwas sein – und dieses Etwas ist das, was wir normalerweise erwarten würden. Das bedeutet also, dass jede Ausnahme ihrer Natur nach die Regel verstärkt, deren Ausnahme sie darstellt – falls Sie wissen, was ich meine (und falls nicht, mache ich Ihnen wirklich keine Vorwürfe). Dann aber unterhielt ich mich mit meinem Freund Kennedy, und der meinte, die Bedeutung dieser Redensart wird sofort klar, wenn man sich bewusstmacht, dass hier zwei Wörter ausgelassen wurden – eigentlich sollte es «Die Ausnahme bestätigt, die Regel *zu sein*» –, und ich war wieder ganz am Anfang. Das zweite Sprichwort, das mich immer verwirrt hat, lautet: «Je mehr die Dinge sich ändern, desto mehr bleiben sie, wie sie sind.» Kennedy meinte, da könnte er mir auch nicht weiterhelfen – was aber auch nicht weiter verwunderlich wäre, weil dieses Sprichwort seiner Meinung nach aus dem Französischen stammte.

Als Mr. Malik am Morgen nach der Generalversammlung auf der Veranda seines Hauses in der Garden Lane Nummer 12 saß – dem Morgen seiner zweiten Niederlage am Billardtisch gegen Harry Khan innerhalb einer Woche –, war er in Gedanken bei Dingen, die sich änderten und *nicht* blieben, wie sie waren.

Was, wenn, dachte er, als er sein Buch niederlegte und nach der Kaffeetasse griff, was, wenn der Club tatsächlich schließen musste? Veränderung war etwas Unausweichliches – dagegen sollte man sich nicht wehren, man sollte sich anpassen. Gewiss, manche Veränderungen hat man besser unter Kontrolle als andere. Mr. Malik war sich beispielsweise bewusst, dass er gegen die chinesischen Produzenten, die ihm auf dem Zigarrenmarkt Konkurrenz gemacht hatten, wenig hätte tun können. Er war trotzdem in der Lage gewesen, zu reagieren, indem er der Jolly Man Manufacturing Company (mit Petulas Hilfe) mit dem Wechsel von Zigarren auf Süßwaren eine neue Ausrichtung gegeben hatte. Auch Petula selbst würde ihn bald verlassen. Obwohl er sie schmerzlich vermissen würde, war ihre Heirat gewiss eine gute Sache, eine willkommene Veränderung. Und hatte Petula selbst nicht erst neulich zu ihm gesagt, es wäre kein Weltuntergang, sollte die *Evening News* tatsächlich ihr Erscheinen einstellen müssen? Keine Regierung der Welt konnte das Internet dichtmachen. Er sah hinaus in seinen Garten. Benjamin kam erst morgen von seiner Familie zurück. Die Wiese war mit Blättern übersät. Wandel allüberall. War der Fortbestand des Asadi Clubs im großen Plan des Universums tatsächlich von so großer Bedeutung?

Das Motorengeräusch eines Lastwagens und ein Klopfen an der Haustür rissen ihn aus seinen Gedanken. Natürlich, heute sollte ja das Gartenzelt geliefert werden. Kaum hatte er die Männer in den Garten geführt, als es wieder an der Haustür klopfte. Als er öffnete, sah er gerade noch ein Taxi davonfahren, und vor ihm stand ein schlanker Mann in dunklem Anzug, einen Koffer in der Hand.

«Mein lieber Salman! Wie schön, dich zu sehen. Willkommen! Komm rein, komm rein! Ich dachte, Petula wollte dich vom Flughafen abholen?»

«Ich habe auf sie gewartet, aber dann hat sie mir eine SMS geschickt, um mir zu sagen, sie müsse noch einmal in die Fabrik. Meinen Sie, es ist möglich, dass das meine Retourkutsche ist?»

Mr. Malik lachte.

«Das ist tatsächlich möglich, Salman. Aber ich könnte mir vorstellen, dass sie dir verziehen hat.» Er deutete auf den Rosenstrauß, der inzwischen in einer Vase neben der Tür stand. «Ich habe sie gestern Abend leider nicht mehr gesehen. Sie hatte ein Meeting, und ich war schon zu Bett, als sie nach Hause kam.»

«Clarity International, nehme ich an.» Salman stellte den Koffer ab. «Sagen Sie, Mr. Malik, glauben Sie, das hat viel Sinn?»

«Sinn? Ja, ich denke schon. Trotzdem bin ich überrascht, dass Petula nicht am Flughafen gewesen ist.»

«Es war kein Problem, ein Taxi zu nehmen. Unter uns gesagt, Mr. Malik, ich fühle mich immer ein bisschen unwohl, wenn eine Frau am Steuer sitzt – selbst bei Ihrer Tochter.»

Mr. Malik lächelte.

«Nun – das war's dann, hoffe ich. Die Hochzeit findet statt, oder? Kein Flug nach Dubai mehr, oder?»

«Ja, das war's – es könnte allerdings sein, dass ich nächste Woche noch mal schnell im Büro vorbeischauen muss. Aber das ist kein Problem. Dann fliegen wir eben über Dubai nach Paris.»

Mr. Malik wusste, dass die Frischvermählten ihre Flitterwochen in Paris verbringen wollten – er hatte darauf bestanden, das Hotel zu bezahlen, doch Petula hatte die gesamte Reiseplanung selbst übernommen. Er führte Salman durchs Haus hinaus auf die Veranda, und von dort aus sahen sie zu, wie fünf Männer eine große weiße Wurst entrollten und anfingen, das Zeltgestänge aufzubauen.

«Hat Petula gesagt, wann sie zurück sein wollte, Salman? Vielleicht sollte ich sie kurz im Büro anrufen.»

«Das habe ich bereits getan, Mr. Malik. Sie kommt sicher bald nach Hause.»

Mr. Malik fürchtete, zwischen den beiden dann ein bisschen fehl am Platze zu sein.

«Wenn es Ihnen nichts ausmacht, Salman, dann werde ich nicht auf sie warten. Ich sollte zusehen, dass ich weiterkomme.»

Er bat Salman, sich ganz wie zu Hause zu fühlen, und holte den Schlüssel zu seinem alten grünen Mercedes. Mr. Malik wollte jedoch nicht sofort in den Club fahren. Er würde den Vormittag im Krankenhaus verbringen. Wenn er dann nach dem Mittagessen in den Club kam, gab es womöglich hinsichtlich der Urkunde schon irgendwelche Neuigkeiten.

«Hattest du heute mehr Glück bei den Nachbarn, A. B.?»

Mr. Gopez sah Mr. Malik an und schüttelte betrübt den Kopf.

«Keinen Pieps. Nein – das war gelogen. Mrs. Mohutu von schräg gegenüber meinte, sie hätte zwar nichts gesehen, dass es aber bestimmt die Affen gewesen seien. Sie schwört, die

Affen hätten ihr erst letzten Monat zwei Taschentücher und ein Stück Damenwäsche – was genau, sagte sie nicht – von der Wäscheleine gestohlen.»

«Vielleicht», sagte Mr. Malik, «weiß der Tiger ja was Neues.»

Der Tiger ließ nicht lange auf sich warten.

«Nun, meine Herren, es sind zwar nicht die besten, aber auch nicht die schlechtesten Neuigkeiten. Mir ist es gelungen, eine Anhörung zu erwirken. Nächsten Mittwoch, Punkt zehn Uhr, vor Richter Kafari. *Dum spiro spero.* Solange ich atme, hoffe ich. Das mindeste, was wir damit erreichen können, ist, einen Aufschub zu bewirken und weiter zu beten, dass die Urkunde bald wieder auftaucht.»

«Wo wir gerade von Neuigkeiten sprechen. Ich nehme an, ihr hattet noch keine Zeit, einen Blick hierauf zu werfen?» Mr. Patel hielt ihnen die aufgeschlagene Zeitung hin. «Dieser Dadukwa hat wieder zugeschlagen. Wie es aussieht, braucht der Antikorruptionsausschuss einen neuen Vorsitzenden.» Er warf die Zeitung auf den Tisch. «Glaubt ihr, Harry Khan hat recht? Glaubt ihr, die stellen tatsächlich die Zeitung ein?»

«Die *Evening News*? Das versuchen sie schon sehr, sehr lange», sagte Mr. Malik. «Aber ich glaube, diesmal schaffen sie es.»

Tja, seine letzte «Von einem Schlag»-Kolumne. Vielleicht, dachte Mr. Malik, wurde es Zeit, zuzugeben, dass er hinter dem Pseudonym Dadukwa steckte. Zeit, seinen Freunden zu erzählen, dass er selbst sieben Jahre lang Woche für Woche jene Sätze zu Papier gebracht hatte, die ganz Kenia über das ins Bild gesetzt hatten, was hinter den Kulissen von Regierung und Wirtschaft vor sich ging. Die ganzen Jahre über hatten nur zwei Menschen sein Geheimnis gekannt. Thomas Nyambe war der eine. Der andere war Rose Mbikwa.

Rose war durch Zufall darauf gestoßen. Vor vier Jahren hatte sie bei sich in der Gegend zufällig ein Büchlein gefunden, vom Laubfeuer angesengt und vom Regen durchweicht. Die angedeutete Skizze eines Adlers auf dem Umschlag war ihr bekannt vorgekommen. Und als sie es aufschlug, wusste sie, dass dieses Büchlein nur Mr. Malik gehören konnte – denn es befanden sich Aufzeichnungen der Vogelwanderungen darin, die sie ihn jeden Dienstag hatte machen sehen. Doch sie registrierte auch die anderen Notizen – Notizen, die sie aus der regelmäßigen Lektüre der «Von einem Schlag»-Kolumne ihrer Zeitung kannte. Mr. Malik – der stille, zurückhaltende, freundliche Mr. Malik – war also Dadukwa. Sie konnte nicht anders, sie musste es jemandem erzählen. Am Abend des Nairobi-Hunt-Club-Balles enthüllte sie ihre Entdeckung – und zwar dem klugen, mutigen, wunderbaren Mr. Malik selbst. Seit jenem Abend wusste er, dass sie es wusste, und sie wusste, dass er wusste, dass sie dieses Geheimnis niemals einer anderen Menschenseele erzählen würde. Doch Mr. Malik war sich darüber im Klaren, dass er weiter in Gefahr war, selbst wenn die Zeitung tatsächlich eingestellt wurde. Viele Geschäftsmänner und Minister, ehemalige und amtierende, hatten mit Dadukwa noch eine Rechnung offen. Nein, es war wohl besser, sein Geheimnis für sich zu behalten.

Am nächsten Abend gab es immer noch keine guten Nachrichten.

«Noch zehn Tage.»

«Ja, A. B., ich weiß.» Mr. Malik schüttelte verhalten den Kopf. «Immer noch nichts Neues, oder?»

«Keinen Pieps.»

«Ach, übrigens», fragte Mr. Patel, «was machen denn die Hochzeitsvorbereitungen?»

«Hochzeit?», fragte Mr. Malik. «Welche Hochzeit?»

Als Petula ihm am Vorabend nach seiner Rückkehr aus dem Club erzählt hatte, die Hochzeit sei wieder abgeblasen, hatte er zuerst geglaubt, sie würde ihn auf den Arm nehmen. Sie hatte diesmal kein bisschen wütend gewirkt und auch nicht traurig. Sie wirkte gelassen, beinahe glücklich.

«Ja, liebster Daddy … es tut mir leid, aber die Hochzeit ist vom Tisch. Definitiv. Ich habe Salman gerade zum Flughafen gebracht.»

«Aber …»

«Aber warum?» Sie nahm aus der Vase vom Tischchen an der Tür eine einzelne rote Rose. «Bitte sehr. Die erste Zeugin der Anklage.»

«Das verstehe ich nicht. Was haben die Rosen, die er dir geschickt hat, denn damit zu tun?»

«Dies, Daddy, ist keine Rose, die Salman mir geschickt hat. Dies ist eine Rose, die Salman mir nicht geschickt hat.»

«Es tut mir leid, Liebes, aber ich verstehe immer noch nichts.»

«Aber es stimmt, liebster Daddy. Wir haben uns beide getäuscht. Und weshalb weiß ich das? Weil ich mich heute Morgen bei meinem lieben Salman für diese wunderschönen Rosen bedankt und ihm gesagt habe, wie sehr ich mich darüber gefreut habe und wie viel sie mir bedeuten. Weißt du, was er geantwortet hat?»

Mr. Malik wusste es nicht. Und er war sich auch nicht sicher, ob er es wissen wollte.

«Er sagte, da läge offensichtlich ein Missverständnis vor. Wie ich auf den Gedanken käme, dass die Rosen von ihm seien? Wieso er mir Rosen schicken sollte? Wieso sollte er mir Rosen schicken, sagte er, wo wir doch beide wüssten, dass der ganze Garten voller Rosen sei? Und dann sagte er …», Petulas Lächeln wirkte inzwischen ein wenig gezwungen, «… und dann sagte er, er mag keine Rosen – wegen der ganzen scheußlichen Dornen.»

«Mag keine Rosen?»

«Nein.»

«Aha.»

«Ja.»

«Noch etwas?»

«Allerdings. Er sagte, wo wir schon einmal bei den Dingen wären, die er nicht mag, es gäbe da noch etwas. Er sagte, er mag meine Arbeit bei Clarity International nicht. Er findet sie unklug und unpassend.»

«Unklug?»

«Unklug.»

«Und unpassend?»

«Das waren seine Worte. Daraufhin kehrte er zum ersten Thema zurück und sagte, die Vorstellung, dass ein anderer Mann seiner Verlobten Rosen schickt, gefiele ihm auch nicht, ungeachtet der Tatsache, dass er keine Rosen möge. Und er sagte, er hoffe sehr, dass niemals einer auf die Idee käme, seiner Ehefrau Rosen zu schicken.»

«Mhm», machte Mr. Malik.

«Er sagte, sein Vater würde seiner Mutter niemals Rosen schicken, und sie sei der Meinung, dass eine Frau, die von fremden Leuten Rosen bekommt, mit Sicherheit kein ordentliches *Dhal* zustande bekommt, und zum Abschluss hat er sich noch abfällig über Frauen am Steuer geäußert.»

«Aha», sagte Mr. Malik. Er dachte einen Moment lang nach. «Petula, Liebes?», sagte er dann.

«Ja, Daddy?»

«Ich glaube, ich habe verstanden, aber … aber wir machen das ganze Theater jetzt nicht noch einmal durch, oder?»

Sie trat hinter ihn und umarmte ihn.

«Nein, liebster Daddy.»

28

So wie die Hyäne den Geier liebt, liebt der Geier den Wurm

Als Mr. Malik so auf der Veranda saß und den Arbeitern beim Einrollen der Festzeltplane zusah, fühlte er sich auf einmal erschöpft. Er hatte ein anstrengendes Wochenende hinter sich. Nachdem er die Moschee, die Blumen und die Limousinen wieder abgesagt hatte, hatte er beinahe den ganzen Donnerstag und Freitag am Telefon verbracht, um die Hochzeitsgäste zu erreichen. Für die Stornierung des Essens war es bereits zu spät gewesen, doch Ally Dass war damit einverstanden, das, was bereits eingekauft und vorbereitet worden war, an diverse Krankenhäuser in Nairobi zu verteilen. Mr. Malik stellte ihm Adressen und Stationsnummern zur Verfügung.

Na ja, vielleicht war Petula einfach nicht zum Heiraten gemacht. Er warf einen Blick über die Schulter ins Haus. Sie sollte eigentlich jeden Moment wiederkommen. Sie war Freitagnachmittag zu einem Wochenendausflug mit Sunita Depawala aufgebrochen. Die beiden Frauen waren schon seit Schultagen befreundet und hatten sich in schwierigen Zeiten schon immer mit Trost und Rat beiseitegestanden. Ah, das hörte sich nach ihrem Suzuki an.

«Guten Morgen, liebster Daddy.»

Für eine Frau, die gerade eine Hochzeit abgeblasen hatte, klang Petula erstaunlich aufgekratzt, dachte Mr. Malik und streckte ihr die Wange zum üblichen Begrüßungskuss hin.

«Hallo, Liebes. Wie war's am Lake Naivasha?»

«Super. Das alte Hotel hat sich kein bisschen verändert.»

Das allerdings ist nicht ganz richtig. Heutzutage ist die Bar im Hotel Naivasha an einem Freitagabend nicht mehr gesteckt voll mit Besatzungsmitgliedern des Imperial-Airways-Flugbootservice, die auf dem Weg von England nach Südafrika am See haltmachen – wie vielleicht in den dreißiger Jahren. Auch wird man nicht mehr Augenzeuge, wie Lord Delamere in einem mit zwei Zebras bespanntem Buggy vorfährt – wie vielleicht in den vierziger Jahren. Und man bekommt auch für vier Pfund, neunzehn Shilling und elf Pence kein langes Wochenende mehr, Vollpension und Begrüßungschampagner inklusive, sowie eine Freifahrt auf dem Vergnügungsdampfer *Pride of Africa* – wie vielleicht in den fünfziger Jahren. Aber es fühlt sich auch heute noch so an, als sei all dies möglich, und das Hotel Naivasha ist genau der richtige Ort, um einmal alles hinter sich zu lassen – sei es die Hektik des Großstadtlebens, die Anforderungen eines stressigen Arbeitsalltags oder eine zerbrochene Liebe.

«Du wirkst nicht gerade aufgelöst – wegen der Hochzeit und alldem, meine ich.»

«Sunita und ich haben festgestellt, dass die Ehe eine altmodische Institution ist, und außerdem gibt es sowieso nur sehr wenige Männer, die uns verdient hätten – und einer ganz besonders nicht. Was mich betrifft, so betrachte ich es als Rettung in letzter Sekunde. Und jetzt rate mal, wen ich dort getroffen habe! Ausgerechnet Angus Mbikwa – du hast ihn auf der Safari kennengelernt. Seine Mutter war auch dabei.

Sie ist ein paar Jahre in Schottland gewesen und gerade erst zurückgekommen.»

«Ah ja, ich habe sie letzten Dienstag gesehen.»

«Ja, das hat sie erwähnt. Sie und Angus waren bei den Khans zu Gast. Wir haben uns lange unterhalten. Ich mag Rose.»

Mr. Malik erinnerte sich daran, dass der Onkel von Harry Khan in den fünfziger Jahren ein Haus am See gebaut hatte, das heute noch in Familienbesitz war.

«Ach, die Khans? War Harry Khan zufällig auch dabei?»

«Ja. Ein sehr amüsanter Mann, nicht wahr? Er hat uns Sonntag alle zu sich zum Mittagessen eingeladen. Die haben ein tolles Haus, gleich neben dem Oserian.»

«Ach ja, das alte Anwesen von Lord Erroll – den ‹Djinn-Palast› haben sie es damals genannt.»

«Genau. Jedenfalls bat er mich, dir auszurichten, dass er sich schon auf die nächste Partie English Billiards freut. Und Rose sagte, sie freue sich schon darauf, dich bei der nächsten Vogelwanderung wiederzusehen – morgen, richtig? Ich muss schon sagen, Sunita scheint von Angus völlig begeistert zu sein. Sie hat ihm sogar angeboten, ihm dabei zu helfen, sich in seinem neuen Büro einzurichten.»

Mr. Malik hatte bereits halbwegs beschlossen, die Vogelwanderung diese Woche ausfallen zu lassen. Die *Evening News* stand kurz vor dem Aus, dem Asadi Club drohte dasselbe Schicksal, und daher mangelte es ihm entschieden an Ansporn. Doch wenn Rose Mbikwa wieder dabei wäre … na ja, vielleicht. Andererseits, wenn Harry Khan auch dabei wäre, dann vielleicht auch wieder nicht.

«Wo wir gerade von Rose sprechen, ich habe etwas sehr Lustiges erfahren. Weißt du, von wem die roten Rosen letzte

Woche waren, die, von denen wir dachten, Salman hätte sie geschickt? Sie kamen von Angus. Um sich zu bedanken, weil ich ihn letztes Wochenende von der Safari mit zurückgenommen habe. Ist das nicht süß von ihm?»

«Sehr süß.»

«Ich weiß genau, was du jetzt denkst», sagte Petula. «Du denkst, eine kleine Nachricht hätte geholfen, die ganze Verwirrung zu vermeiden.»

«So in etwa, ja.»

«Ja. Sunita und ich haben uns auch darüber unterhalten. Aber hätte Angus die Rosen mit einer Nachricht geschickt, wäre ich inzwischen vielleicht mit Salman verheiratet. Nicht auszudenken!»

«Ach, Mr. Malik, nun stimmt es also tatsächlich. Die *Evening News* stellt ihr Erscheinen ein.»

Mr. Malik war zu dem Schluss gekommen, dass es gut wäre, seine regelmäßigen Besuche der Dienstagsvormittagsvogelwanderung beizubehalten. Schließlich hatte er ursprünglich aus gesundheitlichen Gründen damit begonnen und nicht, um Rose Mbikwa zu sehen oder mit Thomas Nyambe ein Schwätzchen zu halten. Wie sich herausstellte, war Harry Khans Mercedes nicht unter den Autos gewesen, die sich vor dem Museum aufgereiht hatten, und es hatte genug Mitfahrgelegenheiten gegeben, um hinaus zur River Road zu fahren. Das unmittelbare Nebeneinander von dichtem Gestrüpp und Vorstadtsiedlungen zog normalerweise eine reiche Vielfalt gefiederten Getiers an.

«Ja, mein lieber Freund, heute erscheint die letzte Ausgabe. Ich fürchte, morgen wird es keine ‹Von einem Schlag›-Kolumne mehr geben.»

«Das finde ich sehr traurig. Ich finde, alle Leute sollten wissen, was ihre Regierung so treibt, nicht nur die Fahrer.»

«Ja, Mr. Nyambe, das ist traurig. Aber vielleicht trotzdem nicht ganz so schlimm. Meine Tochter engagiert sich in einer Organisation, die im Grunde genau dasselbe tut – den Menschen zeigen, was ihre Regierung macht –, und zwar weltweit. Nur dass sie weniger über die Zeitung als über das Internet agieren. Das wird vermutlich der Weg der Zukunft sein.»

«Das ist wahr. Und die Wahrheit findet immer ihren Weg ans Licht. Meinen Sie nicht auch, Mr. Malik?»

«Ja – na ja, wenn auch vielleicht nicht immer die ganze Wahrheit.»

Mr. Malik hatte sich vorgenommen, keinen einzigen Gedanken mehr an den Fall Erroll zu verschwenden, doch sein Verstand ließ ihm trotzdem keine Ruhe. Tagtäglich zerrte er aufs Neue die Ungereimtheiten zwischen den verschiedenen Berichten ins Bewusstsein. Was, wenn all die offensichtlichen Hinweise – die weißen Striemen auf der Rücksitzbank, die Turnschuhe im Laubfeuer, der Zigarettenstummel mit dem Lippenstift im Fußraum des Wagens – nur geschickte Finten waren?

«Ich habe in letzter Zeit viel über eine seltsame Geschichte nachgedacht, die schon lange zurückliegt», erzählte Mr. Malik seinem Freund. «Es ist inzwischen über fünfzig Jahre her – und ich glaube, dass die ganze Wahrheit bei dieser Geschichte wohl auch nie ans Licht kommen wird. Haben Sie zufällig schon einmal etwas vom Mordfall Lord Erroll gehört?»

«Ich kenne diese Geschichte sehr gut – mein Vater hat sie mir erzählt. Und wissen Sie, die Wahrheit ist sehr wohl zu finden, vorausgesetzt, man möchte sie sehen.»

Die beiden Männer spazierten langsam die Straße entlang.

Mr. Maliks Interesse an glänzenden Staren und rotäugigen Tauben war heute ungewöhnlich gering – selbst der in Nairobi äußerst seltene Anblick dreier Sichelhopfe auf einer Kiefer vermochte ihn nicht zu fesseln – umso mehr war er gefesselt von dem, was Thomas Nyambe ihm zu berichten hatte. So sehr war er in das Gespräch mit seinem Freund vertieft, dass er tatsächlich ein bisschen erschrak, als er bei der Rückkehr zu den geparkten Fahrzeugen an seinem Arm eine sanfte Berührung spürte und ihn jemand leise beim Namen rief.

«Mr. Malik?»

«Mrs. Mbikwa! Wie schön, Sie wiederzusehen!»

Rose Mbikwa schenkte ihm ein überaus freundliches Lächeln.

«Die Freude ist ganz auf meiner Seite. Es tut mir leid, dass es letzten Dienstag keine Gelegenheit gab, miteinander zu sprechen. Hat Ihre Tochter Ihnen erzählt, dass wir uns am Wochenende begegnet sind, unten am See?»

«Ja, und Ihr Sohn hat Ihnen bestimmt erzählt, dass wir uns am Wochenende zuvor bei Ihrem Freund Mr. Johnson begegnet sind. Sagen Sie, Mrs. Mbikwa, stimmt es, dass Sie endgültig nach Nairobi zurückgekehrt sind?»

«Ja. Endgültig. Und ich hoffe, wir werden uns demnächst öfter sehen. Sagen Sie, engagieren Sie sich immer noch für die Aidskranken?»

Woher wusste sie das? Dann erinnerte er sich an den Ball-Abend, an den Tanz mit ihr. Ja, sie hatten sich über vieles unterhalten. Trotzdem; wie erstaunlich, dass sie sich daran erinnerte!

«Solange es Menschen gibt, die einsam sterben, werde ich mein Bestes tun, Mrs. Mbikwa», sagte er. «Die Dinge wenden sich womöglich gerade ein wenig zum Besseren.»

«Ja, ich habe gehört, dass immer mehr Menschen behandelt werden. Trotzdem gehen mir diejenigen nicht aus dem Kopf, die zurückbleiben – die Kinder, wissen Sie? Ich habe im Internet ein wenig Recherche betrieben – allein in Kenia gibt es möglicherweise eine Million Aids-Waisen.»

«Und die brauchen viel Liebe und Fürsorge, Mrs. Mbikwa. Wir dürfen uns glücklich schätzen, dass wir verschont wurden und unsere eigenen Kinder lieben durften.»

«Ja, Mr. Malik, sehr viel Liebe ...» Sie hielt einen Moment inne. «Ich bin sehr enttäuscht darüber, dass die *Evening News* eingestellt werden muss. Ich habe diese Zeitung immer ausgesprochen gern gelesen – besonders die Mittwochsausgabe. Und Harry Khan hat mir erzählt, Ihr Club sei ein wenig in der Klemme?»

«Es stimmt, wir haben augenblicklich einige Schwierigkeiten, aber ich bin voller Hoffnung, dass sich bei der gerichtlichen Anhörung morgen alles in Wohlgefallen auflösen wird.» Der Tiger – der gute alte Tiger! – würde doch gewiss dafür sorgen! «Sagen Sie, Mrs. Mbikwa, hat er – Harry, meine ich – irgendwas über einen Löwen erzählt?»

«Ja. Er sagte, das Clubmaskottchen sei auf mysteriöse Weise verschwunden. Sie müssen mir alles darüber erzählen – aber jetzt muss ich mich sputen, fürchte ich. Ich erwarte einen Gast zum Mittagessen.»

«Vielleicht haben wir nächsten Dienstag Gelegenheit, ein wenig zu reden.»

«Ganz bestimmt, Mr. Malik – spätestens.»

Während Rose Mbikwa in ihrem zerbeulten alten Peugeot 504 davonfuhr, konnte Mr. Malik nicht umhin, sich zu fragen, was sie damit gemeint hatte – und er kam auch nicht umhin, sich zu fragen, wen sie wohl zum Mittagessen erwartete.

29

Eine Hyäne, die von einer Wespe gestochen wurde, fürchtet sich vor einer Schnake

Aus der Küche erklang das Gelächter einer Frau. Rose machte das Radio leiser. Angus musste nach Hause gekommen sein. Er kam immer durch die Hintertür, genau wie früher als Kind, und er machte fast immer eine Bemerkung, mit der er Elizabeth zum Lachen brachte.

«Hallo, Liebling. Ich habe dich gar nicht erwartet. Wie war dein Tag?»

«Gut, danke.» Angus warf Tasche und Jacke auf einen Stuhl und beugte sich über seine Mutter, um ihr einen Kuss zu geben. «Sieht so aus, als würden wir endlich vorankommen. Habe ich dir eigentlich erzählt, dass Sunita heute Nachmittag vorbeischauen wollte? Sie war toll! Hat mit ihrem Handy bei Telkom angerufen – und sich nicht abspeisen lassen. Daraufhin haben sie sofort ein paar Männer geschickt, und jetzt steht zumindest schon mal der Festnetzanschluss.»

«Gut …» Rose zögerte, als sei sie unsicher, ob sie weitersprechen sollte. «Ich habe heute übrigens mit ihr zu Mittag gegessen.»

«Tatsächlich? Mit Sunita? Das hat sie mir gar nicht erzählt!»

«Es war ja auch nichts Wichtiges – nur ein kleiner Schwatz unter Frauen.»

Angus Mbikwa ließ sich auf einen Stuhl fallen.

«Und, Mum, wie geht es dir heute? Hast du dich schon eingelebt?»

«Oh, ja! Es war so schön unten am See – der Ausflug war genau das Richtige! Jetzt bin ich endlich wieder ganz in Afrika angekommen.»

«Ich auch. Was für ein Zufall, dass Petula Malik auch da war – und dass du ihren Vater kennst. Wie ist er denn so? Ich bin ihm zwar bei Onkel Dickie kurz begegnet, aber wir hatten keine Gelegenheit, uns näher zu unterhalten.»

«Mr. Malik?» Rose dachte einen Augenblick lang intensiv nach, dann huschte ein versonnenes Lächeln über ihr Gesicht. «Mr. Malik ist ein höchst bemerkenswerter Mensch. Er nimmt seit vielen Jahren an der Vogelwanderung teil. Ich habe ihn heute Morgen getroffen.»

«Und was ist mit Harry Khan? Ich hatte den Eindruck, er ist eigentlich nicht gerade dein Typ, aber ihr scheint euch gut zu verstehen.»

Rose lachte.

«Ja, Harry ist definitiv ein kleines Schlitzohr. Beschäftigt sich im Augenblick mit riesigen Bauvorhaben – Einkaufszentren. Er hat mir jede Menge Anekdoten erzählt – über seine Begegnungen mit diesen ganzen Ministern –, er ist unglaublich amüsant. Er ist ein fürchterlicher Scherzbold, aber ich glaube, er hat einen guten Kern. Ich bin heute Abend übrigens schon wieder mit ihm zum Essen verabredet.» Sie stand auf. «Wir dachten, wir probieren es mal mit dem Tusks – ich bin seit Jahren nicht mehr dort gewesen. Aber Mr. Malik ...» – wieder zögerte sie. «Ja, Mr. Malik ist ein höchst bemerkenswerter Mensch. Und jetzt sollte ich mich wohl besser umziehen. Bist du heute Abend unterwegs?»

«Ja. Ich bin mit jemandem in der Stadt verabredet.»

«Mit jemand Besonderem?»

«Oh ja», sagte Angus Mbikwa. «Das könnte man durchaus sagen.»

Als Petula nach Hause kam, war sie überrascht, dass ihr Vater noch wach war. Ihre Verabredung hatte viel länger gedauert als erwartet.

«Hallo, liebster Daddy. Wie war's?»

«Hm?»

«Die Vogelwanderung heute Vormittag. Wie war's? Hast du Rose getroffen?»

«Oh! Ja. Ja, ich habe mich mit Mrs. Mbikwa unterhalten, aber nur ganz kurz.»

Petula sah ihn an und runzelte die Stirn.

«Hast du Sorgen, Daddy? Du machst dir doch wohl nicht immer noch Gedanken wegen der Hochzeit?»

«Nein, nein, es hat nichts mit der Hochzeit zu tun.»

Der bevorstehenden Hochzeit wegen hatte Mr. Malik seine Tochter nicht mit den Schwierigkeiten behelligen wollen, in denen der Asadi Club steckte, aber jetzt ... Er erzählte ihr, was geschehen war.

«Nicht, dass wir uns wirklich ernsthaft Sorgen machen müssten. Schließlich haben wir Tiger Singh an unserer Seite.» Er lächelte. «Noch nie eine Partie Billard verloren und auch noch nie vor Gericht. Sie haben keine Ahnung, was da auf sie zukommt. Trotzdem muss ich immerzu daran denken, dass wir uns eine Menge Ärger erspart hätten, wenn ich rechtzeitig eingegriffen hätte.»

«Aber das ist doch alles geschehen, während du auf Safari warst. Was hättest du denn tun sollen?»

«Ach, ich weiß es doch auch nicht.» Er hob den Blick. «Weißt du, ich habe es deinem Großvater versprochen.»

Mr. Malik rief Petula die letzten Worte seines Vaters ins Gedächtnis. Sie schwiegen eine kleine Weile.

«Daddy? Es ist dir doch klar, dass Clarity International haargenau solche Dinge bekämpft, oder? Kriminalität und Korruption. Aber du hast ganz bestimmt recht. Mr. Singh wird morgen alles wieder richten.»

Mit viel Optimismus, in dem nur ein winziger Hauch Besorgnis Platz fand, erwarteten die Herren Malik, Gopez und Patel am folgenden Tag an ihrem angestammten Tisch in der Bar des Asadi Clubs die Ankunft von Tiger Singh. Wenn irgendjemand das Gericht davon überzeugen konnte, dass diese Geschichte mit der fehlenden Registrierungsurkunde juristischer Unsinn war oder dass der Diebstahl der Urkunde völlig ausreichte, um in diesem Fall mildernde Umstände zu bewirken, dann war es Tiger Singh.

«Und, Tiger?»

Sein Gesicht sprach Bände.

«Na ja, dann stimmt wohl das Sprichwort», sagte Mr. Gopez. *«Gegen Tammany Hall sind wir alle machtlos.»*

Die anderen hatten zwar im Grunde keine Ahnung von den politischen Machenschaften im New York des neunzehnten Jahrhunderts, aber sie verstanden trotzdem, was A. B. damit sagen wollte.

Mr. Patel schüttelte den Kopf.

«Ich fürchte, das hätten wir uns denken können.»

Tiger Singh nahm das Glas Tusker, das vor ihm auf dem Tisch stand, und trank im Stehen einen tiefen Schluck. Dem folgte ein gleichermaßen langer wie tiefer Seufzer.

«Also, Tiger. Was genau ist geschehen?», fragte Mr. Malik.

«Das Ministerium – genauer gesagt, der Repräsentant des Ministers, Mr. Jonah Litumana – war in der Lage, den Richter davon zu überzeugen, dass dem Ministerium den Buchstaben des Gesetzes zufolge das Recht zusteht, einen Beweis der Registrierung zu verlangen. Der Richter entschied, dass ungeachtet der Tatsache, dass die Regierung selbst einen solchen Beweis einst in ihren Unterlagen hatte, die gesetzliche Beweislast auf unserer Seite liegt, und zwar binnen der vom Ministerium gesetzten Frist. *Diem perdidi.* Ich fürchte, ich habe euch enttäuscht.»

«Wenn ich das sagen darf, mein lieber Tiger», sagte Mr. Malik, «du hast uns in keinster Weise enttäuscht. Wir alle hier wissen, dass du für den Asadi Club getan hast, was in deiner Macht stand. Ich für meinen Teil möchte dir noch einmal für die beachtliche Arbeit danken, die du geleistet hast.»

«Hört, hört!», sagte Mr. Patel.

«Malik hat recht, Tiger», sagte Mr. Gopez. «Der Asadi Club dankt und verneigt sich vor dir!»

«Ich danke euch, meine Herren, meine Freunde.» Tiger Singh setzte sich zu ihnen. «Es gibt allerdings noch einen winzigen Hoffnungsfunken. Als ich das Gericht verlassen habe, bin ich Harry Khan in die Arme gelaufen. Er sagte mir, er sei gerade selbst auf dem Weg zum Minister.»

«Zum Minister?», fragte Mr. Malik. «Oh, hat das was mit diesem Einkaufszentrum zu tun, von dem er erzählt hat?»

«Vermutlich. Ich erzählte ihm, was gerade vor Gericht geschehen war, und er meinte, er wolle sehen, was er tun könne.»

«Tun?», fragte Mr. Gopez. «Was meinst du damit, tun?»

«Ich bin mir nicht ganz sicher», sagte Tiger Singh. «Aber da ist er ja! Am besten wird sein, du fragst ihn selbst.»

Schwungvoll betrat Harry Khan die Bar.

«Hallo, Jungs, ich hab's schon gehört. Wirklich schade!»

«Ja», sagte Mr. Malik. «Aber der Tiger meinte, du wärst beim Minister gewesen.»

«Das stimmt. Und meinem guten Freund, dem ehrenwerten Brian Kukuya, zufolge sieht es so aus, als wäre alles startklar – und zwar hier und jetzt!»

«Ich glaube, ich verstehe nicht ganz, was du damit meinst, Harry.»

Harry Khan gab Mr. Malik einen Klaps auf die Schulter.

«Die Mega-Mall, Jack. Der Minister hat mir ein Grundstück angeboten – vorbehaltlich der üblichen ... äh ... abschließenden Verhandlungen. Ich dachte, ich komme am besten gleich rüber, um euch davon zu erzählen!»

«Nun», sagte Mr. Malik, «ich bin mir sicher, dass sich hier alle für dich freuen, Harry. Das sind wunderbare Neuigkeiten für Khan Enterprises. Aber ich fürchte – und ich bin mir sicher, du hast Verständnis dafür, wir sind im Augenblick alle ein bisschen niedergeschlagen.»

«Dann Schluss jetzt mit dem Trübsalblasen, Jungs. Kapiert ihr es nicht?»

«Was kapieren?»

«Ja, was denn kapieren?», fragte Mr. Gopez.

«Der Grund. Der neue Baugrund.»

Mr. Malik fiel die Kinnlade herunter.

«Du willst doch wohl nicht sagen, dass ...»

«Ja, aber natürlich, verdammt noch mal! Jawoll, wir sitzen direkt darauf. Und wisst ihr was? Dieser Club, wie lange steht der jetzt hier ... seit hundert Jahren? Der ist doch quasi in die Geschichte eingegangen, oder nicht? Und ich bin doch Mitglied, oder nicht?»

«Du meinst …?»

«Du hast es gerafft, Jack! Ich meine, dass Khan Enterprises ein wenig Platz dafür abzweigen wird – vielleicht sogar im vierten Stock. Das habe ich zwar noch nicht mit den anderen Vorständen besprochen, aber normalerweise drehe ich die Dinge eigentlich immer so, wie ich sie gerne hätte. Was Harry will, das kriegt Harry auch – stimmt's, oder habe ich recht?»

«Ich glaube, ich verstehe immer noch nicht ganz, Harry», sagte Mr. Gopez. «Platz wofür?»

«Platz für euch, Jungs.»

«Für uns? Meinen Sie, für den Asadi Club?»

«Na klar, mitten in der neuen Mega-Mall. Na ja, vielleicht nicht gerade mit Schwimmbad und Tennisplätzen – aber im Keller wird es einen Fitnessclub mit allem Pipapo geben und dazu eine Sauna, und ich bin mir sicher, dass wir für die Clubmitglieder Sonderkonditionen aushandeln können. Und im fünften Stock haben wir die Gastro-Erlebniswelt, da braucht ihr dann gar keinen eigenen Speisesaal mehr, stimmt's? Eine Bar natürlich schon, das ist klar! Zur Hölle, vielleicht sogar irgendwo euren eigenen Pooltisch – wieso eigentlich nicht? Und wie wär's mit einem großen Zimmer für Videospiele? – man muss schließlich was für die Jugend tun. Wie auch immer, denkt mal darüber nach. Wenn ihr mich jetzt bitte entschuldigen wollt, Jungs, ich kann leider nicht länger bleiben. Habe ein heißes Date.» Er wandte sich an Mr. Malik. «Eine Dame soll man schließlich nicht warten lassen. Stimmt's, Jack?»

30

Die Schnake, die den Schwalbenschnabel übersieht, sieht den Schwalbenmagen

Mr. Patel brach als Erster das Schweigen, nachdem Harry Khan die Bar des Asadi Clubs wieder verlassen hatte.

«Videospiele!»

Mr. Gopez folgte ihm auf dem Fuße.

«*Pool*tisch!»

Mr. Malik war ihnen als Dritter dicht auf den Fersen mit einem eher gemurmelten «Gastro-Erlebniswelt?».

Tiger Singh schüttelte nur stumm den Kopf.

«Glaubt ihr wirklich, das würde er tun?», fragte Mr. Patel. «Auf dem Grund und Boden seines eigenen Clubs ein Einkaufszentrum errichten?»

«Meiner Erfahrung nach», sagte Tiger Singh, «ticken Bauunternehmer anders als andere Menschen. Wisst ihr noch, wie er uns vor ein paar Tagen den Ratschlag gab, zu modernisieren? Er glaubt tatsächlich, er würde uns einen Gefallen tun – und sich selbst, natürlich. *Win-win* heißt das heutzutage.»

Mr. Gopez schnaubte. «Kopf, er gewinnt, Zahl, wir verlieren, trifft es wohl eher.»

«Es tut mir so leid», sagte Mr. Malik. «Ich glaube, das ist alles meine Schuld.»

«Deine Schuld?», fragten Mr. Gopez und Mr. Patel wie aus einem Munde.

«Ja, Malik», sagte Tiger Singh. «Erkläre uns doch bitte, wieso der Diebstahl der Registrierungsurkunde des Asadi Clubs deine Schuld sein sollte?»

«Wie können die kriminellen Machenschaften eines durchtriebenen, korrupten, verachtungswürdigen … *Politikers*», fuhr Mr. Gopez fort, «denn *deine* Schuld sein?»

«Ich hätte es kommen sehen müssen. Ich wusste über das Feuer in Errolls Amtsstube Bescheid und dass damals sämtliche Regierungsdokumente vernichtet wurden. Ich hätte es kommen sehen müssen. Ich hätte etwas unternehmen müssen, ehe es zu spät war.»

«Mein lieber Malik», sagte Tiger Singh. «Wenn dich Schuld trifft, dann trifft mich ebenso Schuld – uns alle. Nein, es gibt Ereignisse, die sich einfach nicht vorhersehen lassen.»

Ziemlich lange wusste niemand etwas zu sagen.

«Ich fürchte», sagte Mr. Patel schließlich, «es gibt noch mehr schlechte Nachrichten. Ihr wisst doch, dass ich auf unserer Safari diesen Knaben eingeladen habe, diese Woche einen Vortrag bei uns zu halten, oder?»

«Meinst du Angus Mbikwa?»

«Ja, vielleicht erinnert ihr euch noch, dass er über die Organisation sprechen wollte, für die er arbeitet – Clarity International. Er musste absagen. Tut ihm natürlich fürchterlich leid. Irgendwelche wichtigen Termine. Ich hatte mit ziemlich großem Andrang gerechnet.»

«Können wir das nicht auf nächsten Donnerstag verschieben?», fragte Mr. Gopez.

Mr. Patel sah ihn an.

«Mein lieber A. B. Du scheinst vergessen zu haben, dass es so, wie die Dinge momentan aussehen, nächsten Donnerstag keinen Asadi Club mehr geben wird. Deswegen habe ich ja auch mit so vielen Zuhörern gerechnet. Die können wir unmöglich enttäuschen. Es wäre gut gewesen, die alten Traditionen bis zum bitteren Ende aufrechtzuerhalten.»

«Ich weiß, was du meinst», sagte Mr. Gopez. «Die Band spielt weiter, während das Schiff sinkt. Du hast wohl auch keine zündende Idee für den Vortrag, was, Malik?»

«Nein. Eigentlich nicht», sagte Mr. Malik. «Obwohl ...» Er zögerte. «Nun ja, da wäre nach wie vor der Erroll-Fall.»

«Der Erroll-Fall?» Mr. Patel starrte zur Decke, als versuche er krampfhaft, sich an etwas zu erinnern. «Hatten wir nicht irgendwann mal eine Veranstaltung zum Erroll-Fall in diesem Club – eine Debatte oder so etwas? Gopez, du erinnerst dich doch noch daran, oder?»

«Ich habe mir noch einmal die Bücher vorgenommen», sagte Mr. Malik. «Vor allem die Biographie von Juanita Carberry. Es gibt immer noch ein paar Punkte, die nicht so ganz zusammenpassen. Und gestern habe ich mich mit einem Freund darüber unterhalten.»

Tiger Singh schüttelte den Kopf.

«Was gibt es dazu denn noch zu sagen?»

«Och, so einiges.»

«Zum Beispiel?»

Mr. Malik setzte sein Glas ab.

«Wo du schon fragst, Tiger, ich bin mir sicher, auch dir ist aufgefallen, dass in der letzten Debatte ein sehr wichtiger Beweis – wie soll ich sagen? – übersehen wurde.»

«Sprich weiter.»

«Die Position der Leiche bei ihrer Auffindung. Ihr werdet euch daran erinnern, dass sich der Leichnam nicht auf dem Fahrersitz befand, sondern zusammengekrümmt auf dem

Boden lag. In dem Polizeibericht heißt es ganz eindeutig, dass der Körper unmöglich nach Eintreten des Todes in diese Position gerutscht sein kann. Er muss absichtlich so drapiert worden sein, und um das zu bewerkstelligen, war mit an Sicherheit grenzender Wahrscheinlichkeit mehr als eine Person notwendig. Wie und weshalb?»

Mr. Malik merkte, dass er die Aufmerksamkeit seiner Freunde gewonnen hatte, und er fuhr fort.

«Außerdem war da noch der Molkereidirektor.»

«Er hat doch vor Gericht ausgesagt, oder nicht? Hat den Leichnam gesehen, kurz nachdem die Polizei eintraf.»

«Das ist richtig, Tiger. Er war bereits gegen 2:40 Uhr durch Karen gekommen und hatte nichts Ungewöhnliches gesehen. Aber niemand hat sich je gefragt, *warum* der Molkereidirektor um jene Uhrzeit durch Karen kam und dann um kurz nach vier, just, nachdem die Leiche gefunden wurde, schon wieder.»

«Ich verstehe nicht –»

«Und es hat sich auch nie jemand gefragt, ob ein Molkereidirektor, der in Karen herumfährt, womöglich in Verbindung mit einem Milchlaster steht, der zur selben Zeit am selben Ort unterwegs gewesen ist.»

«Jetzt, wo du es sagst», sagte Mr. Gopez, «ich glaube, ich habe in diesem Verschwörungsbuch mal irgendwas in der Richtung gelesen. Waren sie nicht im Auftrag derselben Molkerei unterwegs?»

«Ja, A. B. – die Grange-Park-Molkerei in Karen. Leslie Condon hieß damals der Direktor. Er lebte in dem Haus auf dem Molkereigelände.» Mr. Malik blickte nacheinander jeden seiner Freunde an, die um den Tisch versammelt saßen. Er lehnte sich zurück. «Und wie der Zufall es will, war einer der

Milchlastwagenfahrer der Vater des Freundes, mit dem ich mich gestern unterhalten habe.»

«Du willst doch nicht etwa behaupten», sagte der Tiger, «dass dieser Kerl – der Vater deines Freundes – einer der Männer war, die den Wagen, die den Leichnam von Lord Erroll gefunden haben?»

«Doch.»

«Aber dieser Fahrer – er hat doch damals eine Aussage gemacht, oder nicht?»

«Er hat die Fragen der Polizei beantwortet.»

«Hm», machte Tiger Singh. «Aber hat er dabei, frage ich mich jetzt, die Wahrheit gesagt, die ganze Wahrheit und nichts als die Wahrheit?»

Über genau diese Frage hatte Mr. Malik in den letzten beiden Tagen immer wieder nachgedacht. Gibt es, so hatte er sich gefragt, so etwas wie die Wahrheit überhaupt? Falls es sie im Fall Lord Erroll gab, wo war sie dann zu finden? Im geschriebenen Wort – in den Notizbüchern der Polizisten und in den Gerichtsakten, in all den Büchern und Artikeln zu diesem Fall? Oder in Gedanken und Erinnerungen? Oder womöglich ganz woanders – versteckt und für das Auge unsichtbar?

«Hat der Vater meines Freundes die Wahrheit gesagt?», fragte Mr. Malik. «Genau diese Frage habe ich ihm auch gestellt, Tiger.»

«Und hast du eine Antwort erhalten?»

«Ja. Und deshalb frage ich mich, ob die Mitglieder des Asadi Clubs wohl daran interessiert sein könnten, morgen Abend zu erfahren, wer Lord Erroll tatsächlich ermordet hat.»

Der Bartender in der Jockey Bar des Hilton schenkte seinem Gast ein breites Lächeln.

«Das Übliche, Sir?»

Nachdem sein Gast genickt hatte, tat er drei Eiswürfel in ein hohes Longdrinkglas und goss mit einem doppelten Jack Daniel's auf.

«Werden Sie heute Abend im Hotel speisen?»

«Nein, heute nicht», sagte Harry Khan und nahm das Glas vom Tresen. «Ich habe … eine Verabredung.»

«Eine weibliche Verabredung, Sir?»

Harry Khan grinste.

«Woher wissen Sie das nur?»

Er sah auf die Uhr. Er hatte noch jede Menge Zeit, ehe er Rose abholte. Den Drink in der Hand, schlenderte er zu der Jukebox, die ganz hinten in der Jockey Bar aufgestellt war. Die Schallplatten waren seit seinem letzten Besuch in Nairobi nicht ausgewechselt worden. Eine Zehn-Shilling-Münze in den Schlitz geworfen, A gedrückt und danach die 6, und schon wäre Bill Haley nur allzu gerne bereit, einen rund um die Uhr durchzurocken. Drückte man G9, schon gab Little Richard in höchsten Tönen seinem Erstaunen über das Treiben von Miss Molly Ausdruck, und wählte man C4, dann durfte man drei Minuten und zweiundvierzig Sekunden lang in *Chantilly Lace* schwelgend vergessen, dass The Big Booper schon lange in den großen Rock-'n'-Roll-Himmel aufgestiegen war.

Harry Khan trat ans Fenster und sah hinaus auf die langsam dunkel werdende Stadt. Nairobi war natürlich nicht New York. Aber er mochte es trotzdem irgendwie. Jetzt, wo es mit dem neuen Einkaufszentrum tatsächlich voranging, sah es ganz danach aus, als würde er künftig mehr Zeit hier verbringen. Vielleicht sollte er sich eine Wohnung mieten.

Er könnte heute Abend mit Rose darüber sprechen. Genau. Wenn er ihr von der Jukebox erzählte, kam sie vielleicht sogar auf ein Tänzchen mit ihm ins Hotel. Rose tanzte gern. Er lächelte. Als er sich wieder umdrehte, bemerkte er an einem Tisch in der Ecke einen Mann und eine Frau. War das nicht Rose Mbikwas Sohn, den er letztes Wochenende am See kennengelernt hatte? Er wollte schon hinübergehen, um hallo zu sagen, doch etwas an der Art, wie Angus Mbikwa sich über den Tisch zu der Frau hinüberbeugte, die in seiner Begleitung war, und daran, wie auch sie sich über den Tisch zu ihm lehnte, hielt ihn schließlich davon ab. Er meinte, auch die Frau schon einmal gesehen zu haben. Sie unterhielten sich leise, doch im Hinausgehen schnappte er trotzdem ein paar Worte auf.

«Bist du dir sicher, Sunita?», fragte Angus Mbikwa.

«Ja, Angus, ganz sicher.» Ihre Augen strahlten. «Ich war mir noch nie in meinem Leben so sicher.»

31

Die Schwalbe polstert ihr Nest nicht mit eigenen Federn

«Meine Damen und Herren», sagte Tiger Singh.

Wieder quoll der Speisesaal des Asadi Clubs über vor Mitgliedern, fast alle in Begleitung ihrer Ehefrauen. Mr. Malik hatte sehr darauf gehofft, dass Petula es auch schaffen würde, aber sie hatte wieder einmal zu tun. Ihr Engagement für Clarity International schien in letzter Zeit sehr zeitaufwendig zu sein.

«Lassen Sie mich ein paar Worte sagen, ehe wir mit unserem Vortrag beginnen. Mich haben viele Mitglieder gefragt, ob es Neuigkeiten über die Zukunft unseres Clubs gibt. Ich fürchte, ich kann Ihnen nichts Neues sagen. Heute Abend jedoch wollen wir versuchen, unsere Sorgen für eine Weile zu vergessen, und uns dem üblichen Ablauf des Donnerstagabends zuwenden. Sie erinnern sich sicherlich daran, dass wir vor zwei Wochen anstelle des Vortrages eine Debatte zwischen unseren beiden Mitgliedern Mr. Patel und Mr. Gopez veranstaltet haben. Gegenstand dieser Debatte war ein Verbrechen, welches vor beinahe siebzig Jahren hier in Kenia verübt wurde – der Mord an Josslyn Hay, dem 22. Earl of Erroll. Mr. Patel legte uns nahe, dass trotz eines Freispruchs vor Gericht Sir Jack Delves Broughton, dessen Frau eine Affäre mit Erroll hatte, der Mann war, der Lord Erroll in jener dunklen Nacht im Januar 1941 in seinem Wagen erschossen hatte. Um seine Theorie zu untermauern, verwies Mr. Patel auf die Enthüllungen eines englischen Journalisten zu einem sehr viel späteren Zeitpunkt, der angab, dass Broughton seine Schuld nicht weniger als drei verschiedenen Zeugen gestanden hatte – unter anderem, und zwar bereits zwei Tage nach dem Mord, einem fünfzehnjährigen Mädchen, Juanita Carberry. Anschließend machte Mr. Gopez uns auf diverse Ungereimtheiten dieser Theorie aufmerksam. Erstens, dass Broughtons Geständnisse sich jeweils in wesentlichen Aspekten unterschieden, und zweitens, dass Juanita Carberrys Aussage aus gewissen Gründen ebenfalls in Zweifel gezogen werden durfte. Stattdessen entwickelte er die Theorie, dass in Wirklichkeit das junge Mädchen selbst, also Juanita Carberry, die Mörderin gewesen war. In einer äußerst knappen Abstimmung gab das Publikum, also Sie, meine Damen und Herren, der Theorie von Mr. Patel den Vorzug. Inzwischen sind jedoch neue Fakten aufgetaucht.»

Der Tiger wandte sich den beiden Stühlen zu, die neben ihm standen. Darauf saßen ein kleiner, runder, beinahe kahler Mann und neben ihm ein zweiter, mit dunkler Haut und weißem Haar.

«Mein Freund Malik», sagte der Tiger. «Habe ich richtig verstanden, dass du in der Lage bist, mit neuen Beweisen aufzuwarten, die auf die wahre Identität des Mörders von Lord Erroll schließen lassen?»

Mr. Malik erhob sich.

«Von Beweisen zu sprechen, wäre wohl zu gewagt, Tiger. Doch ich glaube, dass ich dank meines Freundes Thomas Nyambe ein durchaus interessantes Schlaglicht auf den Fall werfen kann.»

Der Tiger ließ den Blick über die Versammlung schweifen. Sämtliche Augen waren auf Mr. Malik gerichtet.

«Und bist du bereit, uns an deinen Erkenntnissen teilhaben zu lassen?»

«Mit größtem Vergnügen, vorausgesetzt, mein Freund ist einverstanden.»

Ein Nicken und ein Lächeln von Thomas Nyambe gaben ihm die Antwort, die er brauchte.

«Mein lieber Malik, dann ist der Gerichtssaal – die Bühne wollte ich sagen – die deine.»

Mr. Malik wandte sich ans Publikum.

«Meine Damen und Herren, wie Sie sich von unserer letzten Debatte vielleicht erinnern werden, waren es zwei Milchwagenfahrer auf ihrer Morgentour nach Nairobi, die den Wagen von Lord Erroll kurz hinter Karen als Erste entdeckten. Bis jetzt ist keiner der beiden Milchmänner in den Büchern und Abhandlungen, die über den Fall zu Papier gebracht wurden, großartig aufgetaucht, genauso wenig wie in unserer Debatte. Doch da einer der beiden Männer in der Geschichte, auf die ich mich gleich beziehen werde, eine entscheidende Rolle spielt, erlauben Sie mir bitte, Ihnen ein wenig mehr über ihn zu erzählen. Nach dem Krieg beschloss einer dieser beiden Milchwagenfahrer, seinen Beruf als Lastkraftwagenfahrer aufzugeben. 1946 bewarb er sich beim öffentlichen Dienst, wo er es mit seinen Fähigkeiten im Laufe der Zeit bis zum privaten Chauffeur eines ranghohen Regierungsbeamten brachte – ein Posten, den er viele Jahre innehatte. Als er sich zur Ruhe setzte, übernahm sein Sohn – ebenfalls ein sehr geschickter Fahrer – die Position. Es handelt sich bei diesem Mann um meinen guten Freund Mr. Thomas Nyambe, der hier neben mir sitzt. Ich werde

Ihnen nun verraten, was sein Vater ihm über die Ereignisse in der Mordnacht erzählt hat.»

Thomas Nyambe gab mit einer angedeuteten Verbeugung seine Zustimmung.

«Kehren wir zurück zu jener dunklen, regnerischen Nacht im Januar 1941. Zwei Milchfahrer entdecken im Straßengraben einen schwarzen Wagen mit eingeschalteten Scheinwerfern. Sie halten an, um nach dem Rechten zu sehen. Auf den ersten Blick ist im Wageninneren niemand zu erkennen, doch als sie die Beifahrertür öffnen, entdecken sie auf dem Vordersitz einen Mann.»

«Sie öffneten die Tür, Malik?», fragte Tiger Singh. «Wenn ich mich richtig erinnere, steht in ihrer Aussage, sie hätten die Tür nicht geöffnet.»

«Auf diesen Punkt werde ich noch zu sprechen kommen.»

«Verstehe. War der Mann tot?»

«Zuerst sah es für sie nicht danach aus. Erinnern wir uns daran, dass Lord Erroll von links erschossen wurde. Sein Oberkörper war auf den Beifahrersitz gesunken. Die beiden konnten die Wunde nicht sehen – sie hielten Lord Erroll zunächst einfach für irgendeinen *mzungu*, der auf dem Rückweg vom Karen Club in den Graben gesteuert war, um seinen Rausch auszuschlafen. Doch dann merken sie, dass noch jemand im Wagen ist – eine junge Frau.»

Ein Raunen ging durchs Publikum.

«Zuerst denken sie, die Frau auf dem Rücksitz würde auch schlafen, doch dann spricht sie die Männer an – auf Suaheli. Dies war, wie Sie sicher wissen, zu jener Zeit höchst ungewöhnlich. Die einzigen Wörter Suaheli, die die meisten weißen Siedler, und ganz besonders die Mitglieder der sogenannten Happy-Valley-Clique, kannten, waren Befehle, um die Dienerschaft herumzukommandieren.»

Mr. Gopez ergriff das Wort.

«Willst du damit sagen, es war Juanita?»

«Ja, A. B. Es handelte sich um Juanita Carberry.»

«Ha! Was habe ich euch gesagt? *Cherchez la* vermaledeite *femme!* Es ist doch immer wieder das Gleiche!»

Mr. Malik erhob eine Hand.

«Vielleicht liegen die Dinge aber doch nicht ganz so einfach, A. B. Die junge Frau zitterte zwar am ganzen Leib wie Espenlaub, doch sie war trotzdem in der Lage, den beiden Männern zu sagen, wer sie war, und auch ein wenig von dem, was geschehen war. Sie hatte sich im Fond des Wagens versteckt. Sie hatte gemerkt, wie der Wagen langsamer wurde und schließlich stehenblieb. Sie hörte Lord Erroll jemanden grüßen und fragen, was geschehen sei, hörte, wie eine Tür geöffnet wurde, und die Stimme eines anderen Mannes. Dann zwei Schüsse. Sie fürchtete sich zu Tode, einerseits wegen der Schüsse selbst, und zweitens hatte sie Angst, dass derjenige, der sie abgefeuert hatte, sie entdeckte. Sie kauerte sich auf der Rücksitzbank zusammen, mucksmäuschenstill, und wagte kaum zu atmen. Nach ein oder zwei Minuten hörte sie, wie eine Tür ins Schloss geworfen wurde und ein Wagen davonfuhr. Sie wagte einen Blick über die Lehne des Fahrersitzes. Erroll war bereits auf den Beifahrersitz gesunken. Er war eindeutig tot.»

«Wer es getan hat, hat sie nicht gesehen?»

«Richtig, Tiger. Sie hat weder den Mörder gesehen noch seinen – oder ihren – Wagen. Sobald die Luft rein schien, versuchte sie auszusteigen, doch die Türen ließen sich nicht öffnen – seit einige Monate zuvor jemand aus heiterem Himmel auf seinen Wagen geschossen hatte, fuhr Lord Erroll offensichtlich stets mit verriegelten Türen. Juanita versuchte, sich mit Gewalt zu befreien – indem sie sich am Haltegriff festhielt und sich mit den Beinen gegen eine der Türen stemmte –, doch dabei riss lediglich der Griff ab. Als sie es auf der anderen Seite versuchte, geschah dasselbe. Dann sah sie auf der Straße die Scheinwerfer eines nahenden Wagens. Aus Furcht, es sei der Mörder, der noch einmal an den Ort des Geschehens zurückkehrte, versuchte sie, sich wieder zu verstecken.»

«Aber was hatte sie überhaupt dort zu suchen, Malik?»

«Auch darauf komme ich gleich zurück, wenn du gestattest, Tiger. Doch das näher kommende Fahrzeug ist nicht der Wagen des Mörders. Es ist der Milchlaster auf dem Weg nach Nairobi. Als die beiden Fahrer Juanita auf der Rücksitzbank von Lord Errolls Wagen entdecken, fleht sie die beiden an, niemandem zu erzählen, dass sie sie gesehen haben. Sie hat etwas Verbotenes getan – und wenn ihr Vater es herausfindet, erwartet sie eine heftige Tracht Prügel. Die beiden Männer kennen die Geschichten über *Msharisha* Carberry und seine Nashornlederpeitsche nur zu gut. Sie verhalten sich wie afrikanische Gentlemen. Sie versprechen ihr, sie nicht zu verraten. Dann sehen sie nur noch, wie Juanita Carberry mit ihren weißen Laufschuhen in der Dunkelheit verschwindet.»

«Gut», sagte der Tiger. «Das erklärt natürlich die abgerissenen Haltegriffe und die weißen Abriebspuren auf der Rücksitzbank. Doch was ist mit dem geheimnisvollen Mörder? Sie hat ihn nicht gesehen. Willst du damit sagen, es sei doch Broughton gewesen?»

«Nein, Broughton hat es nicht getan. Broughton war, wie er immer behauptet hatte, zu Hause – genau wie Diana, Broughtons Frau. Ich muss gestehen, dass dieser Teil des Rätsels mich immer schon am meisten beschäftigt hat. Broughton und Diana hatten beide ein Alibi – zwar kein besonders starkes, aber doch ein Alibi. Erst als ich mich mit meinem Freund Mr. Nyambe über den Fall unterhielt, wurde mir klar, an welchem Punkt ich die ganze Zeit falschgelegen hatte.»

Mr. Malik ließ den Blick durch den Raum schweifen. Es war mucksmäuschenstill.

«Wie Sie vielleicht wissen, war für Lord Erroll eine Frau zur Zeit nie genug gewesen. Es war allgemein bekannt, dass er eine weitere Geliebte hatte, die zum Zeitpunkt des Mordes in Südafrika weilte. Weniger bekannt hingegen war der Umstand, dass er außerdem eine Affäre mit der attraktiven Ehefrau des Direktors der Grange-Park-Molkerei hatte.»

«Große Güte!», raunte Mr. Gopez. «Gegen den war Casanova ein armer Waisenknabe.»

«Und darf ich fragen, woher du diese Kenntnis beziehst, Malik?»

Mr. Malik warf seinem Freund Thomas Nyambe, der noch immer still neben ihm saß, einen weiteren Blick zu.

«Alle Männer, die in der Molkerei arbeiteten, wussten, wem der schwarze Buick gehörte, der häufig vor dem Anwesen der Condons parkte, sobald Leslie Condon frühmorgens nach Nairobi aufgebrochen war.»

«Verstehe. Aber was hat Condon mit dem Mord zu tun?»

«In einer so kleinen Gemeinde ein Geheimnis zu bewahren, war so gut wie unmöglich. Condon hatte von der Affäre seiner Frau erfahren – wahrscheinlich über ein befreundetes Mitglied des Muthaiga Clubs. Er war an jenem Abend ebenfalls dort. Er bekam die Unterhaltung an Broughtons Tisch mit – der halbe Club hatte sie mitbekommen. Er hatte gehört, wie Broughton Erroll darum bat, Diana um drei Uhr nach Hause zu bringen. Das war seine Chance. Nachdem sich Erroll und Diana auf die Tanzfläche begeben hatten, verließ Condon den Club. Er hatte gehört, wann Erroll Diana nach Karen fahren würde. Es lag nahe, dass Erroll im Anschluss denselben Weg zurück nach Nairobi nehmen würde – allein. Condon plante, Erroll an irgendeiner einsamen Stelle entlang dieser Strecke aufzulauern. Er fuhr also zurück zur Molkerei, um seinen Revolver zu holen, und versteckte seinen eigenen Wagen in der Nähe der Kreuzung. Gegen 2:15 Uhr sah er dann Erroll und Diana in Richtung des Hauses von Broughton vorbeifahren. Sobald der Wagen außer Sicht war, fuhr er zurück auf die Straße, stieg aus und öffnete die Motorhaube. Er musste nicht lange warten, bis Erroll auf dem Rückweg war. Condon bedeutete ihm winkend, anzuhalten. Erroll blieb stehen, kurbelte das Beifahrerfenster hinunter und fragte, was los sei. Condon streckte die Pistole durchs geöffnete Wagenfenster und gab zwei Schüsse ab. Danach stieg er in sein Auto, wendete und fuhr zurück in sein Haus auf dem Molkereigelände.»

«Wenn ich dich unterbrechen darf, Malik», sagte der Tiger, «nach meinen Berechnungen müsste er gegen 2:45 Uhr bereits wieder zu Hause gewesen sein. Wieso hat er der Polizei erzählt, er wäre um 2:40 Uhr an der Kreuzung vorbeigekommen, hätte aber nichts gesehen? Ich meine, wieso hat er ihnen überhaupt erzählt, dass er dort vorbeigekommen ist?»

«Wegen der Milchfahrer. Sie hatten zu ebenjener Zeit den Wagen in der Molkerei beladen, um die Milch nach Nairobi zu liefern. Sie hatten ihn zurückkommen sehen. Condon war klar, dass die beiden davon erzählen würden, falls die Polizei ihnen Fragen stellte. Indem er von sich aus erwähnte, dass er tatsächlich am Fundort des Wagens vorbeigefahren war, kam er dieser Möglichkeit zuvor.»

«Und der Wagen, Malik? Wie ist der Wagen in den Graben geraten, und wie kam der Leichnam in den Fußraum?»

Mr. Malik warf dem weißhaarigen Mann an seiner Seite einen weiteren Blick zu und richtete sich dann wieder an das gebannte Publikum.

«Ja, meine Damen und Herren, meine Geschichte ist noch nicht beendet. Sie alle werden sich erinnern, dass die beiden Milchmänner bereits in Junaitas Täuschungsmanöver verwickelt sind. Nun versuchen sie, Beweise zu beseitigen – zumindest lange genug, um der kleinen Memsahib einen Zeitvorsprung zu geben. Im Strahl ihrer Autoscheinwerfer vermeinen sie, auf der anderen Straßenseite ein Wasserloch zu entdecken. Wenn es ihnen gelingt, den Wagen ins Wasser zu schieben, dann wird er vielleicht nicht sofort entdeckt. Dazu ist es jedoch notwendig, Errolls Leichnam aus dem Weg zu schaffen, um das Lenkrad freizubekommen. Es gelingt ihnen, den Körper in den Fußraum zu bugsieren. Indem der eine den Wagen am Heck anschiebt und der zweite durchs offene Fenster das Lenkrad steuert, gelingt es ihnen schließlich, das Auto über die Straße in das Wasserloch zu bewegen. Doch die Spiegelung im Scheinwerferlicht war trügerisch. Das Wasserloch ist nichts weiter als eine große Pfütze, weil an der Stelle ein bisschen Lehm abgetragen wurde, um die Straße auszubessern. Der Wagen bleibt mit einem Vorderrad in dieser Pfütze stecken. Er hängt fest. Sie holen den Lastwagen, um besseres Licht zu haben, und versuchen es noch einmal, aber vergebens – nach dem Regen ist die Straße zu glitschig.»

«Ach, das erklärt auch die Reifenspuren», sagte Tiger Singh.

«Genau. Aber was sollen sie jetzt tun? Lassen sie den Wagen einfach stehen, wird er bald schon gefunden werden – denn sie wissen ja, dass zum Beispiel ihr Direktor, Leslie Condon, schon bald nach Nairobi fahren wird, so wie jeden Morgen. Ihnen ist auch klar, dass die Polizei gerufen wird, schließlich liegt in dem Wagen ein Toter. Sie können schlecht behaupten, den großen schwarzen Buick im Straßengraben im Vorbeifahren nicht gesehen zu haben. Es bleibt ihnen also nur eine Möglichkeit. Sie müssen *selbst* die Polizei rufen. Sie werden sagen müssen, dass sie den Wagen so gefunden haben, wie er jetzt dasteht. Sie werden sagen müssen, dass sie glauben, in dem Wagen liegt ein Toter, und dass sie nichts angefasst haben. Und komme, was da wolle, in einem sind die beiden sich einig: Sie werden nichts über die zweite Person sagen, die im Wagen war. Die Frau, die gerade zu Fuß zu dem Haus in Karen zurückgerannt ist, ihre schlammverschmierten weißen Turnschuhe im Efeugestrüpp versteckt hat, die Regenrinne hinaufgeklettert ist und bereits wieder wohlbehalten in ihrem Bett liegt.»

32

Weder bittet die Schwalbe den Webervogel, ihr das Nest zu bauen, noch bittet der Webervogel die Schwalbe darum

«Eine faszinierende Geschichte», sagte der Tiger und stellte sich zu seinen Freunden an die Bar. «Alle Achtung, Malik. Das erklärt die fehlenden Puzzleteile. Und vielen Dank, Mr. Nyambe. Es war sehr großzügig von Ihnen, Ihre Geschichte mit den Mitgliedern des Asadi Clubs zu teilen. Trotzdem verstehe ich noch immer nicht, was sie dort zu suchen hatte, Malik. Wieso versteckte sich Juanita Carberry in dem Wagen von Lord Erroll? Hatte A. B. recht? Hatten die beiden tatsächlich eine Affäre?»

«Nein – wie sie in ihrer Autobiographie schrieb, ist sie dem Mann nie begegnet. Es ist im Grunde ganz einfach. Sie wollte fliehen. Vielleicht erinnert ihr euch daran, dass sie seit jener Nacht im November, als ihr Vater einen Soldaten dabei erwischte, wie er aus ihrem Schlafzimmerfenster in Nyeri kletterte, jeden Abend in ihr Zimmer gesperrt wurde. Die Mordnacht war seitdem das erste Mal, dass Juanita von zu Hause weggekommen war. Es war schlicht die erste Möglichkeit zur Flucht. Und zwei Monate darauf ist sie ja dann tatsächlich davongelaufen, in das Haus ihres Onkels in Nairobi – und hat danach nie wieder bei ihrem Vater und ihrer Stiefmutter gelebt.»

«Dann hatte sie also tatsächlich nie etwas mit Lord Erroll zu tun? Nun, ich muss zugeben, auch das klingt plausibel. Er schien es immer auf verheiratete Frauen abgesehen zu haben. Doch wo bleibt Broughton in der ganzen Geschichte? Willst du behaupten, sie hätte sich die Sache mit seinen Geständnissen nur ausgedacht?»

«Ich muss zugeben», sagte Mr. Malik, «dass mir diese Frage auch Rätsel aufgegeben hat. Weder mein Freund Mr. Nyambe noch ich sind darauf gekommen – bis mir wieder einfiel, dass Juanita zwar im Wagen war, als Erroll ermordet wurde, aber nicht gesehen hat, wer geschossen hat.»

«Ich verstehe es trotzdem nicht.»

«Nun ja», antwortete Mr. Malik, «angenommen, Broughton legt Juanita gegenüber tatsächlich ein Geständnis ab. Aus welchem Grund sollte sie ihm nicht glauben?»

«Moment mal. Willst du damit sagen, Gopez hatte recht, und er hat aus reiner Angeberei gestanden?»

«Möglicherweise. Oder ...» Mr. Malik zögerte. «Vielleicht glaubte Broughton aber auch, dass Juanita Carberry die Mörderin war.»

«*Er* dachte, *sie* wäre es gewesen? Warum das denn?»

«Denk bitte daran, was später in derselben Nacht geschah. Durch sein Schlafzimmerfenster sieht Broughton Juanita nach Hause kommen. Er sieht, wie sie ihre Turnschuhe versteckt. Am nächsten Morgen erfährt er, dass Lord Erroll ein Stück die Straße runter ermordet in seinem Wagen gefunden wurde.»

«Und glaubt, es gäbe einen Zusammenhang?»

«So in etwa, A. B. Doch falls das Mädchen tatsächlich etwas mit dem Mord zu tun hatte, dann hätte Broughton sie doch nicht bloßstellen wollen – im Gegenteil, er hätte versucht, sie zu beschützen. Beim Mittagessen werden die beiden einander dann offiziell vorgestellt – erinnert euch, sie waren einander ja vorher noch nie begegnet. Er führt sie zu den Ställen, um ihr seine Pferde zu zeigen, die beiden sind allein. Es ist ihm nicht möglich, sie direkt anzusprechen. *Ich habe gesehen, wie du dich gestern Nacht ins Haus geschlichen haben, wie du deine Turnschuhe versteckt hast, und ich weiß, dass du Lord Erroll erschossen haben, aber ich verrate es keinem.*»

«Weil er sich nicht hundertprozentig sicher ist, dass sie es getan hat.»

«Ganz genau, A. B. Er führt sie an dem Laubfeuer vorbei. Wenn sie ihre brennenden Schuhe entdeckt, wird sie wissen, dass er die Beweisstücke vernichtet, die sie mit Erroll in Verbindung bringen könnten, und so wird sie wissen, dass er auf ihrer Seite ist.»

«Moment mal, Malik. Eben gerade hast du doch selbst gesagt, dass sie es nicht gewesen ist.»

«Ja, aber Broughton glaubt, dass sie es war.»

«Wartet mal», sagte der Tiger gedehnt. «Willst du uns jetzt etwa erzählen, Juanita Carberry sei der Meinung, Broughton hätte es getan, und sie hätte seine Stimme gehört, als sie sich im Wagen versteckte?»

«Nicht zu diesem Zeitpunkt. Sie ist überrascht, dass ihre Schuhe gefunden wurden – und vielleicht hat sie immer noch Angst, Schwierigkeiten zu bekommen. Und sie fragt sich zweifellos, warum er ihre Schuhe verbrennt.»

«Aber am nächsten Tag hat Broughton den Polizeibeamten doch auch an diesem Laubfeuer vorbeigeführt», sagte Mr. Gopez. «Was sollte das denn?»

«Das diente offensichtlich dem Zweck, den Verdacht auf

sich selbst zu lenken und das Mädchen zu beschützen – obwohl er gleichzeitig natürlich abstreitet, irgendetwas zu wissen, und zuversichtlich ist, dass die Polizei niemals ausreichend Beweise gegen ihn sammeln wird, um ihn tatsächlich zu verhaften, weil er es ja schließlich nicht gewesen ist.»

«Dem war auch so.»

«Richtig, Tiger. Während der Befragung erfährt er von den weißen Striemen auf dem Rücksitz. Er hat gesehen, wie sie die Schuhe versteckt hat, und ist nun noch fester davon überzeugt, dass Juanita Carberry etwas mit der Sache zu tun haben muss. Er fährt nach Nyeri und stellt fest, dass June Carberry und seine Frau Diana ausgegangen sind. Inzwischen hat er einen neuen Plan ausgeheckt, um Juanita wissenzulassen, dass er es weiß.

‹Ich habe Lord Erroll umgebracht›, sagt er zu ihr.»

«Jetzt komme ich gar nicht mehr mit», sagte Mr. Gopez. «Wie soll er ihr denn bitte stecken, dass er weiß, dass sie es war, indem er ihr sagt, er war es?»

«Es war wohl als eine Art Code gedacht. Broughton war inzwischen der festen Überzeugung, dass Juanita die Mörderin war. Er dachte, indem er ihr sagte, *er* hätte Erroll erschossen, würde ihr klar werden, dass er sie nicht verraten würde, obwohl er die Wahrheit kannte.»

«Dann war er immer noch davon überzeugt, dass sie es war, und sie war inzwischen davon überzeugt, dass er es war.»

«Ganz genau, A. B. Und in Wirklichkeit war es keiner von beiden.»

Tiger Singh schlug beide Hände an die Stirn.

«Genial, Malik! Das ist absolut genial! Mein lieber Malik, deine detektivischen Fähigkeiten sind ebenso beeindruckend wie die von deinem Freund Benjamin. Natürlich – das hätte mir klar sein müssen! *Tempus veritas revelit!* Ich glaube tatsächlich, du hast den Fall gelöst!»

«Nein, nein, Tiger, nicht gelöst. Es ist doch nur eine Geschichte, die sich auf Indizien und Hörensagen stützt. Genau wie all die anderen Geschichten, die sich um diesen Fall ranken. Fast alle Zeugen sind tot, fast alle Verdächtigen sind tot. Aber vielleicht kann jetzt auch das Verbrechen an sich endlich ruhen.»

«Entschuldigen Sie bitte, meine Herren», sagte der Barkeeper. «Mr. Malik, Ihre Tochter ist am Apparat. Sie sagt, es ist wichtig.»

«Hallo, Liebes – kann das nicht warten? Ich komme bald nach Hause …» Er verstummte. «Ach, verstehe.»

Mr. Malik legte auf und drehte sich zu seinen Freunden um. «Liebe Freunde, ich muss mich entschuldigen, ich sollte schleunigst nach Hause. Meine Tochter hat mir eben gesagt, sie hätte vielleicht eine Möglichkeit gefunden, den Asadi Club zu retten!»

33

Durch unermüdliches Kommen und Gehen baut der Webervogel sein Nest

Es war wirklich, dachte Mr. Malik, während er Benjamin dabei zusah, wie er sich ein paar Zweige fürs allmorgendliche Blätterfegen zurechtschnitt, eine sehr gute Idee. Petula war so aufgeregt gewesen. Es sei an der Zeit, aus der Defensive zu kommen, hatte sie gesagt, als er gestern Abend aus dem Club nach Hause geeilt war.

«Zeit zum Angriff», sagte sie. «Ihr braucht Publicity. Ich habe erst vor ein paar Tagen mit Angus darüber gesprochen – Angus Mbikwa, weißt du? –, und eben gerade ist es mir plötzlich klargeworden. Man muss den Menschen erzählen, was da vor sich geht. Den Scheinwerfer der Wahrheit auf die finsteren Machenschaften dieses *ehrenwerten* Ministers richten.»

«Das hört sich wirklich wunderbar an», sagte Mr. Malik. «Aber wie genau sollen wir das deiner Meinung nach anstellen?»

«Auch darüber habe ich nachgedacht.» Petula knallte eine Ausgabe der *Evening News* auf den Tisch. «Unsere Zwitschervogel-Website steht zwar noch nicht, aber du kennst doch diesen Dadukwa, der die Kolumne ‹Von einem Schlag› geschrieben hat? Wir müssen mit ihm in Kontakt kommen, ihm erzählen, was vor sich geht. Die Geschichte wird in der *Evening News* gedruckt und bingo! Problem gelöst.»

Mr. Malik nahm die Zeitung zur Hand. Sollte er seine Tochter einweihen?

«Hast du dir das Datum dieser Ausgabe angesehen?», fragte er sie.

Sie nahm ihm die Zeitung aus der Hand.

«Dienstag, der einundzwanzigste. Die Kolumne erscheint immer mittwochs. Bleibt noch jede Menge Zeit.»

«Dann hast du es wohl noch nicht gehört.»

Und dann erklärte Mr. Malik seiner Tochter, dass es die *Evening News* folgenden Mittwoch nicht mehr geben würde.

«Sie haben denselben Trick benutzt, um die Zeitung zum Einstellen des Erscheinens zu zwingen, wie bei uns. Die Registrierungsurkunde des Verlages ist auf mysteriöse Weise verschwunden. Keine Urkunde, keine Zeitung.»

Er wünschte, er hätte ihr nicht einmal das erzählt. Als sie gekommen war, um ihm einen Gutenachtkuss zu geben, hatte sie fürchterlich traurig ausgesehen. Morgens hatte sie bereits das Haus verlassen, ehe er wach war.

Benjamins Besen war inzwischen fertig, und er fegte bereits die Blätter im hinteren Teil des Gartens zu ordentlichen Haufen zusammen. Mr. Malik sah ihm zu. Ach, wäre sein Leben doch so einfach wie das von Benjamin. Mr. Malik dachte an die Preisgabe seiner Enthüllungen gestern Abend im Club zurück. Wenigstens ein kleines Triumphgefühl hätte sich doch in ihm rühren müssen, doch da war nichts gewesen. Auch wenn der Tiger von seinen detektivischen Fähigkeiten vollkommen begeistert gewesen war, in Wirklichkeit hatte sein Freund Thomas Nyambe das Rätsel gelöst. Und außerdem, was spielte das schon für eine Rolle? Wichtig war nicht die Vergangenheit, sondern die Gegenwart. In drei Tagen würde der Asadi Club nicht mehr sein. Was zählte schon die Lösung des Rätsels um den Mörder von Lord Erroll – was war mit dem Rätsel um den verschwundenen Löwen und die verlorene Urkunde? Mr. Malik griff zu seiner Kaffeetasse und trank verstört einen Schluck.

Zum x-ten Male spielte er die Ereignisse an jenem Freitagabend im Club durch. Am besten, er behandelte den Löwen und die Urkunde getrennt. Also … wann wurde der Löwe zum letzten Mal gesehen? Das war, als der Tiger und Harry Khan den Club verließen. Dann war da die Sache mit den Schlüsseln und der Aktentasche. War es möglich, dass Harry Khan etwas damit zu tun hatte? Er hatte den Club zwar gemeinsam mit dem Tiger verlassen, war dann jedoch noch einmal zurückgegangen, wieder hinausgekommen und hatte die Tür hinter sich ins Schloss gezogen. Hatte er den Löwen beim Hinausgehen gesehen? Soweit Mr. Malik wusste, hatte diese Frage bis jetzt noch niemand gestellt. Harry hatte den Tiger nach Hause gefahren, war noch einmal umgekehrt, um dem Verwalter den Ersatzschlüssel für die Hintertür zu bringen, und dann in sein Hotel zurückgefahren. Der Verwalter hatte den Club durch die Hintertür betreten, alles abgesperrt und war wieder gegangen – wiederum durch die Hintertür. Den fehlenden Löwen hatte er erst am nächsten Tag beim Aufsperren bemerkt. Der Löwe konnte also irgendwann, nachdem die drei Männer den Club durch die Vordertür verließen, bis zum folgenden Morgen verschwunden sein – nur wie?

Und nun zur Urkunde. Der Fall lag schwieriger. Obgleich er selbst das Fehlen des Rahmens relativ kurz nach seiner Rückkehr von der Safari am Sonntagabend bemerkt hatte, konnte er nicht beschwören, dass die Urkunde am Freitag definitiv noch da gewesen war – oder am Donnerstag oder auch an irgendeinem anderen Tag. Und das konnte auch kein anderer. Standen die beiden Ereignisse nun in Zusammenhang oder nicht? Eine kleine, gerahmte Urkunde zu entwenden war definitiv ein anderes Kaliber, als einen ausgestopften Löwen zu stehlen. Es bestand kaum Zweifel daran, dass der Diebstahl der Urkunde in Zusammenhang mit dem Brief des Ministers stand – doch was den Löwen betraf ... Wenn sich die Wahrheit doch nur so leicht erkennen ließe, wie Benjamin die Leopardenspuren auf der Safari erkannt hatte!

Moment! Es war bereits zwei Wochen her, aber vielleicht gab es trotzdem noch eine Chance! Benjamin war beinahe fertig und fegte unterhalb der Veranda die letzten Blätter zusammen.

«Benjamin?», rief Mr. Malik. «Benjamin, mir ist da gerade eine Idee gekommen.»

Benjamin blieb weder die Zeit zu protestieren, noch auch nur piep zu sagen, schon fand er sich auf dem Beifahrersitz von Mr. Maliks Wagen wieder. Auf dem Weg zum Asadi Club berichtete Mr. Malik ihm von den jüngsten Ereignissen.

«Ich weiß, dass seit dem Diebstahl – oder den beiden Diebstählen – bereits zwei Wochen vergangen sind, aber vielleicht gibt es ja trotzdem noch irgendwelche Spuren. Ich habe dich Leopardenspuren lesen sehen, und ich habe dich Ozelotspuren lesen sehen. Benjamin, glaubst du, du könntest deine klugen, jungen, scharfen Augen auch benutzen, um einen gestohlenen Löwen wiederzufinden?»

Sofort nach Ankunft im Club scheuchte Mr. Malik Benjamin in die Eingangshalle.

«Hier hat er gestanden», sagte er und zeigte Benjamin die ach so leere Stelle neben der Eingangstür.

«Mr. Malik? Dieser Löwe, war er sehr schwer?»

«Nein, schwer nicht – nur etwas unhandlich. Es bräuchte schon zwei Männer, um ihn zu tragen.»

Benjamin betrachtete die Stelle, wo der Löwe gestanden hatte. Er sah sich die Wände an, er sah zur Decke hinauf. Er ließ sich auf Knie und Hände nieder und untersuchte den Fußboden.

«Und all die Türen, Mr. Malik, wozu sind die gut?»

Von der Halle gingen fünf Türen ab. Da war als Erstes die Eingangstür, durch die sie gerade gekommen waren. Direkt links daneben lag das Büro des Verwalters – welches man außerdem vom Speisesaal aus betreten konnte –, und dann kam die doppelte Flügelglastür, die zum Speisesaal und zur Bar führte. Auf der rechten Seite der Halle befanden sich zwei kleinere Türen.

«Das eine ist die Putzkammer, wo Eimer, Reinigungsmittel und andere Dinge aufbewahrt werden, und das andere ist unsere clubeigene Dunkelkammer – um Fotos zu entwickeln, weißt du? –, doch die wird heutzutage kaum noch benutzt. Wir haben überlegt, einen Computerraum daraus zu machen.»

Benjamin schritt die Halle ab und untersuchte jede einzelne Tür und jeden einzelnen Türrahmen.

«Und die Leute bringen auch keine anderen Tiere mit?»

Während die Clubregel, die Frauen den Zutritt verwehrte, im Anschluss an eine äußerst hitzige Debatte (und der Androhung von Jumbo Wickramasinghe, einen Mord und / oder Selbstmord zu begehen) bereits im Jahre 1977 wieder aufgehoben wurde, war Regel Numero 11, die Haustieren den Zutritt untersagte, noch immer in Kraft – eine Tatsache, die Mr. Malik seinem Freund also bestätigen konnte.

«Dann muss das hier, glaube ich» – Benjamin zupfte mit Daumen und Zeigefinger etwas von einem der Türrahmen und hielt es in die Luft –, «ein Löwenhaar sein.»

Mr. Malik trat zu ihm an die Tür zur Dunkelkammer.

«Aber hier ist immer abgesperrt. Es geht nie jemand dahinein. Nur der Verwalter hat den Schlüssel, in seinem Büro.»

Er drückte versuchsweise die Türklinke herunter, und natürlich war die Tür verschlossen.

«Aber sehen Sie, Mr. Malik.» Benjamin deutete auf den Fußboden. «Spuren.»

Mr. Malik blickte auf das polierte Parkett und hätte beinahe erwartet, die breiten, runden Abdrücke einer Wildkatze zu sehen. Stattdessen sah er Kratzer. In dem Licht, das durch die Vordertür fiel, konnte er ganz eindeutig blasse Schleifspuren erkennen, die bis vor seine Füße führten. Binnen einer Minute hatte er den Verwalter geholt, welcher seinerseits eilte, um den Schlüssel zur Dunkelkammer zu holen, der an einem Brett in seinem Büro hing.

Er schloss auf, drückte die Tür auf und machte das Licht an.

34

Der Webervogel baut sein Nest nicht über dem Krokodil

Rose Mbikwa sah zu den schwarzen Schatten hinauf, die im Blau ihre Kreise zogen – Mauersegler im Fluge. Hoch darüber kreisten zwei Augurbussarde. Hatten die Alten recht?, fragte sie sich. Ließ sich im Flug der Vögel die Zukunft lesen? Wenn ja, was sagten sie ihr? Sie drehte sich zum Haus um. Angus würde bald hier sein. Normalerweise kam er nie zum Mittagessen vorbei, aber er hatte morgens angerufen und gesagt, er müsse ihr etwas Wichtiges erzählen. Elizabeth hatte den ganzen Vormittag in der Küche gestanden und Kochbananen gekocht und Erdnüsse gemahlen, um *Matoke* zu machen – eine seiner Lieblingsspeisen. Doch wenn das, was Harry Khan ihr gestern Abend erzählt hatte, stimmte, würde Angus in Zukunft nicht mehr oft mit ihr essen. Ein süßer Hauch zog durch die Luft. Sie schnupperte – ach ja, Jasmin! Ehe Rose nach Afrika gekommen war, hatte sie noch nie Jasmin gerochen. Sie sah noch einmal zu den schwarzen Vögeln hinauf. Waren das europäische Mauersegler? Womöglich unter schottischen Dächern geboren und auf den Nordwinden nach Kenia gesegelt? Auf einer Kapkastanie hüpfte ein kleiner Vogel herum und pickte an den Blüten. Irgendein Laubsänger vermutlich. Ein Zimtbrustsänger vielleicht? Ein Umberlaubsänger? Womöglich gar ein Fitis. Sie könnte hineingehen und ihr Fernglas holen. Sie hatte gerade die Veranda betreten, als sie einen Schrei hörte und Angus ins Freie gerannt kam.

«Keine Angst, Mum, keine Angst. Das war nur Elizabeth.»

«Was ist denn los? Was ist passiert?»

«Ich habe ihr nur ein paar Neuigkeiten erzählt. Es tut mir leid, ich hatte keine Ahnung, dass sie so reagieren würde.»

«Neuigkeiten? Welche Neuigkeiten?»

Auf Angus' Gesicht machte sich ein strahlendes Lächeln breit.

«Die Neuigkeit lautet, dass dein Sohn heiraten wird, Mum.»

Als Mr. Malik durch die geöffnete Tür der Dunkelkammer den Killer von Kima erblickte, entwich ihm kein lauter Freudenschrei, noch nicht mal ein kleiner Juchzer. Da stand er, der Löwe, wohlbehalten und unbeschädigt, doch weder der kurze Blick, noch die anschließende gründliche Durchsuchung der ganzen Kammer brachte auch nur die leiseste Spur der fehlenden Urkunde zutage. Aber war es denn so vermessen zu hoffen, dass die Rückkehr des Clubmaskottchens wenigstens ein kleines bisschen Glück für den Asadi Club verhieß?

«Mein Freund!», sagte er zu Benjamin, «ich stehe schon wieder tief in deiner Schuld.»

«Mr. Malik, das habe ich sehr gern für Sie getan.»

«Das hast du nicht nur für mich getan, Benjamin, sondern für uns alle. Für den ganzen Asadi Club.»

Mit der Hilfe des Verwalters stand der Löwe in Windeseile wieder auf seinem angestammten Platz an der Vordertür, und die Nachricht, dass der Killer von Kima zurückgekehrt war, brauchte nur unwesentlich länger, um sich zu verbreiten.

Noch nie in seinem Leben hatte Benjamin so viel Coca-Cola gesehen. Er hatte den Eindruck, dass jedes einzelne Mitglied, das im Club eintraf, darauf bestand, ihm ein Glas auszugeben. Eine solche Einladung auszuschlagen, wäre unhöflich gewesen, und so reihten sich, als Mr. Patel und Mr. Gopez eintrafen, auf der Bar bereits sieben leere und fünf volle Gläser.

«Und die Belohnung?», sagte Mr. Gopez. «Wir haben doch von einer Belohnung gesprochen. Was meinst du, Malik?»

Mr. Malik räusperte sich.

«Mein lieber Benjamin, bitte gestatte mir, dir im Namen unserer Mitglieder unsere Dankbarkeit auch ein wenig handfester auszudrücken. Gibt es irgendetwas – ganz gleich, was –, womit wir dir zum Zeichen meiner – *unserer* – Dankbarkeit eine Freude machen könnten?»

Benjamin dachte nach.

«Ich hätte wirklich sehr, sehr gerne einen Regenschirm, Mr. Malik. Ich habe einen Regenschirm, aber es ist ein sehr kleiner Regenschirm.»

«Du sollst einen neuen Regenschirm bekommen, Benjamin – einen richtig großen. Gibt es denn noch etwas anderes, das du dir wünschst, etwas, das du vielleicht schon immer haben wolltest?»

Wie sich erwies, gab es tatsächlich etwas, das Benjamin sich schon immer gewünscht hatte. Etwas, das er wollte, seit er es im Haus des Lehrers unweit des Dorfes, in dem er aufgewachsen war, zum ersten Mal gesehen hatte. Benjamin liebte Wörter – nicht nur die Wörter seiner Muttersprache, sondern auch die Wörter in Suaheli und Englisch, die er in der Schule lernte. Wie wunderbar, dass sich mit diesen Zauberklängen jedes Ding, jeder Gedanke und jedes Gefühl beschreiben ließ. Und wie doppelt wunderbar, dass jedes einzelne sich als Kringel zu Papier bringen ließ, von wo aus man es wieder vorlesen und in Klang zurückverwandeln konnte. Er erinnerte sich noch daran, wie der Lehrer ihnen zum ersten Mal ein Wörterbuch gezeigt hatte. Die Vorstellung, dass es ein Buch gab, in dem jedes einzelne Wort einer Sprache verzeichnet stand! So etwas hätte er wirklich gerne, sagte er Mr. Malik – sein eigenes Wörterbuch. Schnurstracks wurde der Club verlassen und Mr. Maliks alter grüner Mercedes bestiegen.

Bei Amin and Sons General Emporium gab es gewiss das Richtige zu finden.

In einer Großstadt einen Parkplatz zu finden ist immer ein Problem. In Nairobi wird dieses Problem von dem Umstand kompliziert, dass man, wenn man dann einen Parkplatz gefunden hat, sein Auto nur einen kurzen Moment lang aus den Augen lassen muss, um festzustellen, dass etwas ganz und gar Seltsames geschieht. Als Erstes verschwinden die Räder. Ein paar Sekunden länger, und der Dichtungsgummi der Heckscheibe löst sich wie mit einem scharfen Messer durchtrennt, und dann verschwindet die Scheibe. Eine Minute darauf löst sich der gesamte tragbare Inhalt des Innenraums in Luft auf. Nach ein paar weiteren Minuten sind auch Türen, Sitze, Innenverkleidung, Stoßdämpfer – ja, sogar der komplette Motorblock – einfach nicht mehr da. Die einzige Möglichkeit, dieses Problem zu umgehen, besteht darin, sich der Dienste eines jener jungen Männer zu versichern, die eingeweiht sind in die dunklen Kenntnisse darüber, wie sich Automobile vor diesem mysteriösen Schwund bewahren lassen. Zum großen Glück für die Autofahrer sind die Mitglieder dieser Bruderschaft in allen Straßen Nairobis anzutreffen und nur zu gerne bereit, ihre Dienste gegen einen unter diesen Umständen durchaus angemessenen Obolus anzubieten.

Mr. Malik parkte direkt vor dem Geschäft, und nachdem man sich über das Honorar für die Fahrzeugsicherheit einig geworden war, betraten die beiden Freunde den Laden. Mr. Malik machte Benjamin mit Godfrey Amin persönlich bekannt.

«Und was hat der junge Herr genau im Sinn? Ein Handwörterbuch – oder eine Taschenbuchausgabe vielleicht? Es kommt nämlich ganz darauf an, wie und wo Sie es verwenden wollen.»

Er führte die beiden hinauf in den ersten Stock und zeigte ihnen ein Regal mit mehreren unterschiedlichen Ausgaben. Auf dem untersten Regalboden entdeckte Benjamin eine noch in Plastik verschweißte große blaue Schachtel.

«Ist das ein Wörterbuch?»

«Ah, der *Compact Oxford*. Ein sehr schönes Buch – also eigentlich zwei. Leider hat es den Anschein, als gäbe es in Zeiten von Computern und Internet keinen Bedarf mehr für ein Buch wie dieses.»

Während sein Gehilfe die Schachtel auf den Tisch hob und sich daranmachte, sie auszupacken, erklärte Godfrey Amin, dass in dieser zweibändigen Ausgabe sämtliche Informationen des zwölfbändigen *Complete Oxford* enthalten seien («Und wenn ich mich nicht irre, zusätzlich die fünf späteren Ergänzungen – aber ganz sicher bin ich mir nicht»), einfach kleiner gedruckt und auf dünnerem Papier.

«Und dazu gibt es sogar», sagte er und zog ein kleines Schubfach im Deckel des Kartons auf, «eine eigene Lupe.»

Mr. Malik genügte ein einziger Blick auf Benjamins Gesicht.

«Vielen Dank, Godfrey, wir nehmen es. Und einen Regenschirm, bitte sehr. Den größten, den Sie haben.»

Nachdem die Einkäufe im Kofferraum verstaut, die Autowächter gelobt und entlohnt und beide sicher angeschnallt waren, machten sie sich auf den Heimweg. An der Kreuzung der Kenyatta Avenue mit dem Uhuru Highway war der Verkehr wie immer zum Stillstand gekommen, und wie immer versuchten mehrere Polizisten, ihn wieder in Bewegung zu bekommen. Während er darauf wartete, dass der Knoten sich löste, schweiften Mr. Maliks Gedanken wieder einmal zum Fall Erroll zurück.

Als die Polizei (und auch jeder andere Ermittler seitdem) den Mord untersuchte, war sie naturgemäß davon ausgegangen, dass sämtliche Hinweise damit in Zusammenhang standen – die Position des Wagens, die Reifenspuren, die abgerissenen Haltegriffe. Falls Mr. Maliks Theorie stimmte, dann standen diese Hinweise überhaupt nicht mit dem Mord in Verbindung. War es möglich, dass auch das Verschwinden des Löwen und das Verschwinden der Urkunde zwei voneinander völlig unabhängige Ereignisse waren – mit dem einzigen Zusammenhang, dass sie ungefähr zum selben Zeitpunkt stattgefunden hatten? Je länger er darüber nachdachte, desto klarer wurde es. Als die Polizisten den Stau endlich aufgelöst hatten und er auf dem Uhuru Highway Richtung Norden fuhr, wusste er, wie der Löwe in die Dunkelkammer gekommen war und weshalb. Und als er an der Ausfahrt Westlands angekommen war, glaubte er sicher zu wissen, was mit der Urkunde geschehen war. Und der Asadi Club würde – natürlich – gerettet werden, genau, wie er es seinem Vater versprochen hatte. Doch es gab nur eine Person, die in der Lage war, diese Rettung herbeizuführen.

Wären Sie an jenem Freitagnachmittag um vierzehn Uhr an der Ecke Mama Ngina Street und Taifa Road gewesen, hätten Sie womöglich auf der anderen Seite die beiden Männer bemerkt, die das Gerichtsgebäude verließen. Der eine ist groß gewachsen und trägt einen dunklen Anzug mit passendem Turban. Er schiebt einen kleinen Umschlag in seine Tasche, ehe er sich von dem anderen, kleineren, etwas runderen und beinahe kahlen Mann mit einem Handschlag verabschiedet, ein Taxi anhält und einsteigt. Der zweite Mann überquert die Straße und geht auf einen alten, grünen Mercedes zu. Nachdem er den Jungen, der sein Auto vor unvorhersehbaren Eventualitäten beschützt hat, entlohnt hat, macht er sich auf den Weg zum Aga Khan Hospital, wo er den restlichen Tag und einen Teil des Abends an den Betten der Patienten in dem großen Saal im hintersten Teil des Krankenhauses verbringen wird, redend oder schweigend. Vielleicht wird er auf dem Heimweg darüber nachdenken, dass es in der Zelle, in die er zweifellos bald eingesperrt wird, auch nicht schlimmer sein kann als in diesem Krankensaal.

Der großgewachsene Mann bittet den Taxifahrer, ihn direkt zum Innenministerium zu fahren. Sie biegen von der Taifa Road in die Freedom Street ab. Er zieht den Umschlag aus der Tasche, öffnet ihn und liest die einzelne Seite, die sich darin befindet. Als sie bei Amin and Sons vorbeikommen, tippt der Mann dem Fahrer auf die Schulter.

«Halten Sie bitte einen Augenblick an», sagt Tiger Singh. «Ich muss schnell etwas besorgen.»

Als er das Geschäft mit einem sehr kleinen Päckchen wieder verlässt, begegnet ihm im Hinausgehen Sunita, die Freundin von Mr. Maliks Tochter.

«Hallo, Mr. Singh», sagt sie lächelnd. Sie sieht sehr hübsch aus. Sie wirft einen Blick auf das erheblich größere braune Paket, das sie in Händen hält. «Ein neuer Sari», sagt sie zu ihm. «Für die Hochzeit. Amin ist immer noch der beste Laden, wenn man etwas Besonderes sucht.»

Der Tiger lächelt.

«Wissen Sie was?», sagt er. «Ich bin ganz Ihrer Meinung.»

35

Das Krokodil schenkt dem Regen keine Beachtung und auch der sterbende Schmetterling nicht

In jener Nacht lag Mr. Malik in seinem Bett in der Garden Lane Nummer 12 und warf sich hin und warf sich her. Er war lange im Krankenhaus geblieben und danach auf direktem Wege nach Hause gefahren und ins Bett gegangen. Doch so erschöpft sein Körper auch war, sein Geist schaffte es einfach nicht, den vergangenen Tag loszulassen. Als der Schlaf ihn dann endlich doch übermannte, war er voll mit Träumen von Löwen – keine ausgestopften Löwen mit freundlichen Gesichtern, sondern lebendige, knurrende Löwen mit langen, scharfen Zähnen und ebensolchen Krallen.

Er erwachte spät und unausgeruht, zog sich den Morgenmantel und die Pantoffeln an und schlurfte in die Küche, um sich seine morgendliche Tasse Nescafé zu bereiten. Petula hatte offensichtlich das Haus schon wieder verlassen. Auch von Benjamin gab es keine Spur, doch die Blätter der Nacht waren bereits auf dem Rasen zu ordentlichen Haufen zusammengekehrt und warteten auf das nachmittägliche Laubfeuer. Das Telefon klingelte. Es war Tiger Singh – ja, es war alles nach Plan verlaufen. Die Registrierungsurkunde war zurückgegeben worden, der Asadi Club war gerettet. Wie lange es wohl jetzt noch dauerte, dachte Mr. Malik, bis sie kamen, um ihn zu holen? Er war zwar müde, aber vollkommen ruhig. Es war alles ganz einfach gewesen. Er hatte gewusst, was zu tun war, und er hatte es getan.

Aus dem Crotonbusch am Ende des Gartens ließ ein Hagedasch seinen dreitönigen Ruf erklingen. In den Zweigen der Bougainvillea spielte eine Schar Mausvögel Fangen. Mr. Malik schlurfte in die Diele und griff nach seinem Fernglas neben dem welkenden Rosenstrauß auf dem Tisch. Mit seinem Bausch & Lomb 7×50 in der einen und einer Tasse Kaffee in der anderen Hand ließ er sich auf seinem Lieblingsstuhl auf der Veranda nieder. Ein kleiner, zartrosaroter Vogel flog in die Kletterfeige am Haus, einen langen Grashalm im Schnabel. Die Roten Amaranten brüteten wohl wieder. Hoch über ihm zogen zwei Schwarzmilane auf vier breiten Schwingen träge ihre Kreise.

Es klopfte an der Haustür. Jetzt schon?

«Malik?», hörte er eine Stimme rufen. «Malik, alter Knabe, mach auf!»

Seltsam – das hörte sich nach dem Tiger an! Natürlich, der Tiger wollte sicher dabei sein, wenn sie ihn holen kamen. Es ist immer gut, im Ernstfall einen Anwalt zur Seite zu haben. Der gute, alte Tiger. Mr. Malik ging zur Haustür und öffnete.

Tiger Singh eilte ins Haus.

«Na los, Malik, wir haben keine Zeit. Bist du bereit?»

«Ja», sagte Mr. Malik. «Ich bin bereit.»

«Na, das sieht aber ganz und gar nicht danach aus. So kannst du unmöglich gehen. Willst du dir denn keinen Anzug anziehen? Und eine Krawatte?»

Dann wollten sie ihn wohl vor Gericht zerren, was? – irgendein alberner Scheinprozess, ehe sie ihn für immer und ewig hinter Schloss und Riegel brachten. Nun dann! Es sollte bloß keiner zu sagen wagen, dass ein Malik vor einem Tyrannen den Schwanz einzog! Man kann einem Malik die Knochen brechen, man kann ihm sogar das Herz brechen – doch man wird niemals seinen Mut brechen.

«Schon besser», sagte Tiger Singh, als Mr. Malik in seinem besten Jackett und einer Clubkrawatte aus dem Schlafzimmer trat. In der einen Hand hielt er eine kleine Tasche, in die er eilig das Allernötigste geworfen hatte – Zahnbürste, Schlafanzug, Rasierer (ob Rasierer überhaupt erlaubt waren?).

Tiger Singh sah die Tasche an.

«Ich glaube nicht, dass du die brauchen wirst, alter Knabe, aber macht ja nichts. Ach, und Petula und Benjamin sind schon vorgefahren, aber das hast du sicher schon gemerkt.»

«Vorgefahren?» Mr. Malik rutschte das Herz bis in die Socken hinunter. «Wohin denn?»

«In den Club natürlich!»

«In den Club?»

Tiger Singh sah ihn verständnislos an.

«Zur Feier! Und jetzt komm, wir sind spät dran.»

«Eine Feier? Ach, natürlich, wegen der Urkunde. Gut gemacht, Tiger. Ich wusste, dass du es schaffst. Aber der Minister –»

«Mein lieber Malik, mach dir wegen des Ministers keine Sorgen. Steig einfach ein – unterwegs erzähle ich dir alles.»

Und so kam es, dass Mr. Malik auf der Fahrt von der Garden Lane in den Asadi Club erfuhr, dass der Tiger am Vortag tatsächlich beim Innenminister vorgelassen worden war und ihn tatsächlich dazu überreden konnte, die Registrierungsurkunde des Asadi Clubs gegen die einzige Sache einzutauschen, die er noch dringender haben wollte als das Land, auf dem der Club stand. Und zwar die Identität jenes Mannes, der ihm regelmäßig zu hohen Blutdruck und schlaflose Nächte beschert hatte – die Identität und den wahren Namen von Dadukwa.

«Und? Kommen sie mich holen?»

Tiger Singh zog einen kleinen Umschlag aus der Tasche und reichte ihn seinem Beifahrer. Mr. Malik erkannte darin den Umschlag, den er seinem Freund am Vortag übergeben hatte, der Umschlag mit einem einzelnen Blatt Papier, auf dem sein Name stand.

«Er ist geöffnet worden.»

«Ja», sagte der Tiger. «Ich dachte, ich sehe vorher besser hinein – Anwaltsprivileg, weißt du?»

«Aber hat er es gelesen – der Minister, meine ich?»

«Nein. Das war nicht nötig.»

«Du hast ihm den Brief also nicht gegeben, sondern ihm nur gesagt, wie ich heiße?»

«Nicht ganz.»

«Aber du hast doch eben gesagt, dass du gestern bei ihm warst.»

«Oh ja – und wie ich bei ihm war. Ich vermute, du bist noch nie im Amtszimmer des Innenministers gewesen, oder? Ziemlich feudal. Er hat sogar ein Löwenfell auf dem Fußboden, mit ausgestopftem Kopf und allem Drum und Dran. Angeblich Elsas Mutter – hat Harry Khan mir zumindest erzählt. Meinte, der Minister wäre ziemlich stolz darauf.»

«Aber du hast gesagt, du gibst ihm den Brief. Wir waren uns einig.»

«Das weiß ich, mein lieber Freund, aber ehe ich ihm den Brief überreichen konnte, habe ich rein zufällig meine Hand ins Maul gelegt.»

«Ins Maul?»

«Ganz genau. Ins Maul der Löwin. Ich hatte sie gerade bewundert, als mir plötzlich etwas aufgefallen ist. Es sah aus wie ein kleiner Draht. Ich machte den Minister darauf aufmerksam, doch er konnte nichts entdecken. Und was glaubst du, habe ich gefunden, als ich Elsa meine Hand ins Maul gestreckt habe? Einen Minisender. Der Minister war überaus erstaunt. Er hatte noch nie einen gesehen, aber ich wusste sofort, was es war – bei Amin and Sons gibt es genau die gleichen zu kaufen, weißt du? Ich weiß zufällig, dass diese Dinger keine besonders große Reichweite haben, also sind wir in sein Vorzimmer gegangen – der Sekretär war gerade zu einem wichtigen Termin gerufen worden, irgendwas mit Einkaufszentren, glaube ich –, und was glaubst du, habe ich in einer seiner Schubladen gefunden? Den Empfänger – ein ganz winziges Dingelchen. Offenbar hat dieser Sekretär, Jonah Litumana, den Minister die ganze Zeit belauscht – und mit Sicherheit auch dessen Vorgänger, und wer weiß, wen sonst noch alles? Das erklärt doch so einiges, meinst du nicht?»

Mr. Malik starrte Tiger Singh an. Ihm stand der Mund offen.

«Du kannst dir sicher vorstellen, wie dankbar er war», fuhr der Tiger fort, «der ehrenwerte Brian Kukuya, meine ich. Hat mir ohne ein weiteres Wort die Urkunde ausgehändigt. Hat sogar mein Angebot angenommen, ihn zum Sandringham Club mitzunehmen, und wen, glaubst du, haben wir beim neunzehnten Loch getroffen? Richter Kafari. Also – alles erledigt. Ich habe für Montagvormittag einen Termin mit dem Richter vereinbart, um gewissermaßen noch die juristischen i-Tüpfelchen zu setzen und ein bisschen bürokratischen Krimskrams zu erledigen, und das war's dann.»

Mr. Maliks Mund stand noch immer weit offen, doch es kamen keine Worte heraus.

«Ach, eine Sache noch. Der Minister hat mir versichert, dass sein Sekretär einen – äh – heftigen Tadel zu erwarten hätte, so drückte er sich, glaube ich, aus – und ich sagte, von meiner Seite sei die Sache damit erledigt.»

Selbst als der Tiger plötzlich an einer unübersichtlichen Stelle fluchend und halsbrecherisch einem Motorrad auswich, sagte Mr. Malik kein einziges Wort.

«Hast du das gesehen? So jemanden sollte man gar nicht auf die Straße lassen! Was dich betrifft, Malik, altes Haus, so würde ich dich bitten, alles, was geschehen ist – und ich möchte doch betonen, dass ohne dich nichts von alledem geschehen wäre –, unter dem Turban zu lassen. Natürlich nicht die Sache mit dem Killer von Kima – verflucht gute Arbeit –, aber die Angelegenheit mit der Urkunde. Es ist sicher das Beste so. Und vielleicht sagst du das bei Gelegenheit auch deinem Freund Dadukwa, falls du ihn siehst.»

Endlich fand Mr. Malik seine Sprache wieder.

«Aber …»

«Natürlich – die *Evening News*! Gut, dass du mich daran erinnerst. Ja, ehe ich mich also mit allem einverstanden erklärte, habe ich auch dies zur Sprache gebracht, und ich freue mich sehr, dir berichten zu dürfen, dass der Minister angesichts der jüngsten Entwicklungen offensichtlich zu dem Schluss gekommen ist, dass es ihn nicht wundern würde, wenn auch die Urkunde der *Evening News* in Bälde wieder auftauchte. Was für ein Glück, oder?»

«Dann …»

«Hm, ich weiß, was du sagen willst. Darüber habe ich auch schon nachgedacht. Ich weiß, du hast mir gestern gesagt, dass du glaubst, die Anstreicher hätten die Urkunde gestohlen – die Männer, die in den Club kamen, um ein Angebot für die

Renovierung abzugeben, als du zur Safari gefahren bist –, und wahrscheinlich sind das die gleichen, die auch die Urkunde bei der Zeitung geklaut haben. Aber ich verstehe immer noch nicht, weshalb sie unseren Löwen versteckt haben. Bist du da inzwischen zu einer Lösung gekommen?»

Woraufhin Mr. Malik bei näherem Nachdenken zu dem Schluss kam, es sei besser, nichts zu sagen, auch wenn er es könnte. Vaseline in Sandwiches, Pythons in Pyjamas, Löwen in Dunkelkammern – vielleicht sollte man manche Wahrheit besser in der Vergangenheit ruhen lassen. In der Gegenwart, so schien es, war offensichtlich alles in Ordnung.

36

Das Glück ist ein Schmetterling

Mr. Malik war überrascht. Den Anblick so vieler Autos hatte er nicht erwartet. Der Clubparkplatz war brechend voll, und auch die Straßenränder waren mit Dutzenden Fahrzeugen gesäumt. Ein paar waren sogar mit Bändern geschmückt, was Mr. Malik hübsch fand, wenngleich womöglich ein wenig übertrieben. Tiger Singh war zuversichtlich, dass sie ganz vorne beim Clubhaus noch etwas finden würden, und sie hatten tatsächlich Glück – direkt vor der Eingangstür war eine Lücke frei. Die nächste Überraschung folgte, als Benjamin die Treppe hinuntergesprungen kam, um ihm die Wagentür aufzumachen, bis ihm wieder einfiel, dass der Tiger ja gesagt hatte, er sei mit Petula vorausgefahren. Der Tiger hatte ihm nicht gesagt, dass Benjamin Kragen und Krawatte trug. Mr. Malik hatte Benjamin noch nie mit Kragen und Krawatte gesehen.

«Benjamin, wie schön, dich zu sehen! Diese Feier ist genauso sehr deine Feier. Hättest du diesen Löwen nicht aufgespürt, dann wäre auch alles andere niemals passiert.»

«Kommen Sie, Mr. Malik! Kommen Sie herein. Miss Petula wartet schon!»

Und da, im Vestibül, direkt neben dem Killer von Kima – zurück an seinem angestammten Platz und ebenfalls mit Bändern dekoriert –, stand seine Tochter. Sie trug einen golddurchwirkten, karmesinroten Sari und hatte offensichtlich irgendetwas mit ihren Haaren angestellt. Und die Überraschungen nahmen kein Ende. An Petulas Seite stand Sunita in einem Sari, der beinahe so umwerfend war wie der von Petula. An ihrer anderen Seite stand Angus Mbikwa und neben ihm seine Mutter Rose. Rose trug einen Hut. Mr. Malik hatte kaum Zeit, all das zu verarbeiten, ehe die im Hintergrund versammelte Menge in einen unglaublichen Jubel ausbrach.

Der Tiger erschien neben ihm.

«Ein dreifaches Hurra auf Malik», rief er, «begnadeter Aufklärer von Verbrechen und Mysterien.»

«Ein dreifaches Hurra auf Malik», wiederholte A. B. Gopez, «Retter des Asadi Clubs.»

Das erste Hurra ließ die Kronleuchter an den Decken erbeben. Das zweite Hurra ließ die Flaschen in der Bar klirren; beim dritten Hurra fielen im Billardzimmer klappernd zwei Queues und ein riesiges Spinnennetz aus dem Gestell. Niemals in seiner einhundertundsiebenjährigen Geschichte hatte der Club solch lärmenden Jubel erlebt.

Rose Mbikwa trat nach vorne.

«Mein lieber Mr. Malik, auch ich möchte Ihnen meine Ehre erweisen. Sie sind ein höchst bemerkenswerter Mann.» Mit einem Blick voller Zärtlichkeit drehte sie sich zu ihrem Sohn um. «Und ich glaube, nun hat Angus Ihnen etwas zu sagen.»

«Mr. Malik, meine Mutter hat mir ein wenig von Ihren Begabungen und Leistungen erzählt, und ich kann ihre Worte nur wiederholen – Sie sind ein herausragender Mann. Und – wenn ich mir das erlauben darf – Ihre Tochter Petula Malik ist eine herausragende Frau.» Er wechselte einen Blick mit Petula. «Dies ist ein überaus glücklicher Tag – nicht nur für den Asadi Club und all seine Mitglieder, sondern auch für Kenia. Es ist ein Tag des Triumphes und ein Tag der Hoffnung. Vor allen Dingen jedoch ist es ein Tag des Glücks.» Wieder sah er Petula an. «Und an diesem ganz besonderen Tag habe ich ein ganz besonderes Anliegen. Mr. Malik, erweisen Sie mir die Ehre, Sie um die Hand Ihrer Tochter bitten zu dürfen?»

Mr. Malik starrte Angus an, dann wanderte sein Blick zum strahlenden Gesicht von dessen Mutter direkt daneben – an Rose Mbikwas Meinung in dieser Angelegenheit bestand kein Zweifel. Er sah seine wunderschöne Tochter Petula an, die er von ganzem Herzen liebte. Mit ihrem karmesinroten Sari und dem Smaragdbindi auf der Stirn sah sie genauso aus wie ihre Mutter, als sie damals unter dem Mangobaum seinen Antrag angenommen hatte. Er konnte nicht gleich antworten.

«Mit der Erlaubnis meiner Tochter», sagte er schließlich, «dürfen Sie –»

«Oh, Daddy … oh, Daddy … oh Daddy!» Mehr brachte sie nicht heraus.

Wieder wurde der Club von Jubel erschüttert – diesmal sogar noch lauter, falls das überhaupt möglich war. Mr. Malik musste Petula fast anschreien, um sich Gehör zu verschaffen.

«Und für wann, meine liebste Tochter, habt ihr die Hochzeit geplant?»

«Na ja», sagte sie und zog ihn beiseite. «Ich weiß ja, was du von allzu langen Verlobungen hältst. Und deshalb habe ich zu Angus gesagt – er hatte erst gestern den Mut, mich zu fragen, weißt du, und deshalb konnte er auch am Donnerstag den Vortrag im Club nicht halten –, ich habe also gesagt, wenn er mich heiraten will, dann aber schnell.»

«Wie schnell?»

«Ehrlich gesagt, heute. Ehe ich es mir wieder anders überlege, weißt du?»

«Heute? Heute heiraten? Aber die Priester, der Empfang …?»

Da tauchte Rose Mbikwa neben ihm auf und schob ihren Arm durch den seinen.

«Ich hoffe sehr, es macht Ihnen nichts aus, mein lieber Mr. Malik, aber ich bin auch nicht ganz untätig gewesen. Es ist mir gelungen, sehr kurzfristig meinen alten Freund Bishop Hodgkinson zu überreden, den Ruhestand für einen Moment zu verlassen und die Trauung abzuhalten – er hat meinen Mann Joshua und mich damals auch getraut.»

«Und», sagte Petula, «Mr. Kalia wird vom Tempel kommen.»

Es war Pundit Kalia gewesen, der vor über vierzig Jahren die Ehe von Mr. Malik und seiner geliebten Frau gesegnet hatte.

Plötzlich spürte Mr. Malik Panik in sich aufsteigen.

«Aber das Essen, was ist mit dem Essen?»

«Keine Sorge, Malik, alter Knabe!», sagte Mr. Patel. «Ally Dass hat die ganze Nacht geschuftet. Ich habe eben die *Birianis* gesehen – diesmal sogar mit Goldblättern anstatt Silber.»

«Und ich durfte eines von den Samosas kosten – keine einzige Erbse weit und breit!», sagte Mr. Gopez.

«Aber die Toiletten, was ist mit den Toiletten?»

«Ich glaube, die Dixiklomänner sind gerade wieder gefahren», sagte Tiger Singh. «Und ich glaube, da kommt noch jemand.»

Durch das Stimmengewirr im Club hindurch war ausgelassenes Hupen und Bremsenquietschen zu hören. Aus dem roten Mercedes-Cabriolet, das quer vor dem Range Rover des Tigers zum Stehen gekommen war, erklang eine vertraute Stimme.

«Hey, Rose Baby!» Harry Khan sprang aus dem Wagen und eilte die Stufen hinauf. «Sie sind mir direkt auf den Fersen!»

«Hallo, Harry. Wer ist dir auf den Fersen?»

«Die Polizei?», fragte Mr. Patel.

«Die Männer vom Ministerium?», fragte Mr. Gopez.

«Nein – keine Sorge, Jungs. Ich habe alles im Griff.»

«Ja, wer denn dann?», fragte Mr. Malik.

«Die Band. Rose meinte, ihr würdet später sicher etwas Musik brauchen, oder?»

Rose Mbikwa lachte. «Nun sag aber nicht …»

«Na klar! Wie ich gestern schon sagte, Rose Baby, überlass das nur mir. Was Harry will, das kriegt Harry auch.»

Ein Bus bog auf den Parkplatz ein und kam hinter dem Mercedes zum Stehen. Harry Khan wandte sich an Mr. Malik.

«Ich bringe dir hier Milton Kapriadis und seine Safari Swingers – eine kleine Aufmerksamkeit von Khan Enterprises. Du hast doch nichts dagegen, Jack?»

Und während sich über Nairobi langsam die Nacht niedersenkt, während die Sterne am Himmel zu leuchten beginnen und im Garten des Asadi Clubs auf dem Rasen und in den Rosenbeeten die Laternen angesteckt werden, nachdem Petula und Angus sich die Treue geschworen und siebenmal das heilige Feuer umkreist haben, nachdem der Champagner geleert, die Samosas vertilgt, die zahllosen Schälchen mit Curry verspeist worden sind und der Kuchen angeschnitten wurde, kann man Braut und Bräutigam eng umschlungen auf der Tanzfläche beobachten. Die Band spielt *An der schönen blauen Donau*. Auch die vielen Verwandten und Bekannten wiegen sich im Walzertakt, und am Rande der Tanzfläche, ein wenig abseits der anderen, tanzt ein kleiner brauner Mann mit einer eleganten weißen Frau. Vielleicht hat Rose Mbikwa Mr. Malik gerade von dem Waisenhaus erzählt, das sie bei sich in Serengeti Gardens gründen möchte. Vielleicht hat er ihr versprochen, sie mit so vielen Jolly-Man-Bonbons zu beliefern, wie die Kinder nur essen können. Sie sehen jedenfalls beide sehr glücklich aus.

An einem Tisch nahe der Tanzfläche sind Mr. und Mrs. Patel in ein ernstes Gespräch mit Mr. A. B. Gopez und seiner Gattin vertieft. Sie unterhalten sich zweifellos über die Bedeutung der kleinen, reifen Mango, die Benjamin heute Morgen aus Mr. Maliks Garten mitgebracht hat und die er ihm am Ende der Trauungszeremonie überreichte. Es muss eine ganz besondere Mango gewesen sein. Mrs. Gopez sagt, sie sei sich ganz sicher, dass Mr. Malik eine Träne im Augenwinkel hatte, als er die Frucht entgegennahm.

Harry Khan unterhält sich ausnehmend gut mit Sunita. Sie sieht strahlend aus in ihrem neuen Brautjungfernsari von Amin and Sons. Er hat ihr ein paar neue Tanzschritte gezeigt, doch nun sitzen sie an einem Tisch und plaudern vergnügt mit Dickie Johnson und Tiger Singh und dessen Frau. Sunita hat der Runde soeben erzählt, dass die ganze Hochzeit allein ihr zu verdanken sei. War sie doch schließlich diejenige gewesen, die Angus Mbikwa erst vor drei Abenden im Hilton erzählt hatte, sie sei sich sicher, dass Petula ja sagen würde. Der Tiger hatte der Runde bereits eröffnet, dass er nach gründlichem Erwägen seine Meinung geändert hatte, was die Unterstützung von Harry Khan und der Entwicklung seines Einkaufszentrums betraf. Montag haben sie beide einen Termin beim Verkehrsminister – das alte Eisenbahndepot im Stadtzentrum könnte das perfekte Baugrundstück sein. Mit ihnen am Tisch sitzen Sanjay und Bobby Bashu. Nach einem dreiwöchigen Meditationskursus unten an der Küste wirken sie frisch und munter und zutiefst erholt.

Jetzt lacht die ganze Runde. Ich vermute, Harry hat gerade eine seiner Anekdoten über die Frauen der amerikanischen Franchise-Nehmer zum Besten gegeben. Vielleicht hat er sogar zugegeben, dass er derjenige war, der an dem Abend, als er mit Tiger Singh eine Partie Billard spielte, den Killer von Kima in die Dunkelkammer sperrte. Harry Khan hat noch nie einem Streich widerstehen können.

Ich hoffe nur, Harry hat niemandem erzählt, wer an jenem Abend, als im Asadi Club der Killer von Kima verschwand, wirklich die Partie English Billiards gewonnen hat. Als der Tiger sich einverstanden erklärte, ihn zu unterstützen, hat Harry ihm versprochen, es nicht zu tun. Und eines steht fest: Ich werde es niemals verraten.

MIX
Papier aus verantwortungsvollen Quellen
FSC® C083411

Das für dieses Buch verwendete FSC®-zertifizierte Papier
Munkenprint Cream liefert Arctic Paper Munkedals, Schweden.